हिन्द पॉकेट बुक्स

भाग्य-रेखाएं

प्रकाश दीक्षित हिन्दी लेखक, ज्योतिषाचार्य और समाजसेवी हैं। आपको अनेक पुरस्कार मिल चुके हैं और उत्तर प्रदेश सरकार ने भी आपको सम्मानित किया है। आपने ज्योतिष पर कई उत्कृष्ट पुस्तकों की रचना की है। आप समाजसेवा में अग्रणी हैं और गरीब एवं निर्धन परिवारों की बेटियों के सामूहिक विवाह संस्कार में भी आर्थिक सहयोग देते रहते हैं।

भाग्य-रेखाएं

प्रकाश दीक्षित

हिन्द पॉकेट बुक्स
पेंगुइन रैंडम हाउस इम्प्रिंट

हिन्द पॉकेट बुक्स

यूएसए | कनाडा | यूके | आयरलैंड | ऑस्ट्रेलिया | सिंगापुर
न्यू ज़ीलैंड | भारत | दक्षिण अफ्रीका | चीन

हिन्द पॉकेट बुक्स, पेंगुइन रैंडम हाउस ग्रुप ऑफ़ कम्पनीज़ का हिस्सा है,
जिसका पता global.penguinrandomhouse.com पर मिलेगा

पेंगुइन रैंडम हाउस इंडिया प्रा. लि.,
चौथी मंजिल, कैपिटल टावर -1, एम जी रोड,
गुड़गांव 122 002, हरियाणा, भारत

पेंगुइन
रैंडम हाउस
इंडिया

प्रथम संस्करण हिन्द पॉकेट बुक्स द्वारा 1971 में प्रकाशित
यह हिन्दी संस्करण हिन्द पॉकेट बुक्स में पेंगुइन रैंडम हाउस द्वारा 2022 में प्रकाशित

10 9 8 7 6 5 4 3 2

इस पुस्तक में व्यक्त विचार लेखक के अपने हैं, जिनका यथासंभव तथ्यात्मक
सत्यापन किया गया है, और इस संबंध में प्रकाशक एवं सहयोगी
प्रकाशक किसी भी रूप में उत्तरदायी नहीं हैं।

ISBN 9789353493172

मुद्रकः रेप्रो इंडिया लिमिटेड

www.penguin.co.in

FSC www.fsc.org
MIX
Paper from
responsible sources
FSC® C047271

This is a legitimate digitally printed version of the book and therefore might not
have certain extra finishing on the cover.

विषय-क्रम

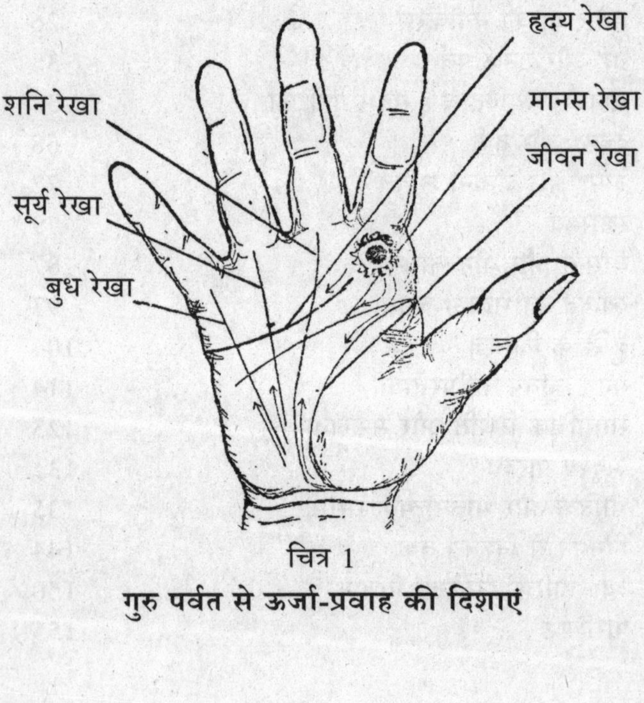

चित्र 1

गुरु पर्वत से ऊर्जा-प्रवाह की दिशाएं

भाग्य-रेखाएं

•

पृष्ठभूमि : हाथ का मानचित्र

हस्तरेखाविदों में प्रचलित एक बहुमत समस्त अनुमान के अनुसार भ्रूणावस्था में शिशु जीवनी-ऊर्जा को तर्जनी के मूलस्थान पर ग्रहण करता है। इस ऊर्जा की परिकल्पना एक अलौकिक, सर्वव्याप्त और अनश्वर प्रवाह के रूप में की गई है जो जीवन और उसकी चेष्टाओं के लिए उत्तरदायी है। इस प्रवाह को 'ब्रह्मांडीय प्रवाह' 'नक्षत्रीय प्रवाह' आदि अलग-अलग नाम दिए गए हैं और यह निश्चय ही उन तमाम नैसर्गिक रासायनिक प्रक्रियाओं की सार-निष्पत्ति है जो द्रवों के संयोग तथा विघटन के लगातार क्रम के रूप में चलती हैं।

भूख, काम और निद्रा जीवन की मूल चेष्टाएं हैं, किन्तु बात जब मनुष्य पर आती है तो उसमें बुद्धि और जुड़ जाती है और इतनी महत्त्वपूर्ण चेष्टा बन जाती है कि वह पाशविक चेष्टाओं पर नियंत्रण करने में सक्षम होती है। मनुष्य को प्राणिजगत् के बान्धवों से पृथक् करता है उसका मस्तिष्क, जो जीवशास्त्रियों की भाषा में विकसित मस्तिष्क है।

हथेली पर पाई जाने वाली रेखाएं इसी मस्तिष्क का सांकेतिक रेखांकन हैं। हस्तरेखाविदों का विश्वास है कि तर्जनी के मूल से ऊर्जा-प्रवाह हथेली पर वही दिशाएं ग्रहण करता है, संबद्ध मस्तिष्क में जिन प्रवृत्तियों की संभावनाएं सशक्त हैं। रेखाएं ऊर्जा-प्रवाह के मार्ग को अभिव्यक्त करती हैं।

नवजात शिशु की हथेली पर अस्तव्यस्त और सूक्ष्म रेखाओं के जाल में तीन अपेक्षाकृत स्पष्ट रेखाएं देखी जा सकती हैं। यह तीनों ही लगभग तर्जनी के मूलस्थल के सन्निकट उदित होकर

हथेली के तीन विभिन्न पार्श्वों को स्पर्श करती हैं। एक रेखा जो अंगुलियों के आधारों के समानान्तर चलती हुई दूसरे पार्श्व तक जा पहुंचती है। दूसरी जो उसके कुछ नीचे लगभग उसी तरह चलती हुई हथेली पर नीचे कहीं समाप्त हो जाती है और तीसरी जो एकदम गिरती हुई कलाई को छू लेती है। यह तीन रेखाएं, जो क्रमशः हृदय, मानस और जीवन-रेखाएं कही जाएंगी, मनुष्य के समूचे व्यक्तित्व को प्रकट करती हैं।

जीवन-रेखा का संबंध मनुष्य के स्वास्थ्य से है। यह आयु बताती है। इसपर बीमारियां देखी जा सकती हैं। यह अस्तित्व का एक पक्ष हुआ; शारीरिक और भौतिक पक्ष। व्यक्तित्व का दूसरा पक्ष है प्रज्ञा—बुद्धि, विवेक, कल्पना। मानसिक पक्ष जो मानस-रेखा के माध्यम से व्यक्त होता है। एक तीसरा पक्ष और भी है जिसे कवियों की खूबसूरत भाषा में हृदय-पक्ष कहा जाता है। इससे जितने गुण जोड़े जाते हैं उन्हें मनोवैज्ञानिक कामप्रवृत्तियों के अंतर्गत रखते हैं। यौन-आवश्यकता जैविक है, शरीर की ज़रूरत। यौन-निर्वाचन एक मानसिक कार्य है। किन्तु इस वर्गीकरण के बाद जो शेष बच रहता है उसे परिभाषित करना ज़रा कठिन है। प्रेम, करुणा, सहानुभूति, दया आदि कुछ सहज मानवीय प्रवृत्तियां ऐसी हैं जिन्हें शरीर और दिमाग की हदों में बांटा जा सकता है, इसलिए इन्हें हृदय-पक्ष को सौंपा गया है। यों सब जानते हैं कि हृदय खून को पम्प करने का अवयव-मात्र है। हृदय-रेखा हाथ पर व्यक्तित्व के इस पक्ष को अभिव्यक्त करती है।

इन तीन रेखाओं के द्वारा सम्पूर्ण हथेली की मांसपेशियों और स्नायु-अग्रों को अभिसिंचित करने के बाद ऊर्जा-प्रवाह अन्य रेखाओं के मार्ग से, यथा शनि, सूर्य, बुध और प्रणय-रेखाओं के द्वारा अपने उद्गम-केन्द्र पर लौट आता है। (चित्र 1 देखें) यह रेखाएं अन्यान्य मानसिक प्रवृत्तियों को बताती हैं, हम यथास्थान उनका अध्ययन करेंगे।

शिशु की हथेली पर फैला हुआ अस्तव्यस्त रेखा-जाल वय बढ़ने के साथ-साथ स्पष्ट होता जाता है। रेखांओं की संख्या कम होती है, वह गहरी और सुस्पष्ट होने लगती हैं। यह मानसिक विकास का द्योतक है। जैसे-जैसे बालक बड़ा होता है उसके विवेक का स्वतंत्र विकास होता है। संस्कार, पर्यावरण और शिक्षा के प्रभावों को वह ग्रहण करता है और इन प्रभावों के अनुरूप ही

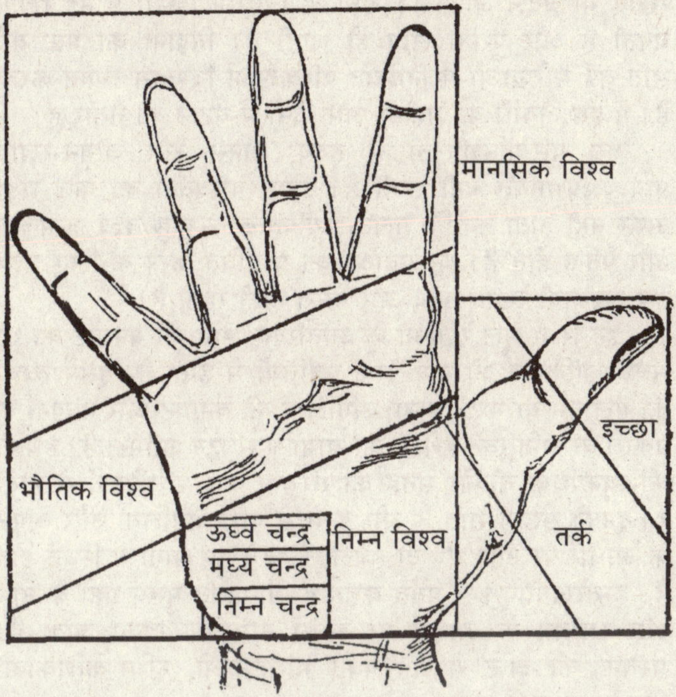

चित्र 2

हथेली का सामान्य विभाजन

उसकी मानसिक प्रवृत्तियों में स्थिरता आती है। तदनुरूप उसके हाथ पर लकीरें बनती हैं। इस तथ्य से एक बात और भी पुष्ट होती है कि रेखाएं परिवर्तनशील हैं। हस्तरेखाओं का अध्ययन करने वाले के सामने इस तरह का कोई भ्रम नहीं होना चाहिए कि वह निश्चयपूर्वक भविष्यवाणियां कर सकता है। वस्तुतः रेखाएं परिवर्तनशील हैं। मस्तिष्क में प्रवृत्तियों की तीव्रता से उनका स्वरूप-निर्धारण होता है। ग्रहों के परिभ्रमण के गणित जैसी निश्चितता इनपर लागू नहीं होती और इस संदर्भ में हस्तरेखा विज्ञान भविष्यवाणियों और अटकलों के रहस्यों की अपेक्षा मनोविज्ञान के अधिक निकट है। सोचने और काम करने का तरीका बदलने से

रेखाएं भी बदल जाती हैं। आयु के विभिन्न हिस्सों में नई रेखाएं बनती हैं और पुरानी लोप हो जाती हैं। विद्वानों का एक वर्ग सात वर्ष में रेखाओं में निश्चित परिवर्तन में विश्वास व्यक्त करता है। मैं इस अवधि को महीनों और दिनों में घटाने को तैयार हूं।

इस परिवर्तनशीलता से हृदय, मानस और जीवन-रेखाएं प्रायः अप्रभावित बनी रहती हैं। उनपर परिवर्तनों का कोई बड़ा असर नहीं होता क्योंकि मूलतः व्यक्तित्व के कुछ तत्त्व जन्मजात और पैतृक होते हैं। इन रेखाओं को प्रभावित करने के लिए जब-तब अस्थायी रेखाएं उदय और अस्त होती रहती हैं।

इन स्थिर मूल रेखाओं के अतिरिक्त, हाथ की बनावट का भी संबंध व्यक्तित्व की मूल प्रेरक प्रवृत्तियों से होता है। इसमें त्वचा का मुलायम या सख्त होना, अंगुलियों की बनावट और नाखूनों के प्रकारों के अतिरिक्त हथेली का सामान्य संघटन शामिल है। हथेली की न्यूनाधिक चौकोर सतह की संरचना कुछ मांसपिण्डों से होती है। इनकी संख्या सात है और इनमें से पांच अंगुलियों और अंगूठे के आधार पर और शेष दो हथेली के बचे हुए भागों में स्थित होते हैं। हस्तरेखाविद् इन्हें पर्वत कहते हैं और सात मुख्य ग्रहों के नाम और स्वभाव के आधार पर इनका नामकरण किया जाता है। संरचना की दृष्टि से यह पर्वत मांसतन्तुओं, रुधिर-केशिकाओं और स्नायु-अग्रों का समूह है। यहां रक्त-प्रवाह अपना लम्बा रास्ता तय करके हृदय की दिशा में वापसी यात्रा शुरू करता है। इसके साथ ही यह स्नायुमंडल का छोर भी है। हाथ मस्तिष्क का आज्ञाकारी और आदेश-पूर्ति के लिए सबसे अधिक तत्पर अंग है। इन स्नायु-अग्रों की संवेदनीयता का इस दृष्टि से विशेष और प्रतीकात्मक अर्थ है।

पर्वतों पर विस्तृत चर्चा इस अध्याय में अभीप्सित नहीं है। फिर भी कम से कम नामों से परिचित हो जाना सुविधाजनक रहेगा। गुरु, शनि, सूर्य और बुध के पर्वत क्रमशः तर्जनी, मध्यमा, अनामिका और कनिष्ठा अंगुलियों के मूल में और शुक्र का पर्वत अंगूठे के आधार पर स्थित होते हैं। कलाई के ऊपर हथेली का सामने वाला पार्श्व चन्द्र से और शेष दो पार्श्व मंगल के दो विभक्त पर्वतों से मिलकर बनते हैं। पर्वतों के बीच में बचा हुआ स्थान मंगल का क्षेत्र कहलाता है।

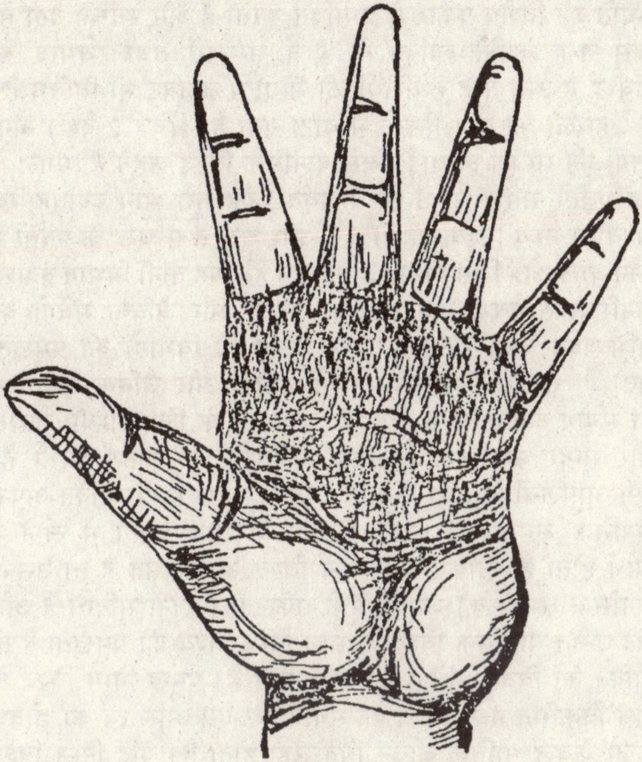

चित्र 3

निम्न विश्व की प्रमुखता

[शुक्र और चन्द्र के अतिविकसित पर्वतों पर ध्यान दें। शीर्ष पर्वत प्रायः सपाट हैं।]

अंगुलियों के नीचे स्थित पर्वत मुख्यतया मानसिक प्रवृत्तियों का प्रतिनिधित्व करते हैं, जबकि मंगल शारीरिक शक्ति और शुक्र तथा चन्द्र के पर्वत काम और वासना के लिए उत्तरदायी हैं। बनावट के आधार पर हथेलियों को सात वर्गों में विभाजित किया गया है। अगले अध्यायों में आप देखेंगे कि यह वर्ग मुख्यतया प्रवृत्तियों के वर्ग हैं। वह प्रवृत्तियां जो व्यक्तित्व की मूल प्रेरणा और संचा-लिकाएं होती हैं, इस तरह हाथ की बनावट और पर्वतों की

स्थिति को विशेष प्रकार से प्रभावित करती हैं और स्वरूप देती हैं। जिस तरह व्यक्ति-व्यक्ति के बीच संस्कारों तथा स्वभाव का वैविध्य है उसी तरह हथेलियों की सामान्य बनावट भी विविध है।

हथेली को तीन हिस्सों में बांटा गया है। (चित्र 2 देखें) अंगुलियों की सम्पूर्ण लम्बाई, जिसे मानसिक विश्व कहते हैं, मंगल के सह पर्वतों सहित पांचों ऊर्ध्व पर्वत—यह पूरा भाग व्यावहारिक विश्व या मध्य विश्व कहलाता है और शुक्र तथा चन्द्र के पर्वतों से बनने वाला क्षेत्र जिसे निम्न विश्व कहते हैं—यह तीनों विभाग क्रमशः मानसिक संभावना, व्यावहारिक क्षमता और जैविक संवेगों को अभिव्यक्त करते हैं। हथेली पर किन्हीं दो विभागों की प्रमुखता होती है, तदनुसार मानसिक, व्यावहारिक और जैविक क्षमताओं का संयोग व्यक्तित्व में होता है। उदाहरण के लिए लम्बी, सुडौल और सुन्दर अंगुलियां विकसित मस्तिष्क को प्रकट करती हैं। ऐसी अंगुलियों के साथ यदि मध्य विश्व प्रमुख है तो व्यक्ति अपनी मानसिक क्षमता को व्यावहारिकता के साथ प्रयोग में लाने में समर्थ होता है, लेकिन यदि मध्य विश्व अविकसित है तो उसकी मानसिक क्षमता को व्यावहारिक सफलता मिलना संदिग्ध है और यदि उन्नत मानसिक विश्व के साथ निम्न विश्व की प्रमुखता है तो व्यक्ति का विवेक संवेगों का दास होता है। प्रमुख निम्न विश्व के साथ विकसित मध्य विश्व का संयोग एक ऐसे अस्तित्व का द्योतक है जो केवल भौतिक जीवन बिता रहा होता है। यदि निम्न विश्व बहुत अधिक विकसित है तो व्यक्तित्व में पाशविक पक्ष मुखर और सक्रिय होता है। ऐसा व्यक्ति कामुक, क्षुधातुर और आदिम वृत्तियों द्वारा संचालित होता है। (चित्र 2 देखिए)

दो विश्वों का संयोग होने के बावजूद हथेली पर किसी एक की प्रधानता अपेक्षाकृत अधिक स्पष्ट होती है। आप जब विभिन्न हथेलियों का अध्ययन करेंगे तो इन विश्वों की प्रभावोत्पादकता अपने-आप स्पष्ट हो जाएगी। सुदीर्घ अंगुलियों वाले लोग प्रायः ऐसे पेशे अपनाते हैं जिनका सम्बन्ध मानसिक कार्यों से हो, प्रोफेसर, अध्येता, कलाकार, आविष्कारक आदि इस विश्व की प्रधानता वाले वर्ग से ही आते हैं। व्यावहारिक और व्यावसायिक सफलता प्राप्त करने वालों में मध्यविश्व की प्रमुखता सुस्पष्ट होती है और शारीरिक श्रम करने वालों का निम्न विश्व सुविकसित होता है।

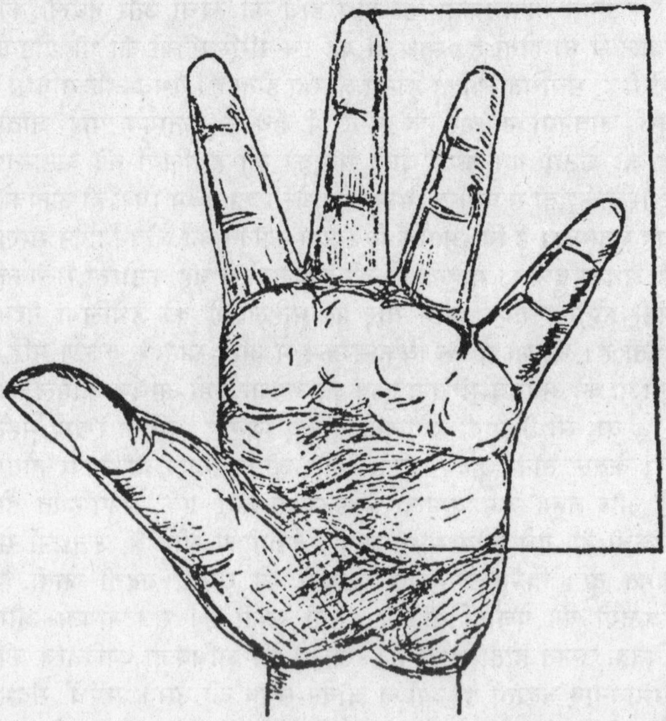

चित्र 4

मानसिक और व्यावहारिक विश्व का संयोग

[शुक्र और चन्द्र के अविकसित आधार पर्वतों पर ध्यान दीजिए। चारों शीर्ष पर्वत और मंगल के दोनों मध्य पर्वत सुविकसित हैं।]

जब हथेली में मानसिक और मध्य विश्वों का संयोग हो (चित्र 4 देखें) तो ऐसे व्यक्ति अपनी बुद्धि से वैभव अर्जित करने में सफलताएं प्राप्त करते हैं किन्तु ऐसा मानसिक और निम्न विश्व के संयोग की स्थिति में नहीं होता। उनकी समुन्नत मानसिकता और आदिम संवेगों का समन्वय व्यावहारिक सफलताएं अर्जित नहीं करवा पाता। जब मध्य और निम्न विश्वों का संयोग मिलता है तो हम एक ऐसे अस्तित्व के सामने होते हैं जिसके लिए भौतिक जीवन ही सभी कुछ हो।

उन्नत मानसिकता का बोध हाथ की त्वचा और हथेली की खाल से भी होता है। साथ ही यह उन परिस्थितियों की भी द्योतक होती हैं, संबंधित व्यक्ति जिनमें जी रहा होता है। वैभव और सुविधा-पूर्ण जीवनयापन कर रहे वर्गों में हथेली मुलायम पाई जाती है जो कठोर श्रम करने वाले श्रमिकों की हथेलियों की कठोरता और कर्कशता से पर्याप्त भिन्न है। हथेली का प्रथम स्पर्श ही आपको यह बता देता है कि आपके विषयगत व्यक्ति का जीवनयापन सरल है अथवा दुष्कर। महिलाओं की हथेलियों में यह कठोरता सुव्यक्त नहीं होती क्योंकि आम तौर पर महिलाओं की हथेलियां नरम होती हैं। धारणा है कि विकास-क्रम में आगे रहने के कारण महिलाओं की अवयव-संरचना पुरुष की अपेक्षा कहीं अधिक कोमल है।

वह सीधी-सादी हथेलियां देखिए जिनपर अधिक रेखाएं नहीं हैं। केवल तीन—हृदय, मानस और जीवन-रेखाएं ही उनपर होती हैं और बहुत कम मामलों में इनमें से कोई एक अनुपस्थित हो सकती है। ऐसे लोग सीधी-सादी ज़िन्दगी में जीते हैं, उलझनों से बहुत दूर। किन्तु जैसे-जैसे रेखाओं की संख्या बढ़ती जाती है ज़िन्दगी की पेचीदगियां भी बढ़ती जाती हैं। संवेदनीयता और विवेक उन्नत होता जाता है। रेखाओं की अधिकता व्यक्तित्व की संभावनाएं बढ़ाती है, व्यक्ति जीवन-संघर्ष को उसके समूचे, संदर्भ में स्वीकार करता और निबाहता है लेकिन इसके सन्तुलन की एक सीमा भी है। बहुत अधिक सूक्ष्म रेखाओं से भरा हुआ हाथ स्नायविक होता है। ऐसे लोग नैराश्य और वैफल्य भोगते हैं, अति संवेदनशील होने के कारण उनमें निश्चय तथा व्यावहारिक दृष्टिकोण का अभाव होता है। काल्पनिक भीतियां उन्हें त्रस्त किए रहती हैं। अपने कार्य की सफलता के प्रति वह संदेहयुक्त होते हैं और अधैर्य उनके साहस तथा विवेक को चाहे जब कुंठित कर देता है। महिलाओं की हथेलियों में अपेक्षाकृत अधिक रेखाएं ही पाई जाती हैं, वह स्वभाव और परम्परा से ही पराजित तथा प्रतिहत होती हैं और स्नायविकता की स्थिति प्रायः प्रत्येक महिला में न्यूनाधिक मात्रा में पाई जाती है। किसी भी स्थिति में रेखाओं से भरा हुआ हाथ संवेदनशील मस्तिष्क का द्योतक भले ही हो लेकिन वह सन्तुलित मष्तिष्क का द्योतक नहीं होता। (चित्र 5 देखें)

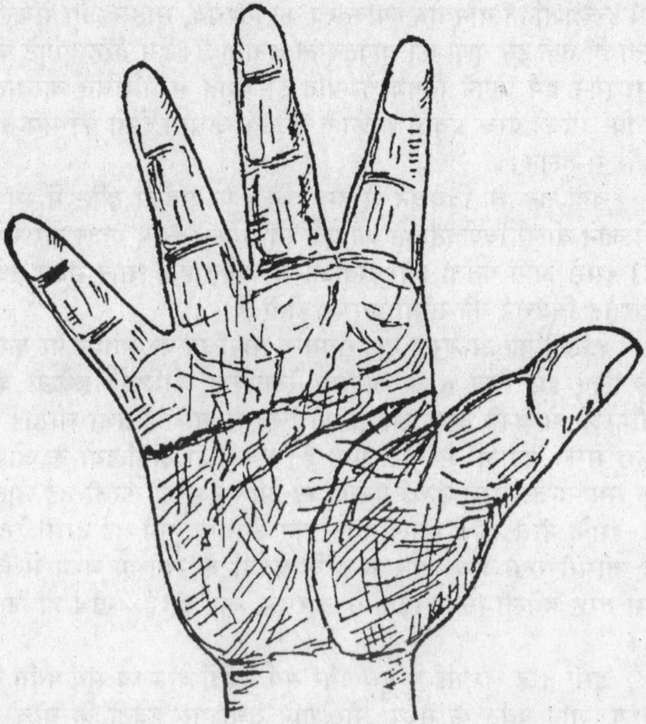

चित्र 5

सूक्ष्म रेखाओं से भरा स्नायविक हाथ

जिस तरह हथेली को तीन विश्वों में विभाजित किया गया है, प्रत्येक अंगुली और अंगूठे तथा अंगुली विहीन चन्द्र के पर्वत का अध्ययन भी तीन-तीन विभागों में किया जाता है और इन विभागों से संबद्ध प्रवृत्तियां भी वही होती हैं जो तीन विश्वों की। अंगुलियों और अंगूठे की बनावट का विस्तृत विवेचन आगामी अध्यायों में है। संदर्भगत आवश्यकता के लिए अंगूठे के विभाग यहां समझे जा सकते हैं। (चित्र 2 देखें) अंगूठे के दो खंड हथेली से बाहर रहते हैं, और तीसरा खंड हथेली के भीतर शुक्र के पर्वत का आधार बनाता है, वासना जिसकी मुख्य वृत्ति है। अंगूठे का पहला सिरा इच्छा को और दूसरा मध्यवर्ती खंड तर्क को अभिव्यक्त करता

है। इच्छाशक्ति मानवीय व्यक्तित्व को निश्चय, साहस और संकल्प देती है, तर्क इन गुणों को युक्तियुक्त बनाता है। इस तरह अंगूठे का अध्ययन हमें अपने विषय के प्रति इस बात से परिचित करवाता है कि उसकी प्रेरक प्रवृत्ति इच्छा है या तर्क अथवा दोनों का समन्वय और सन्तुलन।

यहां तक के विवेचन से हम हथेली पर पहली दृष्टि में स्पष्ट हो जाने वाली विशेषताओं का एक साधारण स्वरूप ग्रहण कर चुके हैं। इससे आगे पर्वतों और रेखाओं से व्यक्त होने वाले सूक्ष्म तथा विस्तृत विवेचन की सीमा प्रारम्भ होती है।

हथेली का अध्ययन एक सामान्य मानचित्र के आधार पर करने के लिए इसे चित्र 6 के अनुसार रेखाकिंत कीजिए। हथेली की सीमाओं से बनने वाले आयत को चित्र में लम्बाई तथा चौड़ाई में कुछ सरल रेखाओं से बांटा गया है। एक रेखा अंगुलियों के जोड़ों के समानान्तर चारों ऊर्ध्व पर्वतों का आधार स्पर्श करती हुई जाती है, इसके नीचे दोनों मंगल पर्वतों का आधार छूती हुई दूसरी रेखा है, तीसरी रेखा शुक्र और चन्द्र के पर्वतों के लगभग मध्य में है। इस तरह हथेली की चौड़ाई में चार अ, आ, इ, ई—खंड हो जाते हैं।

इसी तरह लम्बाई में बुध और सूर्य पर्वतों के मध्य सूर्य पर्वत के मध्य, शनि पर्वत के मध्य और शनि तथा गुरु पर्वतों के बीच से कलाई की तरफ खींची हुई लकीरों से क ख ग घ और ङ यह पांच हिस्से हथेली पर बनते हैं।

ऊपर से नीचे की ओर बने हुए चार खंडों में से पहला अ, पर्वतीय प्रभाव-श्रेत्र है, दूसरा खंड आ व्यावहारिकता को बताता है, तीसरा खंड इ व्यावहारिकता और कल्पनाशीलता का सन्तुलन-क्षेत्र है तथा चौथा खंड ई विशुद्ध कल्पनाशीलता को दर्शाता है। इन खंडों में यात्रा करने वाली रेखाओं पर इनके गुणों का प्रभाव पड़ता है। जैसे किसी हथेली में मानस-रेखा दूसरे खंड में समाप्त होती हो तो आप कह सकते हैं कि संबंधित व्यक्ति अपने सोचने के तरीकों में यथार्थवादी है। लेकिन यदि मानस-रेखा झुककर चौथे खंड में पहुंचती हो तो व्यक्ति को निस्संदेह कल्पना-प्रधान होना चाहिए। जीवन-रेखा पर दूसरा, तीसरा और चौथा खंड क्रमशः यौवन, प्रौढ़ावस्था और वृद्धावस्था के काल को मोटे तौर पर बताते

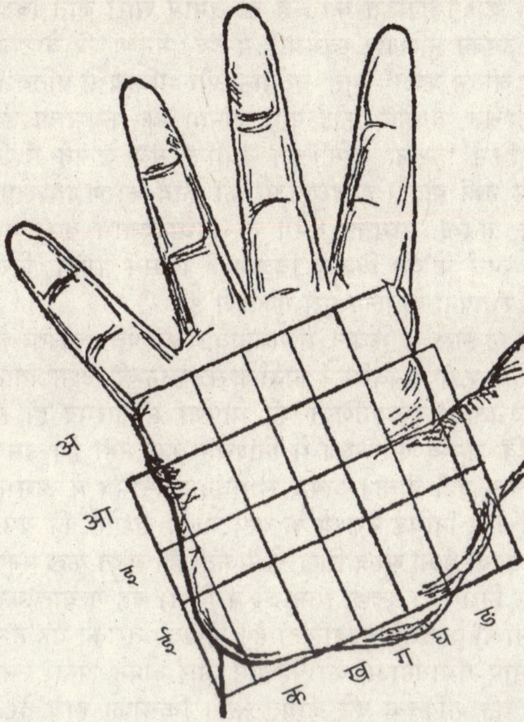

चित्र 6

हथेली के लम्ब व अक्ष खंड

हैं। लम्ब रेखाओं से दायें से बायें हथेली पर बने हुए विभाग लगभग चौदह-चौदह वर्ष की अवधि को बताते हैं। हथेली का यह विभागीकरण मुख्य रेखाओं के अध्ययन में हमारे लिए उपयोगी सिद्ध होगा।

हस्तरेखाओं का अध्ययन करते समय आपकी दृष्टि का वैज्ञानिक होना परम आवश्यक है। वर्गीकृत विवेचन आपके कार्य को आसान बनाएगा। इसे मनोवैज्ञानिक धरातल दीजिए। व्यक्तित्व की कोई भी चेष्टा अकारण नहीं है, उसके मूल में होते हैं संवेग; जिनकी उत्पत्ति आदिम है किन्तु जिनका परिष्कार होता है, संस्कार, पर्यावरण और व्यक्ति के अपने संकल्पों और सपनों से।

व्यक्तित्व को जब विखंडित करते हैं तो तमाम सारी बातें बिखर जाती हैं और उनका संश्लिष्ट स्वरूप है मनुष्य। मनुष्य की चेष्टाओं का आयाम है जीवन काल—भूत, वर्तमान और भविष्य से प्रतिबद्ध। कितना अनिश्चित, क्योंकि कोई नहीं जानता कि कब क्या होने वाला है। लेकिन कितना सुनिश्चित क्योंकि सब जानते हैं कि आकारण कुछ नहीं होता। हस्तरेखाओं को कार्य-कारण विश्लेषण पर आधारित, करके अध्ययन करेंगे तो अंधविश्वास कहीं नहीं मिलेगा। इस अर्थ में यह विशुद्ध विज्ञान है जिसमें प्रयोग, निरीक्षण और नई स्थापना के लिए पूरी गुंजाइश है।

हाथ की लकीरों से केवल संभावनाओं का पता चलता है। यह मस्तिष्क और शरीर के विभिन्न कार्यों के संचालन की दिशा बताती हैं किन्तु निश्चित भविष्यवाणियों की घोषणा संदेहास्पद ही है। इसलिए क्योंकि मनुष्य के विषय में निश्चित कुछ नहीं है। उसपर कोई नियम लागू नहीं होता। अपार संभावनाएं निमिष में असंभव बन सकती हैं और निविड़ नैराश्य के घटाटोप में खद्योत की चमक हथेलियों पर उगता हुआ सूरज सिद्ध हो सकती है। बहुत कुछ मनुष्य के संकल्प पर निर्भर है। इच्छा (अंग्रेज़ी में विल) वह गत्यात्मकता है जो संभावनाओं के दरवाज़े खोलती है। आपका तरीका यह होना चाहिए कि आप संभावनाओं को पहचानें और अपने अन्दर उनके लिए संकल्प की शक्तियों को जाग्रत् करें। किसीका हाथ देखते समय आपकी भूमिका एक सलाहकार जैसी होनी चाहिए—उदारचेता और मंगल की कामना से युक्त, अशुभ के प्रति सचेत और आपकी सलाह ऐसी होनी चाहिए जो भाग्यवेत्ता की असहायता का बोध न दे बल्कि अपनी शक्तियों के असीम का अनुभव व्यक्ति को कराए। मनुष्य भाग्य का दास नहीं है, प्रयत्न और संकल्प से वह उसे बदल सकता है, उसे अपनी आवश्यकता और लक्ष्य के अनुरूप चुन सकता है।

यही आपका सही तरीका होगा।

वर्गीकृत विवेचन महत्त्वपूर्ण है, जैसाकि ऊपर कहा गया है। मनुष्य की हर चेष्टा एक-दूसरे से संबंधित है। आपके निष्कर्ष सम्पूर्ण संबद्धताओं पर आधारित होने चाहिए।

मेरे पास आने वाले कृपालु पाठकों के अनेक पत्रों में प्रायः यह पूछा गया है कि इस विषय में और अध्ययन की सामाग्री कहां मिल

सकती है। हिन्दी में विशेष रूप से किताबों का अभाव है। जो पुस्तकें मिलती हैं, भद्दे अनुवादों से अधिक कुछ नहीं होतीं। प्राचीन ग्रंथों में जो लिखा गया है, वह वहीं का वहीं है; किसीने शोध करके काम को बढ़ाया नहीं। पंडितों ने इसे पवित्र विषय बनाकर छोड़ दिया जिसमें रहस्य है और जिसे ज्यों का त्यों मान लेना चाहिए। पश्चिम में निश्चय ही इसपर कार्य हुआ और एक लगभग स्वतंत्र पद्धति बन सकी, जिसमें रूढ़ता नहीं है। अंग्रेज़ी में पुस्तकें भी अनेक मिल जाती हैं। लेखकों के अपने निरीक्षण हैं और अपने निष्कर्ष। उनकी अपनी विवेचन-पद्धति है। कीरो तो लोकप्रिय लेखक हैं ही। एक बहुत अधिक बिकने वाले अन्य लेखक हैं सेन्ट जारमन। मैं व्यक्तिगत रूप से इनसे बहुत अधिक प्रभावित नहीं हूं। मुझे विलि-यम वेनहम का विश्लेषण सहमतिपूर्ण लगता है। नोएल जेक्विन की पुस्तकें भी महत्त्वपूर्ण हैं। इन दोनों लेखकों में तर्कसंगतता है। मेरा आधार वही दोनों हैं। उनके सिद्धान्तों का अनुसरण मैंने अपने निरीक्षणों में भी किया है और मैंने उन्हें आश्चर्यजनक रूप से सही पाया है। पाठक इन विद्वानों की पुस्तकें आसानी से प्राप्त भी कर सकते हैं क्योंकि वह भारत के बाजारों में सुलभ हैं।

रेखाओं का अध्ययन : काल-गणना

प्रकृति की रहस्यमय संकेत-लिपि हथेली पर आड़ी-तिरछी लकीरों के रूप में अभिव्यक्त होती है। यह रेखाएं, जैसाकि पहले कहा जा चुका है, गुरु की अंगुली और पर्वत पर सघनीभूत ऊर्जा-प्रवाह की दिशाओं को चित्रित करती हैं। हस्तरेखा-अध्ययन का मुख्य भाग यह रेखाएं हैं। इनके गुण-दोषों का विवेचन हम अगले अध्यायों में करेंगे। इस अध्याय में इनका सामान्य परिचय ही हमारा इष्ट है। रेखाएं तीन भागों में विभाजित की गई हैं—मुख्य रेखाएं, सहा यक रेखाएं और अवसरीय रेखाएं।

मुख्य रेखाएं सात हैं। किन्तु इनमें से केवल एक रेखा ही ऐसी है, जीवन-रेखा, जो बिना किसी अपवाद के हर हथेली पर मिलती है। मुख्य रेखाओं की तरह एकाधिक सहायक रेखाएं भी अनु-

पस्थित हो सकती हैं। अवसरीय रेखाएं अस्थायी होती हैं और कारणवश ही आयु के किसी भाग में वह हथेली पर उभरती हैं और वह कारण समाप्त हो जाने के बाद अलोप हो जाती हैं।

मुख्य रेखाओं के नाम और उनके उद्गम-स्थल निम्न प्रकार हैं (चित्र 7 देखें) :

जीवन-रेखा : गुरु और निम्न मंगल पर्वत के बीच से निकलकर हथेली के आधार की ओर पहुंचती हुई रेखा।

मानस-रेखा : जीवन-रेखा के उद्गम-स्थल के निकट से ही निकलकर अंगुलियों के समानान्तर हथेली के दूसरे पार्श्व की दिशा में जाती हुई।

हृदय-रेखा : मानस-रेखा से ऊपर किसी स्थान से निकलकर उसके समानान्तर चलकर बुध पर्वत के आधार में समाप्त

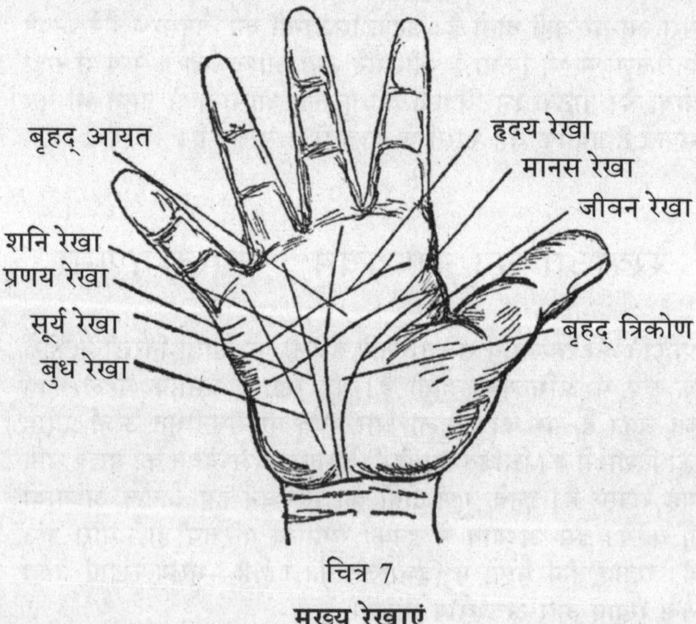

चित्र 7

मुख्य रेखाएं

होने वाली रेखा।

शनि-रेखा या भाग्य-रेखा : हथेली के आधार पर कहीं से निकलकर शनि पर्वत की दिशा में जीवन-रेखा के समानान्तर आती हुई रेखा।

सूर्य-रेखा या यश-रेखा : हथेली के निचले भाग से प्रारम्भ होकर सूर्य के पर्वत पर पहुंचती हुई रेखा।

बुध-रेखा : हथेली के निम्न भाग से चलकर बुध के पर्वत पर पहुंचती हुई रेखा।

परिणय-रेखाएं : एकाधिक रेखाएं जो हृदय-रेखा से ऊपर बुध के पर्वत पर हथेली के पार्श्व से आती हैं।

सहायक रेखाएं भी सात ही हैं (चित्र 20 व 21 देखें) :

मंगल-रेखा : जो सहायक जीवन-रेखा के रूप में निम्न मंगल पर्वत से उसके समानान्तर नीचे की ओर जाती है।

शुक्र-वलय : शनि और सूर्य के पर्वतों को घेरने वाला पूरा अथवा अधूरा अर्द्धवृत्त।

गुरु-वलय : गुरु के पर्वत को घेरने वाला अर्द्धचक्र।

शनि-वलय : शनि के पर्वत को घेरने वाला अर्द्धवृत्त।

मणिबंध : कलाई पर स्थित एक, दो या तीन रेखाएं।

प्रतिभा-रेखा : अर्द्धवृत्ताकार रेखा जो बुध और चन्द्र पर्वत को मिलाती है।

सहायक बुध-रेखा : चन्द्र पर्वत से बुध की दिशा में जाने वाली रेखा।

इन चौदह रेखाओं के अतिरिक्त हाथ पर अन्य छोटी रेखाएं मिलती हैं जो नितान्त प्रभावहीन नहीं हैं। यह रेखाएं जो विभिन्न पर्वतों अथवा प्रमुख रेखाओं पर हो सकती हैं अवसर-रेखाएं कहलाती हैं। कभी-कभी प्रमुख रेखाओं पर बिन्दु, द्वीप, वर्ग, नक्षत्र, क्रास, वृत्त, त्रिकोण और जालियां भी पाई जाती हैं। संदर्भानुरूप हम इनका विवेचन आगे के पृष्ठों में करेंगे। हाथ पर प्रभाव-रेखाएं भी पाई जाती हैं। मानस-रेखा और हृदय-रेखा से मिलकर बनने वाला बृहदायत और मंगल के क्षेत्र में बनने वाला बृहद त्रिकोण भी हमारे विवेचन के क्षेत्र में है। यही नहीं, आगे के अध्यायों में हम अंगुलियों और अंगूठों पर बनने वाली रेखाओं पर भी विचार करेंगे।

साधारणतया गहरी, बिना काटछांट वाली लालिमा लिए हुए

रेखाएं स्वस्थ मानी जाती हैं। वे अपनी समस्त शक्ति से व्यक्ति पर प्रभाव डालती हैं किन्तु इसके विपरीत कटाव, अस्तव्यस्तता और चिह्नयुक्त रेखाएं प्रभाव की दृष्टि से दुर्बल और हानिकारक होती हैं। पीली, गन्दी अथवा नीली रेखाएं व्यक्ति की शारीरिक अस्वस्थता का चिह्न हैं। रेखाओं के दोषयुक्त स्वरूप चित्र 8 में दर्शाए गए हैं। रेखाओं का अध्ययन करते हुए तुलनात्मक दृष्टि से काम लेना चाहिए। किसी अशुभ चिह्न की उपस्थिति यदि दोनों हाथों में है तभी उसका अशुभ परिणाम निकलेगा। इसी तरह शुभ लक्षण को सम्पूर्ण शक्ति से प्रभावित होने के लिए दोनों हाथों में उपस्थित होना चाहिए। दाहिना हाथ व्यक्ति के समयगत परिवर्तनों को बताता है जबकि बायां हाथ अपेक्षाकृत स्थिर होता है और उसपर व्यक्ति को विरासत में मिलने वाले लक्षण अंकित होते हैं। फल की घोषणा करने में जल्दबाज़ी से काम नहीं लेना चाहिए नहीं तो आप निश्चय ही गलती करेंगे। वास्तव में सभी संबद्ध लक्षणों का समन्वय करके ही निष्कर्ष पर पहुंचना चाहिए। पहली दृष्टि में दिखाई देने वाले दोष वास्तव में अपने प्रभाव के लिए हथेली पर उपस्थित अन्य चिह्नों पर भी निर्भर रहते हैं। जैसाकि पहले कहा जा चुका है, हस्तरेखाशास्त्र एक तर्कसंगत विज्ञान है और इसलिए इसमें क्रमबद्धता बेहद आवश्यक है। अब तक के पृष्ठों में हाथ की बनावट से पर्वतों तक हम एक क्रम में आगे बढ़े हैं। इस क्रम को कभी नहीं भूलना चाहिए। आगे भी एक निश्चित क्रम में ही रेखाओं का विवेचन किया जाएगा।

समय-निर्धारण

यह एक अत्यधिक उलझा हुआ प्रश्न है कि क्या रेखाओं के आधार पर घटनाओं का निश्चित समय तय किया जा सकता है। शायद किया जा सकता है। किन्तु यह इतना आसान तो नहीं है। अनवरत अभ्यास के बावजूद साल-दो साल की गलती होना एक साधारण बात है। फिर भी यदि धैर्य से प्रयत्न किया जाए तो इस अभ्यास को सत्य के निकटतर लाया जा सकता है। समय-निर्धारण मुख्यतः जीवन-रेखा के आधार पर किया जाता है। कभी-कभी हस्तरेखाविद् इसके लिए शनि-रेखा का भी प्रयोग करते हैं। विभिन्न विद्वानों ने अपनी-अपनी रीतियां इस उद्देश्य से विकसित की हैं। आगे कुछ

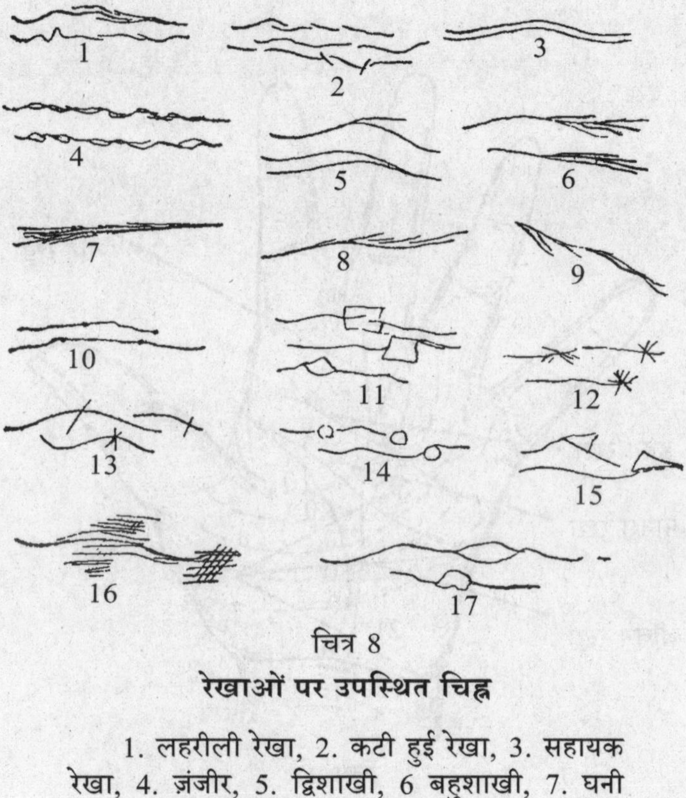

चित्र 8

रेखाओं पर उपस्थित चिह्न

1. लहरीली रेखा, 2. कटी हुई रेखा, 3. सहायक रेखा, 4. ज़ंजीर, 5. द्विशाखी, 6 बहुशाखी, 7. घनी शाखाएं, 8. ऊर्ध्व शाखाएं, 9. निम्न शाखाएं, 10. बिन्दु, 11. वर्ग, 12. नक्षत्र, 13. क्रास, 14 वृत्त, 15. त्रिकोण 16. जाली 17. द्वीप या यव

बहुप्रचलित रीतियों का विवरण दिया जा रहा है (चित्र 9 देखें)। जीवन-रेखा की सम्पूर्ण लम्बाई को किसी धागे से नाप लीजिए। यह आयु के 70 वर्षों का काल है। इसे बराबर-बराबर दस हिस्सों में बांटिए, प्रत्येक खंड सात-सात वर्षों का प्रतिनिधित्व करेगा।

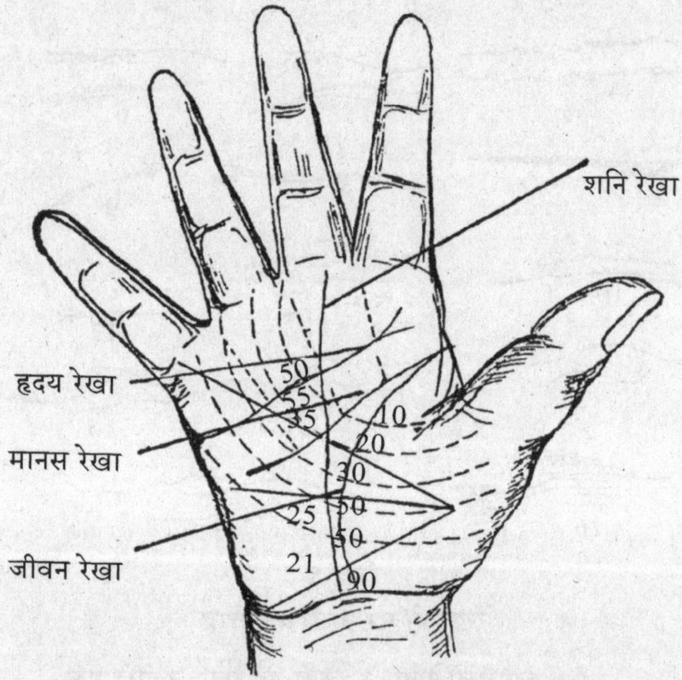

चित्र 9

शनि, जीवन हृदय व मानस रेखाओं पर समय-निर्धारण

जीवन-रेखा के अतिरिक्त शनि-रेखा से भी समय-निर्धारण किया जाता है। यह जहां मानस-रेखा को छूती है, वह आयु का पैंतीसवां वर्ष होता है। इससे आगे हृदय-रेखा से इसका संयोग 50 वर्ष की आयु बताता है। शनि के पर्वत पर यह रेखा 70 वर्ष पूरे कर लेती

है। जीवन-रेखा से समय-निर्णय ऊपर से नीचे की ओर और शनि-रेखा से समय-निर्णय नीचे से ऊपर की ओर किया जाता है क्योंकि शनि-रेखा का उद्गम मणिबंध पर होता है।

एक अन्य रीति में शुक्र पर्वत के केन्द्र से एक सरल रेखा बुध की अंगुली के आधार तक, दूसरी चन्द्रपर्वत के शीर्ष तक और तीसरी रेखा कलाई के जोड़ तक खींची जाती है। ये रेखाएं क्रमशः 21, 28 और 35 वर्ष की आयु में शनि-रेखा को काटती हैं। मोटे तौर पर हृदय-रेखा शनि पर्वत के नीचे 28 से 35 तक, सूर्य पर्वत के नीचे 42 से 49 तक और बुध पर्वत के नीचे 56 से अधिक वर्षों का प्रतिनिधित्व करती है। इसी प्रकार मानस-रेखा पर गुरु के पर्वत के नीचे 21 वर्ष, शनि पर्वत के नीचे 42 वर्ष, सूर्य पर्वत के नीचे 50 वर्ष और बुध पर्वत के नीचे 70 वर्ष के लगभग का समय व्यक्त होता है।

एक अन्य रीति और भी है। इसमें गुरु के पर्वत के मध्यबिंदु को केन्द्र मानकर मध्यमा और अनामिका के बीच से पहला अर्द्धवृत्त, अनामिका के मध्य से दूसरा अर्द्धवृत्त, अनामिका और कनिष्ठा के बीच से तीसरा अर्द्धवृत्त और कनिष्ठा के मध्य तक चौथा अर्द्धवृत्त और कनिष्ठा के बाहरी छोर तक पांचवां अर्द्धवृत्त खींचा जाता है। पहला अर्द्धवृत्त जीवन-रेखा को 10 वर्ष और शनि-रेखा को 45 वर्ष पर काटता है, दूसरा अर्द्धवृत्त जीवन-रेखा को 20 वर्ष पर और शनि-रेखा को 35 वर्ष पर काटता है, इसी तरह प्रत्येक वृत्त दस-दस वर्ष का अन्तराल व्यक्त करता है।

रेखाओं के समय-निर्धारण में अभ्भास की जितनी अधिक आवश्यकता है, उतनी इस विज्ञान में किसी अन्य विभाग में नहीं। मेरी सलाह यह है कि कई बार प्रयोग करके आप जिस रीति को अनुभवसिद्ध और व्यावहारिक पाएं उसीपर भरोसा रखिए। हथेली देखकर समय-निर्धारण उतना आसान नहीं है जितना छापों के द्वारा, इसलिए मेरा परामर्श यह भी है कि छापों का अध्ययन करने की आदत डालिए और किसीके विषय में भविष्यवाणियां करके भूल मत जाइए बल्कि उस व्यक्ति के जीवन-चक्र का अध्ययन करते हुए यह परखने का प्रयत्न भी कीजिए कि उसके संबंध में आपके द्वारा बताई गई बातें और उनका समय कितना मेल खाता है। इस व्यावहारिक रीति से आप अपने निरीक्षणों को और भी अधिक सही

तथा विज्ञानसम्मत धरातल दे सकेंगे।

हथेलियों का वर्गीकरण

कलाई की सीमा पर मणिबंध रेखाओं से आगे अंगुलियों के छोर तक का भाग हस्तरेखा के अध्ययन का क्षेत्र है। यह पांच लम्बी हड्डियों से मिलकर बनता है, जिनके सिरों पर और छोटे टुकड़ों से जुड़कर अंगुलियां बनती हैं। हाथ की आम बनावट के अतिरिक्त, उसकी त्वचा के रंग और नाखूनों की आकृतियां व्यक्ति के सामान्य चरित्र के विभिन्न पक्षों को व्यक्त करती हैं। व्यक्ति को समझने के लिए इस सामान्य संगठन को समझना बहुत आवश्यक है।

त्वचा

अपने विषय की हथेली जैसे ही आप हाथ में लेते हैं, आपका पहला अनुभव सरात्मिक होता है। यह आपके विषय-प्रवेश का सिंहद्वार है। त्वचा व्यक्ति की नैसर्गिक संवेदनशीलता की परिचायक है। यदि हाथ भारी, कर्कश और ठंडा है तो आप एक ऐसे व्यक्ति के सामने हैं जो मूलतः आदिम संवेगों से संचालित है। उसकी हथेलियों की तरह उसके कामकाज में भी एक खुरदुरापन होगा—सलीके का अभाव, खरी भाषा बोलने वाला। साहित्य-संगीत से दूर। ऐसी त्वचा उन लोगों में पाई जाती है जिन्हें पेट भरने के लिए कठोर और मशक्कत वाले काम करने पड़ते हैं। संवेदना के परिष्कार का उन्हें समय ही नहीं मिलता। वे मूल संस्कारों से संचालित होते हैं।

दूसरी ओर नर्म और लचीली त्वचा है। संवेदनशीलता का दूसरा छोर। ऐसे लोग अत्यधिक आत्मकेन्द्रित होते हैं, कमज़ोर इरादों वाले लोग। जीवन के कठोर यथार्थ से घबराए हुए, कला संगीत की जादूगरनियों में शरणागत। वे शारीरिक श्रम के लायक नहीं होते। उन्हें ऐश्वर्य का जीवन पसन्द होता है। उनकी अभिरुचि समृद्ध होती है। किन्तु वे व्यावहारिक नहीं होतें।

संतुलित संवेदनशीलता का प्रतिनिधित्व करती है ऐसी त्वचा

जिसमें न तो अतिरिक्त कठोरता हो और न अतिरिक्त नर्मी। ऐसे व्यक्तियों में व्यावहारिकता और कल्पनाशीलता का समन्वय होता है जो जीवन के प्रत्येक क्षेत्र में उनकी सहायता करता है। सफलता पाने वाले व्यक्ति की हथेली में कठोरता, मांसलता, और अतिरिक्त कोमलता नहीं होती बल्कि एक लचक होती है। यह लचक उन्हें प्रत्येक क्षेत्र में अतिरिक्त सक्रियता देती है। वे स्वभाव से स्वच्छ होते हैं। उनके निर्णय स्वविवेकजन्य होते हैं।

हथेली का रंग व्यक्ति के सामान्य रक्त-प्रवाह का द्योतक है। जिन हथेलियों पर खून की झाईं झलक नहीं मारती उनके स्वामी शारीरिक और मानसिक दृष्टि से दुर्बल होते हैं। ऐसी हथेलियों में एक ठंडक होती है। ये लोग काल्पनिक, रहस्यमय, भावुक और प्रायः स्वार्थों से संचालित होते हैं।

गुलाबी हथेलियां शरीर में रक्त-प्रवाह के सुसंतुलित होने का द्योतक हैं। ऐसे व्यक्तियों में हर क्षेत्र में एक गर्मजोशी की भावना काम करती रहती है। हर काम के खिलाड़ी भावना से करते हैं। आत्मोन्मुख नहीं होते। जीवन के प्रति उनके पास जिज्ञासा और जिजीविषापूर्ण दृष्टिकोण होता है। उनका स्वभाव उन्हें हर स्थान पर वांछित मेहमान बनाता है और उनके सामाजिक संपर्क व्यापक होते हैं।

अत्यधिक लाल हथेलियां स्वभाव में अतिरिक्त उष्णता की परिचायक हैं। ऐसे व्यक्तियों में संतुलन नहीं होता, एक हड़बड़ाहट होती है। वह शक्तिप्रधान होते हैं। उनमें आत्मविश्वास भी होता है। इसलिए प्रायः वह असफल नहीं रहते किन्तु बहुत बार ऐसी असफलताएं उनके हाथ लगती हैं जब वे तनिक-से विवेक से ही स्थिति को अपने पक्ष में कर सकते थे। अति की प्रवृत्ति उनके सामाजिक संबंधों में भी प्रकट होती है। वह प्रेम और घृणा के मामलों में पुनर्विचार नहीं करते।

पीली, नीली, मटमैली हथेलियां अस्वास्थ्यकर रक्त-प्रवाह की द्योतक हैं। ऐसे लोग बीमार, उदास, चिड़चिड़े और आत्मकेन्द्रित होते हैं। किसी तरह ज़िन्दगी का बेमन से बोझ ढोते हुए लोग।

हाथ की बनावट

हथेली को पीछे की तरफ से इसकी स्वाभाविक स्थिति में

समतल सतह पर रखिए। इस ओर से हाथ की बनावट, अंगुलियां और उनके जोड़ों को ध्यानपूर्वक देखिए। इस बनावट के आधार पर हाथों को सात वर्गों में बांटा गया है (चित्र 10 व 11 देखें)। इन वर्गों के लक्षण और चरित्रगत विशेषताएं निम्न प्रकार हैं :

1. प्रारंभिक कहा जाने वाला हाथ खुरदुरा और भारी होता है। उसकी बनावट बेडौल होती है। अंगुलियां छोटी होती हैं। प्रायः वह रूक्ष रोमों से भरा हुआ होता है। ऐसे व्यक्ति सभ्यता के विकास-क्रम में अभी भी प्रारंभिक चरण में हैं। उनके पास बुद्धि नहीं आदिम आवश्यकताएं होती हैं, जिन्हें पूरा कर पाना ही उनकी ज़िन्दगी है। इस वर्ग में अपराधी भी पाए जाते हैं।

2. वर्गाकार हाथ में हथेली की बनावट एक वर्गवत् होती है। इस तरह का चौरस हाथ व्यवहार-बुद्धि का प्रतीक है। धन और वैभव ऐसे व्यक्तियों का लक्ष्य होता है और धैर्य तथा सतत प्रयत्न से वह अपने लक्ष्य को प्राप्त भी कर लेते हैं। व्यावसायिक सफलता के लिए हाथ का यह उत्तम प्रकार है।

3. दार्शनिक कहा जाने वाला हाथ अस्थिप्रधान होता है। इसकी बनावट में सुडौलता नहीं होती और अंगुलियों के जोड़ काफी स्पष्ट होते हैं। मानव समूह के सर्वोत्तम व्यक्ति इसी वर्ग के अन्तर्गत पाए जाते हैं। यह आकृति प्रतिभा तथा विचारशीलता की परिचायक है। ऐसे व्यक्तियों में आदर्श और विश्वासों के प्रति आस्था पाई जाती है। ज्ञान उनका क्षेत्र होता है और मानव-कल्याण उनकी दिशा। यदि दार्शनिक अंगुलियां एक वर्गाकार हथेली पर स्थित हों तो ऐसा व्यक्ति अपने ज्ञान और प्रतिभा का प्रयोग भौतिक सिद्धियों—अर्थ और वैभव के लिए करने में सफल रहता है। अन्यथा दार्शनिक हाथों वाले व्यक्ति धन से अधिक सम्मान के प्रति सचेष्ट रहते हैं।

4. कर्मठ कहा जाने वाला हाथ प्रायः लम्बा होता है। उसकी अंगुलियां सुडौल नहीं होतीं। यह हाथ मणिबंध के पास वाले भाग में भारी होता है। अंगुलियों के सिरे प्रायः फैले हुए होते हैं। यह सब कर्मठता के चिह्न हैं। ऐसा व्यक्ति बेकार नहीं बैठ सकता। वह सदा कुछ करना चाहता है। यदि अंगुलियां गठीली और लम्बी हों तो वह नवीन आविष्कार करने में सफल होते हैं। यंत्रों में उनकी सहज दिलचस्पी होती है।

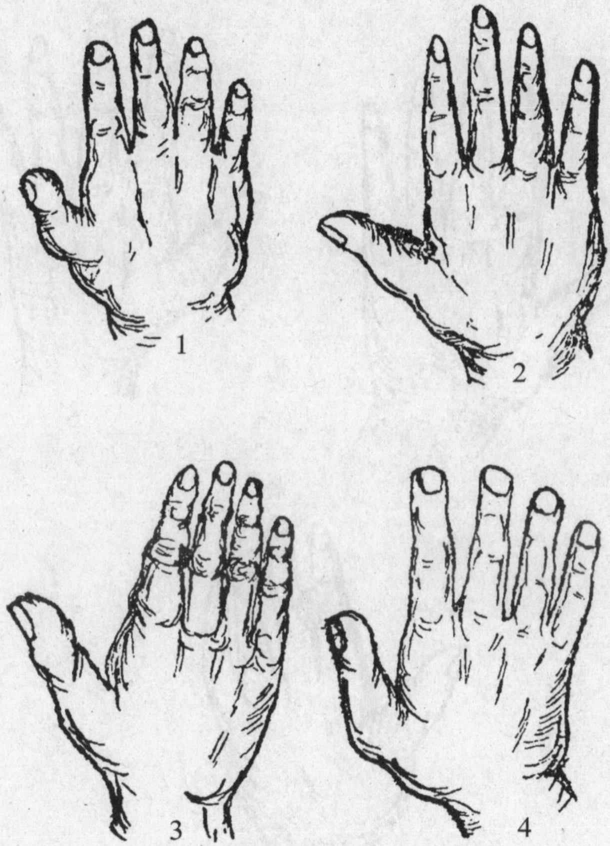

चित्र 10

1. प्रारंभिक प्रकार **2. वर्गाकार हाथ**

3. दार्शनिक प्रकार **4. कर्मठ हाथ**

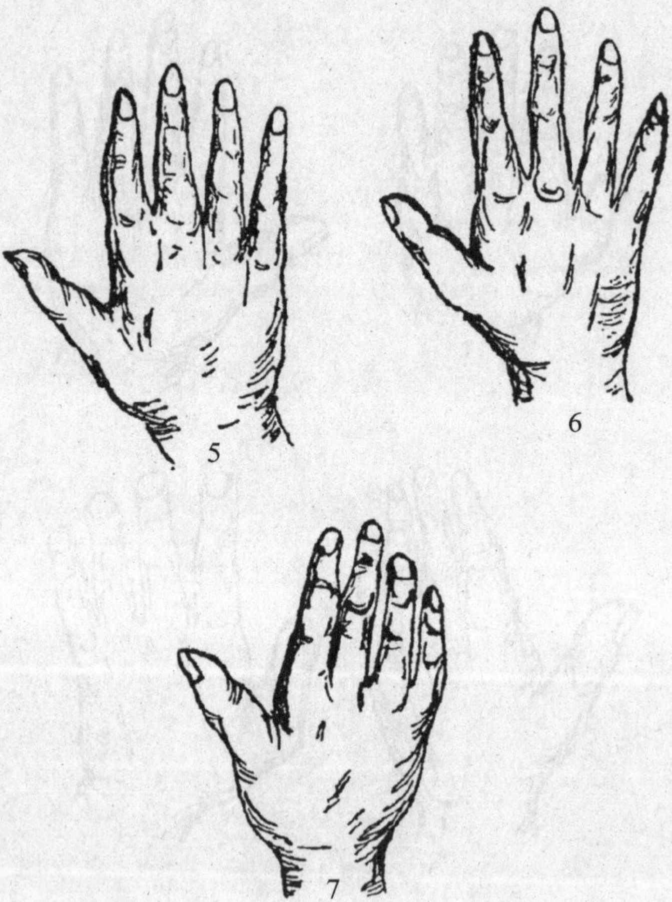

चित्र 11

5. कलात्मक प्रकार 6. आदर्श प्रकार, 7. मिश्रित प्रकार

5. कलात्मक हाथ की बनावट नर्म होती है। इसकी अंगुलियां पतली, नोकीली और लम्बी होती हैं। ऐसे व्यक्तियों का सौन्दर्य-बोध विकसित होता है। व्यावहारिक दृष्टि से ऐसे हाथों वाले व्यक्ति सफल नहीं होते क्योंकि उनके स्वभाव में एक लापरवाही पाई जाती है किन्तु कलात्मक गतिविधियों में उन्हें अन्य वर्गों की अपेक्षा कहीं अधिक सफलता प्राप्त होती है।

6. आदर्श हाथ की गठन सुडौल, रंग गुलाबी, त्वचा मुलायम और अंगुलियां आनुपातिक होती हैं। ऐसे व्यक्ति उन्नत मस्तिष्क वाले होते हैं किन्तु अति की स्थितियों में उनका जीवन व्यतीत होता है। स्वप्न और आदर्शों के जगत् में जीने वाले यह लोग, यदि आर्थिक दृष्टि से उन्हें आश्वस्ति प्राप्त हो सके तो उनका जीवन सुखमय हो जाता है।

7. हाथ का अन्तिम प्रकार **मिश्रित** है। इसमें एकाधिक गुण ऊपर वर्णित वर्गों के पाए जा सकते हैं। यह मिश्रण उनके चरित्र में भी मिलता है। सामाजिक दृष्टि से यह व्यक्ति प्रभावहीन होते हैं और जीवन के अन्य क्षेत्रों में भी उन्हें सफलता के लिए कठिन संघर्ष करने होते हैं।

अंगुलियां

अंगुलियों के अन्तर्गत अंगूठे का अध्ययन नहीं किया जाता। अंगूठा विशेष रूप से महत्त्वपूर्ण है, जैसाकि हम आगे देखेंगे। अंगुलियां चार होती हैं और इन्हें क्रमशः तर्जनी, मध्यमा, अनामिका और कनिष्ठा कहा जाता है। गुरु, शनि, सूर्य और बुध के पर्वत इनके मूल में स्थित होते हैं।

प्रत्येक अंगुली के तीन भाग होते हैं। यह क्रमशः भौतिकता, तर्कबुद्धि और मानसिकता के द्योतक हैं। अंगुली की पहली गठान व्यक्ति की भौतिक जीवनपद्धति को बताती है और दूसरी गठान उसके मानसिक जगत् को। इन खंडों के अध्ययन के अतिरिक्त हम अंगुलियों के सिरों, उनपर बने केशिकाओं के व्यूह और नाखूनों का अध्ययन करते हैं। सीधी, सुन्दर, चिकनी और पुष्ट अंगुलियां अपने पर्वत के गुणों में अभिवृद्धि करती हैं। इसके विपरीत कुरूप और दुर्बल अंगुलियां पर्वतीय गुणों का ह्रास करती हैं। लम्बी अंगुलियां विस्तार से सोचने की प्रवृत्ति बताती हैं। चिन्ताशीलता इनका

धूमिल पक्ष है। ऐसे व्यक्ति बुद्धिजीवी तो होते हैं किन्तु उनका स्वभाव शक्की भी हो सकता है।

छोटी अंगुलियों वाले लोग अपेक्षाकृत व्यावहारिक होते हैं। उनमें कार्य को पूरा करने के प्रति व्यग्रता पाई जाती है। उनकी व्यवहार-बुद्धि उन्हें विभिन्न क्षेत्रों में सफलता देती है। अधिक छोटी अंगुलियां आदिम प्रवृत्तियों की प्रधानता बताती हैं। यदि वे मांसल हैं तो व्यक्ति निर्दय और स्वार्थी होगा।

यदि अंगुलियां भीतर की ओर झुकी हों तो व्यक्ति में दुनियादारी होती है। कभी-कभी वह भीरु और लोभी हो जाते हैं। इनके विपरीत बाहर की ओर झुकने वाली अंगुलियां दिमाग के खुलेपन को व्यक्त करती हैं। ऐसा व्यक्ति एक अच्छा सहयोगी होता है। वह बातूनी हो सकता है। धन के मामले में वह प्रायः निराश रहता है। यदि अंगुलियां मुड़ी, तुड़ी और बदशक्ल हों तो स्वभाव में अपराध मनोवृत्ति पाई जाती है।

सिरों पर अंगुलियों की बनावट चार प्रकार की हो सकती है। (चित्र 12 देखें) चौड़े, फैले हुए सिरे व्यवहार-बुद्धि देते हैं। ऐसे व्यक्तियों में शक्ति, धैर्य और लगन होती है। उनमें आत्मविश्वास होता है। वह रूढ़ियों के दास नहीं होते और उनके हर कार्य में एक व्यवस्था पाई जाती है।

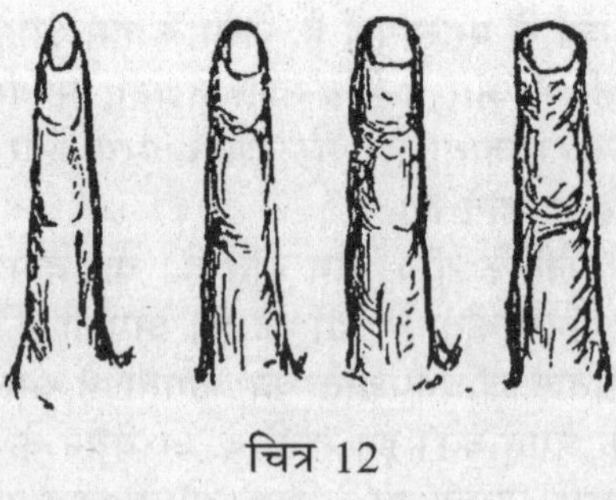

चित्र 12

1. नोकीली अंगुली 2. कोनिक अंगुली 3. वर्गाकार अंगुली 4. फैली हुई अंगुली

वर्गाकृति के सिरे चारों ओर से एक वर्ग की तरह होते हैं। ऐसे व्यक्तियों में दूरदर्शिता और विवेक पाया जाता है। सामाजिक रूप से उन्हें असंदिग्ध सफलता मिलती है क्योंकि उनकी कार्य-

प्रणाली सुनियोजित हुआ करती है। उनके पास चतुराई होती है जो अति की स्थितियों में उन्हें स्वार्थी और शीतल संवेदना वाला व्यक्ति बना देती है।

कोनिक सिरों वाली अंगुलियों वाले व्यक्ति प्रायः भावुक होते हैं। यह अंगुलियां महिलाओं के हाथों में व्यापक रूप से पाई जाती हैं। उन्हें सौन्दर्य आकर्षित करता है। ऐसा व्यक्ति संवेदनशील होता है और प्रतिक्रियाओं से शीघ्र प्रभावित हो जाता है। अति की स्थिति में ऐसे व्यक्ति असंतुलित हो जाते हैं। किसी एक उद्देश्य पर स्थिर नहीं हो पाते और उनका अस्तित्व एक बोझ बनकर रह जाता है।

एकदम नोकीले सिरों वाली अंगुलियां दिवास्वप्नद्रष्टाओं के हाथों में पाई जाती हैं। ऐसे लोग प्रायः कवि, आदर्शवादी, कलाकार अथवा दार्शनिक मनोवृत्तियों के होते हैं। उनका सांसारिकता के साथ समस्वर नहीं हो पाता और वह प्रकृति के दुःखी पुत्रों में से होते हैं। धार्मिक अंधविश्वास उनमें उन्माद तक की अति स्थिति तक पहुंच सकते हैं। यदि अंगुलियों में अंधिक नोकीलापन हो तो वह मानसिक बीमारियों का शिकार आसानी से बन जाते हैं। अंगुलियों का यह प्रकार दो चरम स्थितियों का द्योतक है।

आकार में अंगुलियां या तो गांठरहित होती हैं या फिर एक या दूसरी गांठ के उभार वाली। जो अंगुलियां गांठरहित और चिकनी होती हैं, उनका स्वामी तर्क से अधिक भावना द्वारा संचालित होता है। तर्क का अभाव उन्हें एक अन्य विशेषता देता है, वह घटनाओं का पूर्वानुमान लगा सकते हैं और आश्चर्यजनक बात यह है कि तथ्यों की सर्वांग जानकारी के बिना भी उनके पूर्वानुमान सही निकलते हैं।

इसके विपरीत गांठों वाली अंगुलियां बौद्धिकता, तर्क और सुनियोजित कार्यप्रणाली की द्योतक हैं। ऐसे लोगों के पास वैज्ञानिक किस्म की पहुंच होती है। वह तथ्यों को यों ही बिना किसी संदेह के स्वीकार नहीं करते। उनका सहज ज्ञान विकसित होता है। यदि अंगुलियों की पहली गांठ उभरी हुई हो तो उनका स्वामी सहज विचारक और प्रतिभासम्पन्न होता है। दूसरी गांठ का विकास व्यक्ति को उपयोगितावादी दृष्टिकोण का बना होता है।

अंगुलियों के सिरों को देखकर उनकी बनावट के समन्वय में ये निष्कर्ष निकाले जा सकते हैं :

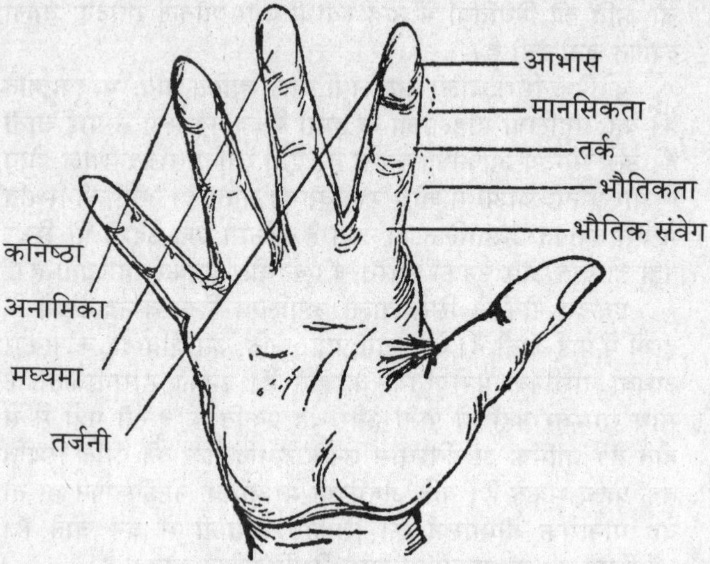

चित्र 13

सिरे	चिकनी अंगुलियां	गठीली अंगुलियां
नोकीले या कोनिक सिरे	कवि, स्वप्नद्रष्टा और आराम के इच्छुक	दार्शनिक रुझान, तर्क और अन्वेषण-प्रतिभा,
वर्गाकार या फैले हुए सिरे	व्यावसायिक कलाकार, अंकशास्त्री या अन्वेषक	व्यावहारिक प्रतिभा, सुनियोजित कार्यप्रणाली

तर्जनी हाथ पर सबसे अधिक महत्त्वपूर्ण अंगुली है। यदि यह छोटी है तो व्यक्ति सक्रियता में विश्वास रखता है। अत्यधिक बड़ी होने पर यह व्यक्ति को अहमन्यता और अनावश्यक दंभ देती है। मध्यमा की लम्बाई तक पहुंचने वाली तर्जनी वाले व्यक्ति महत्त्वाकांक्षी होते हैं।

शनि की अंगुली या मध्यमा एक विशिष्ट अंगुली है क्योंकि इनका विकास मनुष्य को अपराध की ओर प्रेरित करती है। उनमें इसका विकास मानसिक असन्तुलन, घृणा, उदासी, स्वार्थ जैसे दुर्गुणों

को जन्म देता है। यदि अंगुली मुड़ी-तुड़ी हो तो यह एक हत्यारे का हाथ हो सकता है। यदि अंगुली का सिरा फैला हुआ हो तो व्यक्ति को कल्पनाशीलता के गुण मिल जाते हैं।

सूर्य की अंगुली व्यक्ति को कलात्मक अभिरुचि देती है। यदि इसका सिरा फैला हुआ या वर्गाकार हो तो व्यक्ति अपनी कलात्मक प्रवृत्तियों को व्यासायिक स्वरूप भी दे सकता है।

बुध की अंगुली का अतिरिक्त विकास दूसरों को प्रभावित करने की शक्ति और स्वयं के लिए न हारने वाली महत्त्वाकांक्षा देता है। यदि यह छोटी है तो वह तुरन्त निर्णय की क्षमता रखता है।

हथेली से एक क्रम में जुड़ी हुई अंगुलियां शुभ होती हैं किन्तु यदि कोई अंगुली अपने पर्वत में गहरी धंसी हुई है तो वह उस पर्वत के गुणों को प्रभावित करेगी। यदि अंगुली का जोड़ पर्वत से बाहर निकला हुआ हो तो वह उसके क्षेत्र में अभिवृद्धि करती है। स्वभावतया पर्वतीय गुणों में भी अभिवृद्धि होती है।

दो अंगुलियों के बीच की जगह भी महत्त्वपूर्ण है क्योंकि वह भी किन्हीं गुणों की परिचायक हुआ करती है। सभी अंगुलियों के बीच की दूरी स्वतन्त्र विचारों वाले व्यक्ति का लक्षण है। यदि अंगुलियों के बीच जगह न हो तो सम्बन्धित व्यक्ति परम्पराओं और रूढ़ियों में जकड़ा हुआ, लोकचर्चा से भयभीत और भविष्य के प्रति संदेहग्रस्त होता है। अंगूठे और तर्जनी के मध्य अन्तर व्यक्ति में दया, करुणा, क्षमा आदि मानवीय गुणों का संचार करता है। यह दूरी जितनी अधिक होगी व्यक्ति के मन में विशालता और व्यापकता का अनुपात भी वही होगा।

मध्यमा, और तर्जनी के बीच का खाली स्थान विचार-स्वातन्त्र्य का द्योतक है। मध्यमा और अनामिका के बीच की खाली जगह अनौपचारिकता, लापरवाही और भविष्य के प्रति संदेहशीलता बताती है। अनामिका और कनिष्ठा के बीच खाली जगह वाला व्यक्ति कार्यों और विचारों में निरंकुश होता है।

अंगुलियों के झुकाव को भी ध्यान से देखिए। जो अंगुली जिस अंगुली के प्रति झुकी हुई होती है, उस अधिक आकर्षण वाली अंगुली और पर्वत के गुण ग्रहण कर लेती है। उसके अपने मौलिक गुणों का ह्रास हो जाता है।

अंगुलियों पर निशान

अंगुलियों पर के निशानों का अध्ययन अपराध शास्त्र में किया जाना अब एक सामान्य बात हो गई है। अनुभव और व्यापक अध्ययन से ज्ञात हुआ है कि दो व्यक्तियों में यह निशान कभी एक-से नहीं होते। वर्षों पूर्व न्यूस्काटलैण्डयार्ड के असिस्टेण्ट पुलिस कमिश्नर सर एडवर्ड हेनरी ने अंगुलियों के सिरों पर उपस्थित केशिकाओं से बनने वाले इन चिह्नों का विधिवत् अध्ययन करके एक ऐसी प्रणाली निकाली थी जो आज संसार-भर में अपराधियों की खोजबीन के काम में विश्वासपूर्वक लाई जाती है। हस्तरेखा शास्त्री नोएल जेक्विन व्यक्ति के चरित्र, मनोविज्ञान और शारीरिक स्वास्थ्य की जानकारी प्राप्त करने में इन चिह्नों को अतिशय महत्त्व देते हैं। यह चिह्न निम्न प्रकार के हो सकते हैं :

1. **शंकुवत्**—जो व्यापक मानसिक और भावनात्मक लचीलापन बताते हैं। ऐसा व्यक्ति स्वयं को वातावरण और परिस्थितियों के अनुरूप आसानी से ढाल लेता है। स्वास्थ्य की दृष्टि से ऐसे व्यक्ति स्नायुदौर्बल्य, बदहज़मी और हृदयरोगों के शिकार हो सकते हैं।

2. **तम्बू की तरह**—यह चिह्न व्यक्ति को संवेदनशीलता देता है। ऐसे लोग कलाप्रिय और आदर्शवादी होते हैं। भावनात्मक क्षेत्र में उनमें लचीलापन होता है। किन्तु वह प्रतिक्रिया से आसानी से प्रभावित हो जाते हैं। ऐसे व्यक्ति स्नायविक दृष्टि से कभी भी असन्तुलित हो सकते हैं।

3. **मेहराव की तरह**—अंगुलियों पर इस तरह के निशान रहस्यमय व्यक्तित्व के द्योतक हैं। वे शक्की होते हैं और उनका मन डूबा-डूबा रहता है। उनका रक्त-प्रवाह दोषयुक्त होता है और छूत की बीमारियां उनपर आसानी से असर डाल सकती हैं।

4. **चक्रवत्**—यह एक आदर्श स्वरूप है। इसे अंगुलियों पर रखने वाले व्यक्ति स्वतन्त्र और व्यक्तिवादी होते हैं। विचार और कार्यों में मौलिक, किन्तु उनका भावनात्मक पक्ष स्वयं के निर्णयों और विवेक पर आधारित रहता है। उन्हें परम्पराएं और मान्यताएं बांध नहीं पातीं। वे स्नायविक और रक्त की बीमारियों के खतरे में रहते हैं।

5. **मिश्रित प्रकार**—उपर्युक्त प्रकारों में से कोई दो मिलकर

इस प्रकार के चिह्न बनाते हैं। ऐसे व्यक्ति व्यावहारिक और यथार्थ-वादी होते हैं। उनमें लचीलापन नहीं होता। तनिक-सी आलोचना अथवा विरोध उन्हें रुष्ट कर सकता है। स्वास्थ्य की दृष्टि से वे असाध्य बीमारियों के शिकार हो सकते हैं।

नाखून

अंगुलियों के अध्ययन में अब हम अन्तिम भाग तक आ पहुंचे हैं। यह हैं कार्टिलेजों के वह टुकड़े जो अंगुलियों के सिरों पर कवच की तरह उनकी रक्षा करते हैं। चिकित्साशास्त्री बीमारियों के लक्षणों का पता लगाने में नाखूनों के महत्त्व पर एकमत हैं। हस्त-रेखा शास्त्री नाखूनों के स्वास्थ्य के सम्बन्ध में चिकित्साशास्त्रियों द्वारा एकत्र जानकारी को यथावत् स्वीकार करते हैं।

स्वस्थ नाखून मुलायम, चिकने और गुलाबी होते हैं। लम्बे और पतले नाखून शारीरिक दुर्बलता बताते हैं। यदि वे मुड़े हुए अथवा धारियों वाले हों ऐसे व्यक्ति के फेफड़े कमज़ोर होते हैं। लम्बे और भारी नाखून निर्दयता और सहानुभूतिहीनता व्यक्त करते हैं। ऐसे लम्बे नाखून जिनमें नीलिमा की एक झाईं हो, रक्त-प्रवाह का दोष बताते हैं। छोटे नाखून सक्रिय बौद्धिकता के प्रतीक हैं। यदि वे रंगहीन हों तो व्यक्ति कुटिल होता है। छोटे वर्गाकार नाखून हृदय-रोग के खतरे को प्रकट करते हैं। यदि उनमें तिकोना-पन हो तो व्यक्ति लकवे का शिकार हो सकता है। अत्यन्त संकरे, मुड़े नाखून रीढ़ की हड्डी में रोगों की संभावना व्यक्त करते हैं।

जिन लोगों को दांतों से नाखून चबाने की आदत होती है उनसे सतर्क रहना चाहिए। वे मानसिक रूप से अस्थिर, चिन्ताग्रस्त और आसानी से बहक जाने वाले होते हैं। उनका स्वभाव विश्वसनीय नहीं होता।

नाखून पर कभी-कभी अल्पकाल के लिए कुछ चिह्न पैदा हो जाते हैं। काले धब्बे चिन्ता और उदासी के प्रतीक हैं। सफेद धब्बे सम्बन्धों में नैराश्य देते हैं। अंगूठे के नाखून पर सफेद धब्बा सफल संबंध बताता है और काला धब्बा संवेगों की तीव्रता के कारण अपराध। तर्जनी पर सफेद धब्बा लाभ और काला धब्बा हानि व्यक्त करता है। मध्यमा पर सफेद चिह्न संभावित यात्रा और काला चिह्न किसी आशंका को प्रकट करता है। अनामिका के

नाखून पर सफेद चिह्न सम्मान और धनप्राप्ति बताता है। इसके विपरीत काला चिह्न बदनामी का द्योतक है। कनिष्ठा पर काला धब्बा व्यावसायिक असफलता का और सफेद धब्बा सफलता का प्रतीक है।

नाखूनों पर सफेद चिह्नों का कारण स्नायविक दुर्बलता और काले चिह्नों का कारण अशुद्ध रक्त प्रवाह हुआ करता है। नाखून के आधार में चन्द्र की उपस्थिति सशक्त रक्त-प्रवाह का चिह्न है जबकि इसकी अनुपस्थिति विपरीत प्रभाव प्रकट करती है।

ग्रह और उनके पर्वत

हथेली पर विभिन्न पर्वतों के स्थानों के संबंध में प्रारंभिक परिचय दिया जा चुका है। इस अध्याय में हम विस्तार से इन्हें लेंगे। पर्वतों का अध्ययन विशेष रूप से महत्त्व का है क्योंकि यही वह पृष्ठ-भूमि है जो हथेली की विभिन्न रेखाओं को प्रभावित करती है। वह ग्रह जिसके नाम पर इन पर्वतों का नामकरण किया गया है, विविध विशेषताओं के लिए उत्तरदायी माने जाते हैं। फलित ज्योतिष का आधार इन ग्रहों की आकाश में उपस्थिति और उनका परिभ्रमण है। जन्मकुंडलियां व्यक्ति के जन्म-समय पर इन ग्रहों की स्थिति का चित्र होती हैं और गोचर कुंडली इनकी गति का चित्र। यह अनुभव की बात है कि यदि जन्मकुंडली में किसी ग्रह की स्थिति सशक्त है तो हथेली पर उसका पर्वत भी भली प्रकार विकसित होगा। तदनुरूप व्यक्ति उस ग्रह के गुणों से संचालित पाया जाएगा।

धरती को घेरने वाले आकाश को बारह बराबर भागों में विभाजित किया जाता है, इसे राशिचक्र कहते हैं और इन बारह खंडों में से प्रत्येक को राशि, जिनके नाम अलग-अलग हैं। वर्ष के बारह महीनों में सूर्य इस सम्पूर्ण राशिचक्र का परिभ्रमण पूरा करता है। वस्तुतः सूर्य नहीं घूमता, घूमती तो धरती ही है किन्तु उसकी गति इस प्रकार रहती है कि सूर्य एक महीने एक राशि में रहता है। अन्य ग्रह भी सूर्य की परिक्रमा करते हैं और उनके परिभ्रमण पूरा

करने की अवधियां अलग-अलग हैं। सबसे कम समय चन्द्रमा को लगता है जो लगभग सवा दो दिन में एक राशि से निकलकर एक चान्द्रमास में धरती की परिक्रमा पूरी कर लेता है। ग्रहों की राशिगत स्थितियां अच्छे या बुरे प्रभाव उत्पन्न करती हैं। कोई ग्रह जिस राशि में तेजस्वी होता है, उसे उसकी उच्च राशि कहा जाता है और जहां वह प्रभाव खो देता है वह उसकी राशि मानी जाती है। नीचे वर्ष-भर की उन तिथियों की तालिका दी गई है, जिनमें सूर्य उनके साथ दी गई राशि में रहता है। यह एक सामान्य स्त्ररूप है, स्थानीय पंचांग में कुछ दिनों का हेर-फेर हो सकता है, किन्तु हमारे विवेचन में इतना सूक्ष्म जाने की आवश्यकता नहीं है :

21 मार्च से 19 अप्रैल तक	मेष	या एरीस
20 अप्रैल से 20 मई	वृष	या टारस
21 मई से 20 जून	मिथुन	या जेमिनी

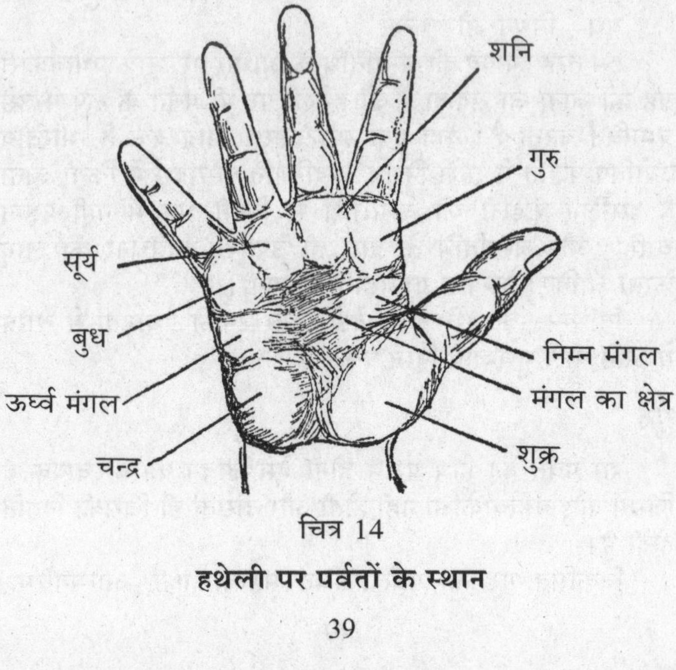

चित्र 14

हथेली पर पर्वतों के स्थान

21 जून से 21 जुलाई	कर्क	या केन्सर
22 जुलाई से 21 अगस्त	सिंह	या लियो
22 अगस्त से 22 सितम्बर	कन्या	या वर्गो
23 सितम्बर से 22 अक्टूबर	तुला	या लिब्रा
23 अक्टूबर से 21 नवम्बर	वृश्चिक	या स्कारपियो
22 नवम्बर से 21 दिसम्बर	धनु	या सेगिटेरियस
22 दिसम्बर से 20 जनवरी	मकर	या केप्रिकार्न
21 जनवरी से 19 फरवरी	कुंभ	या एक्वेरियस
20 फरवरी से 20 मार्च	मीन	या पाइसेस

यह राशियां किसी न किसी ग्रह के प्रभाव-क्षेत्र में होती हैं। उन्हें राशिस्वामी कहा जाता है। जिस राशि के अन्तर्गत व्यक्ति का जन्म होता है, उसके राशिस्वामी का उसपर विशेष प्रभाव पड़ता है। नीचे की तालिका राशियों और उनके स्वामियों को प्रकट करती हैं :

सूर्य—सिंह	गुरु—धनु और मीन
चन्द्र—कर्क	शुक्र—वृष और तुला।
मंगल—मेष और वृश्चिक	शनि—मकर और कुंभ
बुध—मिथुन और कन्या	

इस तरह व्यक्ति की जन्मतिथि के आधार पर उसके प्रभावकारी ग्रह को जाना जा सकता है जो हथेली पर भी पर्वत के रूप में उसे प्रभावित करता है। यहां एक स्पष्टीकरण आवश्यक है, भारतीय ज्योतिष-पद्धति में राशि-निर्णय चन्द्रस्थिति के संदर्भ में किया जाता है इसलिए कुंडली की जन्मराशि से किसी भ्रम में नहीं पड़ना चाहिए और जन्मतिथि के द्वारा ही उपर्युक्त विवेचना को लागू करना चाहिए। अन्यथा गड़बड़ी हो जाएगी।

विभिन्न पर्वत (चित्र 14 देखें) और उनकी प्रधानता से चरित्र में आने वाले गुण-दोष निम्न प्रकार हैं :

गुरु

इस पर्वत का हाथ पर न होना ऐसे जीवन का परिचायक है जिसमें कोई महत्त्वाकांक्षा नहीं होती और दासता ही जिसकी नियति होती है।

विकसित गुरु का पर्वत उचित महत्त्वाकांक्षा, आत्मगरिमा,

प्रभावोत्पादकता तथा आदर्शप्रियता का प्रतीक है। ऐसे लोग गुरु प्रधान होते हैं—नेतृत्व और संचालन उनकी सहज प्रवृत्ति होती है। उन्हें निश्चय ही सामाजिक महत्त्व मिलता है। उनका हृदय दयालु और व्यापक होता है। उनकी भावनाएं शब्दों तक सीमित नहीं रहतीं, वे अपने कार्यों और व्यवहार से उन आदर्शों को मूर्त करके दिखाते हैं, जिनपर उनकी आस्था हो। सबल मानस-रेखा गुरु के पर्वत की प्रभावशीलता में अभिवृद्धि करती है किन्तु यदि मानस-रेखा कटी-फटी और अस्तव्यस्त हो तो विकसित गुरु का पर्वत स्वभाव में घमण्ड, आत्ममोह और लिप्सा देता है। यदि गुरु का पर्वत अत्यधिक विकसित हो तो भी थोथा घमण्ड, प्रभुत्व की कामना, यथार्थ और शेखी के दुर्गुण आ जाते हैं। यदि अंगुलियों के सिरे नोकीले हों तो वे अंधविश्वासी होते हैं। वर्गाकार

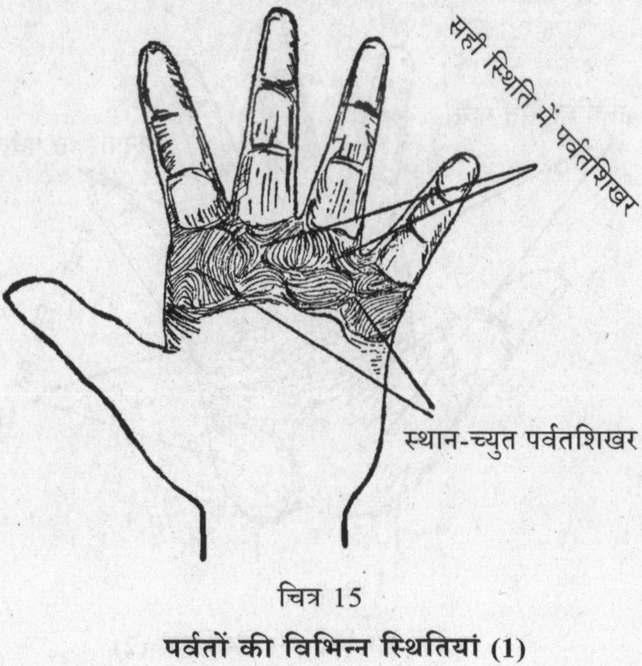

चित्र 15

पर्वतों की विभिन्न स्थितियां (1)

और कोनिक सिरों में गुरु का अति विकास व्यक्ति में निर्दयता लाता है और यदि अंगुलियों में चिकनाहट हो तो ऐसे लोग वैभव-कामी होते हैं।

सामान्य रूप से विकसित गुरु सफलताप्राप्ति का एक निश्चित संकेत है। यदि हथेली पर मानसिक विश्व की प्रधानता हो तो व्यक्ति की महत्त्वाकांक्षा साहित्य-क्षेत्र में होती है, यदि उसका व्यावहारिक विश्व प्रधान हो तो वह व्यावसायिक और आर्थिक क्षेत्र में नेतृत्व करता है। निम्नविश्व के साथ गुरु का विकास अच्छा नहीं है क्योंकि ऐसा व्यक्ति हर कार्य अपनी आदिम ज़रूरतों को पूरा करने के लिए करता है। (हथेली पर तीन विश्वों की उपस्थिति के संबंध में हम अगले अध्याय में चर्चा करेंगे) गुरु की प्रधानता वाले दृढ़ इच्छाशक्ति से संपन्न होते हैं। उनमें चिन्तन और मनन की

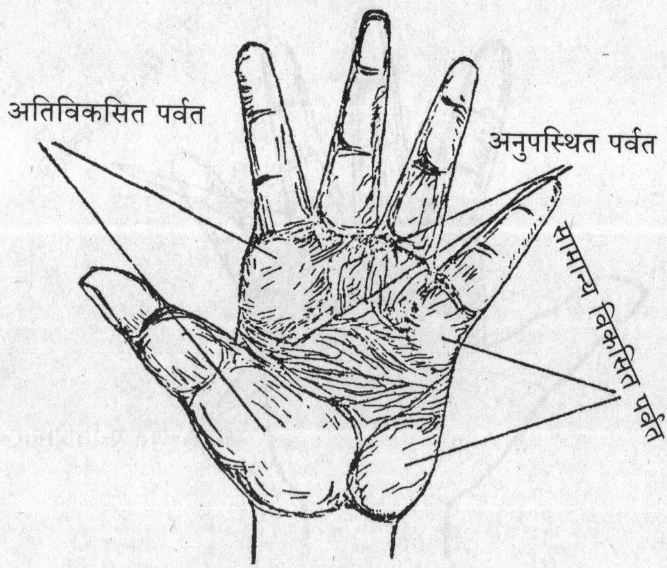

चित्र 16

पर्वतों की विभिन्न स्थितियां (2)

प्रवृत्ति होती है। उनका अध्ययन व्यापक होता है। धर्मभीरुता उनका स्वभाव है क्योंकि वे कल्याणकामी और परमार्थी होते हैं। उनकी वक्तृता प्रामाणिक और तर्कसंगत होती है। अनेक युगों में और विभिन्न क्षेत्रों का नेतृत्व करने वाले महापुरुष गुरु-प्रधान ही हुआ करते हैं।

यदि गुरु का झुकाव शनि की ओर हो तो व्यक्ति के स्वभाव में गम्भीरता और नैराश्य आ जाता है। उनके रुचिक्षेत्रों में गम्भी-रता आ जाती है। दर्शन, पुरातत्त्व और निश्चित विज्ञान उन्हें आकर्षित करते हैं।

यदि पर्वत हृदय की रेखा को अपनी ओर खींच रहा हो तो ऐसे व्यक्ति प्रेम और यौन संबंधों में आदर्शों से संचालित होते हैं। अपने साथी के चुनाव में उनकी रुचि परिष्कृत होती है।

यदि गुरु की अंगुली अस्वाभाविक रूप से दीर्घ हो तो व्यक्ति निरंकुश होता है, अपने अधीनस्थों पर आतंकपूर्ण शासन करना चाहता है। यदि अंगुली छोटी हो तो गुरु के सहज गुण समाप्त हो जाते हैं। टेढ़ी-मेढ़ी तर्जनी स्वभाव में चालाकी और नीचता लाती है। यदि अंगुली का सिरा कोनिक हो तो व्यक्ति आदर्शप्रिय, वर्गाकार हो तो व्यावहारिक और यदि फैला हुआ हो तो अनुचित रूप से महत्त्वाकांक्षी होता है।

धनु का गुरु यात्रा, विवेक और विचारधारा से संबंधित होता है जबकि मीन का गुरु व्यक्ति को आत्मिक पवित्रता देता है। (नये नक्षत्र नेपच्यून की खोज के बाद से उसे मीन राशि का स्वामी माना जाता है। किन्तु फल की दृष्टि से गुरु का प्रभाव अब भी इस राशि पर स्वीकार किया जाता है।)

शनि

मध्यमा के आधार पर स्थित पर्वत क्रूर और कुटिल माने जाने वाले शनि का स्थान है। इसकी प्रभाव-राशियां मकर और कुंभ हैं। यदि पर्वत अनुपस्थित हो तो ऐसे व्यक्ति उल्लेखहीन जीवन बिताते हैं। सामान्य पर्वत व्यक्ति के भाग्य को व्यक्त करता है। भाग्य की रेखा इसी पर्वत पर पहुंचती है। शनि से प्रभावित व्यक्ति एकान्तप्रिय, अपने-आपमें खोए हुए और भाग्य तथा परि-स्थितियों के दास होते हैं। संवेदनशीलता और अनास्था उनका स्व-

भाव है। रहस्यमय विज्ञानों में उनका मन बहुत रमता है। कोलाहल और जनजीवन से दूर किताबों और प्रयोगशालाओं में वे सारी उम्र बिता देते हैं। वे जादूगर, इंजीनियर, अन्वेषक, ज्योतिषी आदि हो सकते हैं। यदि लेखक हुए तो उन्हें रहस्यवाद ही रुचता है। उनके स्वभाव में कंजूसी होती है। उदास, स्फूर्तिहीन और दुखी।

यदि पर्वत अधिक विकसित हो तो यह विशेषताएं बढ़कर खतरनाक बन जाती हैं, वे मानवद्रोही हो जाते हैं। प्रायः आत्महत्या करने वालों का शनि अधिक विकसित पाया गया है।

मानसिक विश्व की प्रधानता उन्हें अध्ययनशील बनाती है, व्यावहारिक विश्व का विकास उन्हें आर्थिक सफलता देता है किन्तु यदि निम्न विश्व प्रधान है तो उनकी मनोवृत्ति अपराधी होती है।

अंगुली का नोकीला सिरा स्वप्नों में जीने वाले का चिह्न है, यदि सिरा कोनिक हो तो यह दुर्गुण कम हो जाता है। वर्गाकार सिरा उत्तम चिह्न है, ऐसे व्यक्ति व्यावहारिक विज्ञानों के क्षेत्र में उल्लेखनीय कार्य करते हैं किन्तु फैला हुआ सिरा घोर आत्मकेन्द्रित प्रवृत्ति का द्योतक है। यदि अंगूठा अच्छा हो तो शनि-प्रधान व्यक्ति असाधारण विवेक से सम्पन्न हो जाते हैं।

सूर्य

प्रकाशदाता और सौरकुटुम्ब का केन्द्र सूर्य हथेलियों पर अनामिका के आधार पर स्थित रहता है। यदि यह पर्वत अनुपस्थित हो तो व्यक्ति में कोई परिष्कार नहीं होता। सूर्य की राशि सिंह है। प्रतिभा, यश और सफलता में सूर्य की विशेष भूमिका होती है।

भली प्रकार विकसित सूर्य का पर्वत सफलता, धन और यश का निश्चित चिह्न है। ऐसे व्यक्ति अपनी प्रतिभा के लिए सम्मान प्राप्त करते हैं। उनमें अदम्य आत्मविश्वास होता है। उनकी कलाकृतियां और रचनाएं लोकप्रियता प्राप्त करती हैं। जिस क्षेत्र में भी वह हाथ डालते हैं उन्हें सफलता ही मिलती है। उनके परिचय का क्षेत्र व्यापक होता है। उन्हें वैभव-भरी ज़िन्दगी रुचिकर होती है। उनके मस्तिष्क स्पष्ट होते हैं। संबंधों में वे उत्तरदायी, ईमानदार और जांनिसार होते हैं।

यदि पर्वत अधिक विकसित हो तो व्यक्ति दर्पपूर्ण, चाटुकारिता-

प्रिय और शेखीखोर हो जाता है। ऐसा व्यक्ति अपनी आलोचना नहीं सह सकता और तमाम दुश्मन पैदा कर लेता है।

विकसित मानसिक विश्व के साथ सूर्य-प्रधान व्यक्ति साहित्य, कला अथवा काव्य में सफलता पाता है। यदि व्यावहारिक विश्व सबल हो तो उसे व्यापारिक सफलता मिलती है। निम्न विश्व के प्रबल होने के साथ सूर्य पर्वत का विकास अच्छा नहीं है क्योंकि ऐसे लोग आत्ममोही होते हैं और रचनात्मक सफलता उन्हें नहीं मिलती। सूर्य का पर्वत अथवा अनामिका का शनि की ओर झुकाव स्वभाव में निराशा और तथ्यहीनता लाता है। बुध की ओर झुकाव व्यावसायिक-आर्थिक क्षेत्रों में यशोपलब्धि का प्रतीक है। अनामिका का बहुत लम्बा अथवा अस्तव्यस्त होना व्यक्ति को चालाकी देता है। ऐसे लोग होशियार जुआरी होते हैं। मध्यमा के आकार की अनामिका व्यक्ति के जीवन में उल्लेखनीय अवसर लाती है। कोनिक सिरा कलात्मक अभिरुचि का प्रतीक है। वर्गाकार सिरे व्यावहारिक कुशलता देते हैं। नोकीले सिरे आदर्शप्रियता के चिह्न हैं।

बुध

कनिष्ठा के आधार पर स्थित बुध का पर्वत इसलिए महत्त्वपूर्ण है क्योंकि व्यक्ति को भौतिक सफलताएं दिलवाने में इसकी ही भूमिका होती है। बुध-प्रधानता वाले व्यक्ति जीवन के जिस क्षेत्र में हाथ डालते हैं, उन्हें सफलता मिलती है। उनके पास लगन, परिस्थितियों और परिस्थितिगत आवश्यकताओं को पहचानने की शक्ति और योजनाबद्ध कार्य-प्रणाली होती है। स्वभाव से वह अस्थिर होते हैं और नित नई सफलताओं के लिए प्रयत्नशील रहते हैं।

यह पर्वत विपरीत मनोवृत्तियों का द्योतक है इसलिए अपराधियों का एक बहुत बड़ा वर्ग भी इसके अन्तर्गत आता है और लेखकों, वैज्ञानिकों तथा व्यापारियों का वर्ग भी। उन्हें मानवीय मनोविज्ञान का पाठ पढ़ने के लिए प्रयत्न नहीं करना पड़ता। यह नैसर्गिक रूप से उन्हें मिला हुआ होता है। उसका मस्तिष्क तीव्र और पैना होता है। अवसरों का पूरा-पूरा फायदा उठा लेना केवल बुध-प्रधान व्यक्तियों को ही आता है। उसकी प्रधान रुचि धनो-

पार्जन होती है। अपने-आपको प्रस्तुत करना वह भली प्रकार जानता है। एक तरह की उदासी और थकान उसे घेरे रहती है किन्तु प्रकृति का सीधा संपर्क उसे तरोताजा कर देता है। वह यात्राप्रिय होता है।

अत्यधिक विकसित बुध का पर्वत कुटिलता का निश्चित चिह्न है। वह झूठा, चोर और अपराधी बन जाता है। यदि कनिष्ठा टेढ़ी-मेढ़ी हो तो यह संभावना और बढ़ जाती है।

लचकीली हथेली बुध के मानसिक पैनेपन को और बढ़ाती है। यदि कनिष्ठा का सिरा नोकीला हो तो व्यक्ति सफल और प्रभावोत्पादक वक्ता होता है। वर्गाकार सिरा उसे तर्कसंपन्न बनाता है तथा विश्लेषण का गुण देता है। फैला हुआ सिरा असाधारण सफलता का चिह्न है। यदि अंगुलियां गठीली हों तो व्यक्ति की विश्लेषण-प्रवृत्ति और बौद्धिकता बढ़ जाती है। मानसिक विश्व की प्रधानता और अच्छा अंगूठा बुध-प्रधान व्यक्तियों के लिए शुभ है अन्यथा वे हानिकारक बन जाते हैं।

मंगल

हथेली पर मंगल की दो स्थितियां हैं—बुध पर्वत के नीचे और गुरु पर्वत के नीचे। मंगल का पहला स्थान उच्च मंगल और दूसरा स्थान निम्न मंगल कहलाता है। मंगल शक्ति का प्रतीक है चाहे यह शक्ति रचनात्मक हो अथवा ध्वंसात्मक। उच्च मंगल चरित्र में स्थिरता और निरोध देता है, मेष राशि से प्रभावित व्यक्तियों में यह विकसित होता है। निम्न मंगल वाले व्यक्ति वृश्चिक राशि में पैदा हुए होते हैं, यह उन्हें हिंसात्मक प्रवृति देता है।

मंगल की एकदम अनुपस्थिति भीरुता का चिह्न है।

सामान्य रूप से विकसित मंगल शारीरिक सबलता बताता है। वे वीरोचित कार्यों और साहस के प्रशंसक होते हैं। युद्ध और जीवट उनकी चर्चा के मुख्य विषय होते हैं। वे स्पष्टवक्ता होते हैं और शक्ति को मानवीय कार्य-व्यापार का केन्द्र मानते हैं। मंगल-प्रधान व्यक्ति से शत्रुता बुद्धिमानी नहीं है। क्योंकि वे अपने शत्रु पर प्रहार के उचित अवसर को पहचानते हैं। नेतृत्व की लिप्सा उन्हें सेना में ले जाती है।

मंगल का अहितकर विकास हिंसात्मकता, रक्त-पिपासा और पाशविकता बताता है। ऐसे लोग अपराधों की ओर झुक जाते हैं। रूखी हथेली, छोटी अंगुलियां और गेंद जैसा अंगूठा मंगलवर्गीय हत्यारे के लक्षण हैं। यह हत्यारे अपने शिकार में बन्दूक जैसे जल्दी काम आ जाने वाले शस्त्र का प्रयोग नहीं करते बल्कि ऐसा पैना हथियार काम में लेते हैं जिससे रक्त-प्रवाह हो।

पर्वतों से घिरी हुई हथेली की शेष जगह मंगल-क्षेत्र कहलाती है। इसका विस्तृत होना मानसिक अस्थिरता का द्योतक है, यदि मानस-रेखा अस्तव्यस्त हो तो व्यक्ति सनकी हो सकता है।

हथेली का लचकीलापन मानसिक विकास बताता है। ऐसे मंगलीय व्यक्ति शान्त और शिष्ट होते हैं। कठोर हथेली मंगलीय गुणों को दुर्गुणों में बदल देती है। पीला रंग स्नायविक दुर्बलता का चिन्ह है जो उन्हें अपराधी बनाता है।

मंगल की अपनी कोई अंगुली नहीं है इसलिए हथेली के विश्वों का अध्ययन करना आवश्यक हुआ करता है। यदि मानसिक विश्व सबल हो तो व्यक्ति की महत्त्वाकांक्षाएं साहित्य के क्षेत्र में बढ़ जाती हैं। वह अपने विषय वीर महापुरुषों के जीवन से चुनता है। यदि मध्य विश्व प्रधान हो तो उसका साहस और जीवट की भावना उसे व्यापारिक क्षेत्रों में सफलता देती है किन्तु निम्न विश्व के साथ मंगल का विकास हानिकर है।

कोनिक अंगुलियां मंगलीय व्यक्तित्व को आदर्शप्रियता देती हैं। वर्गाकार और फैली हुई अंगुलियां उसके गुणों की सक्रियता की द्योतक हैं। गंठीली अंगुलियों से व्यक्ति में विवेक की अभिवृद्धि होती है।

चन्द्र

मंगल के नीचे और मणिबंध के ऊपर हथेली का बाहरी धरातल बनाने वाला पर्वत चन्द्र है और यह दूसरा पर्वत है जिसकी कोई अंगुली नहीं होती। सौन्दर्य, शृंगार और कोमलता इसके सहज गुण हैं। कल्पना इसकी पुत्री है और चन्द्र-प्रधान व्यक्ति प्रायः कलाकार होते हैं।

चन्द्र पर्वत की अनुपस्थिति ऐसे व्यक्तियों में पाई जाती है जिनके पास कल्पनाशीलता, दूरदर्शिता अथवा अन्वेषण का माद्दा

नहीं होता।

सामान्य रूप से विकसित चन्द्र पर्वत स्वस्थ कल्पनाशीलता, सदयता, सौन्दर्य-बोध और स्वप्न-दर्शिता का द्योतक है। वास्तव में स्वप्न देखना चन्द्र-प्रधान व्यक्तियों की लाचारी होती है। उनकी कल्पना की कोई सीमा नहीं होती जो उन्हें भौतिक दृष्टि से असफल बनाती है। उनकी संवेदनशीलता बढ़ी हुई होती है और वे प्रायः खोए हुए, उदास और बिना बात परेशान रहते हैं। वे अनेक भाषाओं के ज्ञाता, कवि, चित्रकार, संगीतज्ञ हो सकते हैं, किन्तु उनकी कला नैराश्य को ही अभिव्यक्ति के लिए चुनती है। उनके लेखन का विषय प्रणय होता है। उनके अपने जीवन में भी दुःखान्त प्रणय की कई कथाएं जुड़ी होती हैं। उपेक्षा वह सह नहीं सकते। व्यंग्य की चोट अर्से तक उनके कलेजे पर रहती है। आत्मविश्वास का उनमें अभाव होता है। कार्यों को करने में वे सुस्त होते हैं।

यदि पर्वत असामान्य रूप से विकसित हो तो यह दुर्गुण अस्वाभाविक रूप से बढ़ जाते हैं। ऐसे व्यक्ति पागल तक हो सकते हैं।

चन्द्र की प्रधानता कभी-कभी व्यक्तियों को आधिभौतिक शक्तियों से संपन्न बनाती है। उसमें भविष्य को पहले से देख लेने की क्षमता आ जाती है। छोटी और गंठीली अंगुलियां या अंगूठे के इच्छा-खण्ड का सुविकसित होना चन्द्र पर्वत के दुर्गुणों को कम करता है।

शुक्र

अंगूठे का हथेली में धंसा हुआ तीसरा खण्ड इस पर्वत की रचना करता है जो वासना के लिए उत्तरदायी है। यह एक बड़ी मांस की थैली है जो पूरी हथेली को रक्त देती है। इसका सुपुष्ट होना निश्चय ही व्यक्ति के रक्तसंस्थान की शक्ति को व्यक्त करता है। वृष और तुला राशियों के अंतर्गत जन्म लेने वाले व्यक्तियों में शुक्र संचालक पर्वत होता है। शुक्र की अनुपस्थिति शीतल व्यक्तित्व की द्योतक है। ऐसे व्यक्ति में सौन्दर्य और कला के प्रति कोई रुझान नहीं होती और यौन संबंधों में वह प्रायः असफल रहता है।

शुक्र का विकास चरित्र में स्फूर्ति, उत्साह और स्वच्छंदता देता है। ऐसे व्यक्तियों में विपरीत योनि के लिए प्रबल आकर्षण पाया

जाता है। हर सुन्दर के प्रति उसमें सहज आकर्षण होता ही है। शुक्र व्यक्तित्व को प्रभावशाली बनाता है। शुक्र-प्रधान व्यक्तियों को सर्वत्र आत्मीयता मिलती है। जीवन उनके लिए भार नहीं होता। भले वह महत्त्वाकांक्षी न हों लेकिन अपना जीवन वे हंसते-खेलते काट देते हैं। मित्रों के लिए वे सदैव तत्पर होते हैं किन्तु उनकी इच्छा होती है कि उनके कार्यों को सराहना की दृष्टि से देखा जाए।

किन्तु पर्वत का अत्यधिक विकास उन्हें भौतिक सुखों का दास बना देता है। कड़ी और खुरदरी हथेली पाशविक यौन सम्बन्धों की द्योतक है। शुद्ध सौन्दर्य उन्हें आकर्षित नहीं करता।

समतल पर्वत होने की स्थिति में व्यक्ति आत्मकेन्द्रित हो जाता है। प्रेम और सौन्दर्य का स्थान तर्क और बुद्धि ले लेती है। ऐसे लोग कानूनविद्, चिकित्सक, रसायनवेत्ता आदि के कार्यों को चुनते हैं।

शुक्र-प्रधान व्यक्ति की अंगुलियों के सिरों का अध्ययन कम महत्त्वपूर्ण नहीं है। कोनिक सिरों से व्यक्ति में कलात्मकता वर्गाकार सिरों में व्यावहारिकता और फैले हुए सिरों से मानवीयता के गुणों में अभिवृद्धि होती है। अंतिम वर्ग के व्यक्ति प्रतिभा और स्थिरता से सम्पन्न होते हैं। चरित्रगत दोषों को अलग हटाकर शुक्र प्रधान व्यक्ति प्यार और मित्रता के योग्य होता है।

सही स्थिति में पर्वत-शिखर (चित्र 15 देखें) पर्वत के लगभग मध्य में स्थित होता है। हथेली पर पर्वतों की एकदम अनुपस्थिति एक ऐसा व्यक्ति का लक्षण है जिसके पास जीवन में कोई महत्त्वाकांक्षा या कार्यक्रम न हो और जो केवल जैविक जीवन जी रहा हो। इसके विपरीत सभी पर्वतों का कमाधिक विकास ऐसे व्यक्ति का संकेत देता है जिसने जीवन का प्रत्येक क्षेत्र में संतुलन और समन्वय प्राप्त किया हो। किन्तु यह दोनों स्थितियां प्रायः कठिनाई से ही मिलती हैं।

हथेली पर एक संचालक पर्वत के साथ दूसरा सहयोगी पर्वत भी विकसित रूप में पाया जा सकता है। इन पर्वतयुग्मों के प्रभाव निम्न प्रकार हैं (चित्र 16 देखें)।

गुरु और शनि : अच्छे भाग्य का द्योतक। गुरु और सूर्य : धन और सम्मान। गुरु और बुध : निश्चित विज्ञानों के प्रति रुचि, यह संयोग कवियों में भी अपवाद रूप से मिलता है, यदि अन्य लक्षण

शुभ न हों तो यह युग्म व्यक्ति को अनैतिक और स्वार्थी बनाता है। गुरु और मंगल : आत्मविश्वास, नेतृत्व की योग्यता तथा शौर्य। गुरु और चन्द्र : गाम्भीर्य, मनस्विता और आत्माभिमान। गुरु और शुक्र : सामाजिकता, सच्चा स्नेह, ईमानदारी और स्त्री के प्रति निस्वार्थ आकर्षण।

शनि और सूर्य : अच्छी रेखाओं के साथ सुख, जिज्ञासा, वैज्ञानिक प्रतिभा, खराब रेखाओं के साथ विकृत मनःस्थिति, धोखेबाज़ी और कुटिलता। शनि और बुध : दूरदर्शिता और विवेक, रेखाएं खराब हों तो वह चोर के हाथ पर का पर्वत-संयोग हो सकता है। शनि और शुक्र : अच्छी रेखाओं के साथ रहस्य विज्ञानों में दिलचस्पी, तर्क, दयाभाव और आत्मगरिमा बुरी; रेखाओं के साथ ईर्ष्या, स्वार्थ। शनि और चन्द्र : रहस्यविज्ञानों के प्रति विशेष प्रतिभा। शनि और मंगल : चिड़चिड़ा स्वभाव, लड़ाकूपन और नतीजों पर न सोचना।

सूर्य और बुध : दृढ़ता, वैज्ञानिक अध्ययन और अभिव्यक्ति का गुण। सूर्य और शुक्र : मेलजोल, सामाजिकता। सूर्य और चन्द्र : सहज ज्ञान, अकृत्रिमता और स्वस्थ कल्पनाशीलता। सूर्य और मंगल : शौर्य के प्रति समर्पण, कला में नायकोपासना की प्रवृत्ति।

बुध और शुक्र : यदि रेखाएं अच्छी हों तो उदात्त प्रेम, सौन्दर्य बोध, यदि रेखाएं दोषपूर्ण हों तो असन्तुलित मस्तिष्क, धैर्यहीनता। बुध और चन्द्र : अच्छे हाथ में वैज्ञानिक दूरदर्शिता और समझ-बूझ, बुरे हाथ में खतरनाक योजनाशीलता और बेईमानी। बुध और मंगल : अच्छे हाथ में तीव्र बुद्धि, खराब हाथ में कुटिलता और अविकसित मस्तिष्क।

शुक्र और चन्द्र : प्रेम-सम्बन्ध, यदि रेखाएं खराब हों तो संबंधों में धोखेबाज़ी। शुक्र और मंगल : संवेदनशीलता, संगीत से लगाव, यदि उभार अधिक हो तो शीघ्र प्राप्ति की बेचैनी। चन्द्र और मंगल : समुद्र या जलयात्राओं की अभिलाषा, खराब हाथ में मूर्खता।

पर्वतों के युग्मों के अतिरिक्त उनपर उपस्थित विभिन्न चिन्हों का

भी अध्ययन किया जाना आवश्यक है। निम्न विवरण इसमें आपकी सहायता करेगा :

गुरु : एक रेखा—सफलता। कई रेखाएं—सफलता की राह, भाग्यहीनता के व्यवधान। आपस में कटती हुई रेखाएं—अनैतिकता। बिन्दु—प्रतिष्ठा की हानि। क्रास—सुखी वैवाहिक जीवन। नक्षत्र—महत्त्वाकांक्षा की पूर्ति। वर्ग—महत्त्वाकांक्षा में यथार्थ का बोध। वृत्त—सफलता। त्रिकोण—राजनयिक सफलता। जाली—अन्धविश्वास और दर्प।

शनि : एक रेखा—सौभाग्य। कई रेखाएं— दुर्भाग्य। गुरु की ओर जाती हुई कई रेखाएं—क्रमशः मिलने वाला सार्वजनिक सम्मान। बिन्दु—कुसंभावनाएं। क्रास—संतति उत्पादन की शक्ति से विहीन। नक्षत्र—हत्या की प्रवृत्ति। वर्ग—दुःसंभावनाओं से सुरक्षा। वृत्त—शुभ। त्रिकोण—रहस्य विज्ञानों में दिलचस्पी। जाली—भाग्यहीनता।

सूर्य : एक रेखा—धन और प्रतिष्ठा। दो रेखाएं—प्रतिभा किन्तु सफलता के लिए संघर्ष। कई रेखाएं—कलात्मक अभिवृत्ति किन्तु व्यवधान। बिन्दु—सम्मान-हानि की आशंका। क्रास—गलतियों के कारण सफलता में व्यवधान। नक्षत्र—असाधारण प्रसिद्धि और धन-प्राप्ति। वर्ग—व्यावसायिक कुशलता। वृत्त—अत्यधिक प्रसिद्धि। त्रिकोण—कला-प्रतिभा में वैज्ञानिक दृष्टि का समन्वय। जाली—मनोविकार की आशंका।

बुध : एक रेखा—समृद्ध जीवन। कई रेखाएं—कुटिलता। कई रेखाएं और विकसित चन्द्र पर्वत—चिकित्सक। बिन्दु—व्यावसायिक असफलता। क्रास—चौर्य-वृत्ति। नक्षत्र—बेईमानी। वृत्त—पानी से मृत्यु। वर्ग—घाटे से बचाव। त्रिकोण—राजनयिक तुरन्त-बुद्धि। जाली—हिंसा से मत्यु।

मंगल—ऊर्ध्व : एक रेखा—साहस। कई रेखाएं—हिंसात्मक प्रवृत्ति। बिन्दु—युद्ध में घाव। क्रास—लड़ने की वृत्ति से खतरा। नक्षत्र—मानव-हत्या की वृत्ति। वर्ग—तेज़ किन्तु संयत मिज़ाज। वृत्त—अशुभ। त्रिकोण—सैन्य-योग्यता। जाली—हिंसा से मृत्यु का खतरा।

चन्द्र : एक रेखा—अपराध की वर्जित भावना। कई रेखाएं—दिवास्वप्न, अनिद्रा, चिन्ताएं। बिन्दु—स्नायविक बीमारियां।

क्रास—अंन्धविश्वास, प्रवंचना। नक्षत्र—बनावट की वृत्ति, जल से खतरा। पर्वत विकसित हो और मानस-रेखा उसपर उतर रही हो तो पानी में आत्महत्या का खतरा। वर्ग—कल्पना पर विवेक का अंकुश। वृत्त—जल से मृत्यु। त्रिकोण—उच्च कल्पनाशीलता। जाली—उदासी।

शुक्र : दो या तीन रेखाएं—कृतघ्नता। कई रेखाओं का व्यूह—वासना। बिन्दु—प्रेम-सम्बन्धों के कारण कोई गम्भीर बीमारी। क्रास—एकमात्र असफल प्यार। नक्षत्र—पत्नी या प्रेमिका के कारण दुर्भाग्य। वर्ग (जीवन-रेखा के पास)—जेलयात्रा का खतरा। वृत्त—गम्भीर बीमारी। त्रिकोण—प्रेम के मामलों में व्यावहारिकता का बोध। जाली—अस्वस्थ जिज्ञासा।

मानवीय व्यक्तित्व : संदर्भ ग्रहों का

ब्रह्मांड के ग्रहों और उनकी गति, योग, संयोग आदि मनुष्य के जीवन को प्रभावित करते हैं यह मान्यता ज्योतिष का आधार है। हाथ का अध्ययन ग्रहों के संदर्भ में जिस शाखा के अन्तर्गत किया जाता है, उसे नक्षत्रीय हस्तरेखा विज्ञान या एस्ट्रो-पामिस्ट्री कहते हैं। ग्रहों का प्रतीक हाथ में पर्वत हैं, यह बात पीछे कही जा चुकी है, यहां हम ग्रहों का सामान्य विवेचन करते हुए मुख्य रूप से यह देखेंगे कि वह मानवीय आकृति और स्वभाव पर क्या प्रभाव डालते हैं।

परम्परागत रूप से मुख्य ग्रह सात हैं : सूर्य, चन्द्र, मंगल, बुध, शुक्र, गुरु और शनि। इसके अतिरिक्त दो छायाग्रहों को भी ज्योतिषीय गणना में सम्मिलित किया जाता है, राहु और केतु—जो वास्तव में ग्रह न होकर वस्तुतः दो काल्पनिक बिन्दु हैं, जहां पर सूर्य के आसपास पृथ्वी की परिक्रमा का मार्ग, पृथ्वी के आस-पास चन्द्रमा की परिक्रमा के मार्ग को काटते हैं। यूरेनस, नेपच्यून और प्लूटो की खोजें पिछली तीन शताब्दियों में हुई हैं, और प्रायः ज्योतिषियों का यह मत है कि पृथ्वी से अपनी बहुत अधिक दूरी और धीमी गति के कारण इन ग्रहों का प्रभाव व्यक्ति पर न पड़-

कर समय, युग और पीढ़ियों पर पड़ता है।

इधर के वर्षों में ज्योतिष के क्षेत्र में कुछ नये प्रयोगशील सम्प्रदायों का अविर्भाव हुआ है। इनमें से एबर्टीन मत के अनुयायी, जो ज्योतिष को मध्ययुगीन जड़ता' से मुक्त करने का दावा करते हैं, परम्परागत राशिचक्र का तिरस्कार करके एक सामान्य अक्ष पर ग्रहों की स्थिति के आधार पर अपनी गणना निकालते हैं। लगभग पचास वर्ष पूर्व अल्फ्रेड विट्‌ ने अपने एक सम्प्रदाय की स्थापना की थी, जिसे हेम्बर्गमत कहा जाता है। इसके अनुयायी इन सभी ग्रहों की उपेक्षा करके, आठ ऐसे ग्रहों की गति पर निर्भर करते हैं जो नेपच्यून से भी आगे हैं और जिनका अस्तित्व शुद्ध रूप से काल्पनिक है। इन ग्रहों की गति के लिए, जिन्हें अब तक दूरबीनों पर देखा नहीं गया, उनके अपने गणनाचक्र हैं, और उनका दावा है कि उनका नियति कथन परम्पराप्रिय ज्योतिषियों की अपेक्षा कहीं अधिक सही होता है। जो भी हो, हम यहां केवल परम्परा द्वारा मान्य ग्रहों पर ही अपने आपको केन्द्रित करेंगे।

सूर्य : खगोलीय दृष्टि से सूर्य पृथ्वी से नौ करोड़ तीस लाख मील दूर है। इसे सोलहवीं शताब्दी में पोलैंडवासी कोपरनिकस (1473-1543) ने हमारे ब्रह्मांड के केन्द्र के रूप में प्रतिष्ठापित किया। इस समय तक समोसवासी एरिस्टारकस (तीसरी सदी ई० पू०) के एक अपवाद को छोड़कर सभी खगोलवेत्ता पृथ्वी को ही सौर-मंडल का केन्द्र मानते रहे थे। सूर्य शक्ति का केन्द्र है, क्योंकि इसका आकर्षण ही हमारे सौरमंडल को नियंत्रित करता है। यह ज्योति का भी केन्द्र है, क्योंकि समस्त ग्रह सौराभा से ही प्रकाशित होते हैं। सूर्यमुखी के फूल पर इसका प्रभाव प्रत्यक्ष अनुभव किया जा सकता है। वनस्पतियों में क्लोरोफिल के माध्यम से होने वाली जीवन-प्रक्रिया और देहधारियों में विटामिन डी का संश्लेषण सूर्य के प्रभाव हैं, और अनेक प्रकार की अदृश्य तरंगों का स्रोत भी वही है। इसलिए यह आश्चर्यजनक नहीं है कि सूर्योपासना की परम्परा मनुष्य की आस्था के इतिहास में बहुत पीछे तक पहुंचती है।

हथेली में सूर्य अनामिका के आधार पर स्थित माना जाता है। इस पर्वत के गुणों की चर्चा पीछे हो चुकी है। सूर्य की राशि सिंह है, जिसमें वह वर्ष में 22 जुलाई से 21 अगस्त तक रहता है। मिस्री प्राचीन ज्योतिषी टालेमी के अनुसार जीवन में बीस से चालीस

वर्ष तक की आयु पर सूर्य का विशेष प्रभाव पड़ता है। गर्भगत भ्रूण पर सूर्य का प्रभाव चौथे महीने में पड़ता है जब शिशु के हृदय की रचना हो रही होती है।

सूर्य से उस सबका सम्बन्ध है जो स्वर्णिम, चमकीला और प्रखर है। इससे प्रभावित व्यक्तियों की त्वचा का रंग मधुपिंगल (नारंगी के निकट) होता है। उनके चेहरे की बनावट में अग्नितत्त्व की प्रधानता होती है, जो उनकी आंखों को चमकीला तथा हावभावों को क्षिप्र बनाती है। मुखमंडल अण्डाकार होता है, कपोल स्वस्थ हड्डियों से निर्मित, चौड़े जबड़े, नुकीली ठोड़ी, सरल नासिका और एक प्रकार का मुखर गर्वीलापन उन्हें अलग से अपनी पहचान देता है। नेपोलियन बोनापार्ट, बिस्मार्क और मुसोलिनी सूर्य से प्रभावित आकृति के प्रतिनिधि नमूने थे।

सूर्य महत्त्वाकांक्षा, विशालहृदयता और सत्ताभावना से संबंधित ग्रह है। यह चरित्र की दृढ़ता, संकल्प और मन तथा मस्तिष्क की प्रखरता देता है। सूर्य की रेखा से मनुष्य को यश तथा सामाजिक प्रतिष्ठा की प्राप्ति होती है। ऐसे व्यक्ति जिनके जन्मपत्र में सूर्य की स्थिति अच्छी हो, या हथेली पर सूर्य का सुविकसित पर्वत और निर्दोष सूर्यरेखा हो जीवन में निश्चित सफलताएं प्राप्त करते हैं। हथेली पर सौभाग्य की द्योतक दो रेखाएं होती हैं, इनमें से शनि की रेखा का सम्बन्ध यदि भौतिक सौभाग्य, धन, सम्पत्ति और वैभव से है तो सूर्यरेखा का व्यक्तिगत सौभाग्य, आशाओं और आकांक्षाओं से। इस रेखा पर यदि द्वीपादि दोष हों तो उस काल में मनुष्य को जो असंतोष और कठिनाइयां होती हैं उनका धरातल उसकी अपनी ज़िन्दगी होती है, स्वप्नभंग और निराशा जैसी स्थितियां होती हैं।

चन्द्र : सूर्य के प्रकाश से प्रकाशित चन्द्रमा धरती का उपग्रह है और हमसे उसकी दूरी केवल 2,38,800 मील ह जिसे मनुष्य ने नाप-कर उसके धरातल पर अपने चरणचिह्न अंकित कर दिए हैं। धरती से निकटतम होने के कारण ज्वारभाटों के रूप में इसके प्रत्यक्ष प्रभाव हम देखते हैं। उन्माद का चन्द्रमा से निकट का सम्बन्ध माना जाता है, (जैसा कि लूना (चन्द्र) से बनने वाले शब्द लूनेसी (उन्माद) से प्रकट है) और देखा गया है कि पूर्णचन्द्र के समय विक्षिप्त व्यक्ति उग्र हो जाया करते हैं। इसे अवचेतन मस्तिष्क से सम्बन्धित किया

जाता है। हथेली पर चन्द्रमा का स्थान ऊर्ध्वमंगल और मणिबंध के बीच का बाहरी भाग है। चन्द्रमा की अपनी राशि कर्क है, किन्तु यह अत्यन्त सत्वर ग्रह है और केवल ढाई दिन ही एक राशि में रह पाता है। भारतीय ज्योतिष में इसे प्रधान ग्रह मानकर जन्म-राशि का निर्धारण इसीकी स्थिति से किया जाता है। जीवन में यह शैशव को प्रभावित करता है तथा सवेगों और भावनाओं का नियामक है।

चन्द्रमा से प्रभावित व्यक्ति को पहचानना बड़ा ही आसान है। इस ग्रह का शासन जल तत्त्व पर है, फलतः उसका मुखमण्डल लगभग एक गोलाकार सीमा बनाता है और इस चेहरे पर बालसुलभ भोलापन तथा स्त्रियोचित कोमलता झलकती रहती है। उसका वर्ण श्वेताभ होता है और आंखों में तथा दंतपंक्ति पर मुक्ताओं जैसी धवल कांति होती है। आंखों में एक पनीलापन होता है और वह स्वप्नों की फेनिल दुनिया में डूबी हुई सी प्रतीत होती हैं। मुखाकृति की रेखाओं में एक प्रकार की अस्पष्टता होती है और हड्डियों में उभार नहीं होता है। तनिक से श्रम से स्वेद बिन्दु उनके ललाट पर छलछला आते हैं।

चंद्रमा से प्रभावित व्यक्ति विनयशील, लज्जालु, आत्मकेन्द्रित, कल्पनामय, सौन्दर्यप्रिय और दुनियादारी से अनभिज्ञ होते हैं। काव्य और कलाप्रेम में उनका सहज रुझान होता है, और विषम परिस्थितियों से वह मुंह चुराकर भागना चाहते हैं। हथेली से बाहर की ओर निकला हुआ चंद्र का उभार अति भावुकता और संवेदना का चिन्ह है, पलायनवृत्ति के कारण ऐसे व्यक्ति प्रायः मदिरा के संसार में अपनी कल्पना के चित्र गढ़ने के आदी हो जाते हैं। हाथ पर मानसरेखा का चंद्र की ओर झुकाव जितना अधिक होता है, मनुष्य उसी अनुपात से कल्पनाप्रिय और अव्यावहारिक होता जाता है। चन्द्र के बिल्कुल पड़ोस में नेपच्यून का स्थान है, वह भी जलतत्त्वीय ग्रह है, तथा उस ओर शुक्र है जिसका संबंध मनुष्य के वासना पक्ष से है। इन तीनों का भारीपन जैविक विश्व को प्रमुखता प्रदान करता है।

मनोविज्ञान के क्षेत्र में अतीन्द्रिय संवेदन, पूर्वाभास और टेलीपेथी जैसी परामानसीय खोजों के इस युग में चन्द्रमा ने एक नूतन महत्ता प्राप्त की है। पाठकों को चन्द्र रेखा का ध्यान होगा, जो चन्द्र

के पर्वत से निकलकर हथेली के बाहरी भाग पर अर्द्धचंद्रकार मार्ग बनाती हुई बुध के पर्वत तक पहुंचती है। इस रेखा का संबंध मनुष्य की परामानसीय शक्तियों से है, और संभवतः इसीलिए अमरीकी ज्योतिषी जोल्टन मेसन ने चंद्रमा को मानवीय और दैवी आत्मा की संबद्धता का ग्रह बताया है। कवि बायरन, चित्रकार रेम्ब्रां, दार्शनिक रूसो, और बर्गसां में चन्द्र की प्रधानता उनके कृतित्व तथा व्यक्तित्व की स्वप्निलता, और अदृश्य प्रेरणा का कारण बताई जाती है। बर्गसां के दर्शन में अंतःस्फूर्ति (इन्ट्यूशन) पर दिया गया बल ज्योतिषियों की दृष्टि में चंद्र का प्रभाव है।

बुध : पन्द्रहवीं शताब्दी के एक ज्योतिष ग्रंथ 'दि केलेन्डर एण्ड कम्पोस्ट ऑफ रोफर्ड् स' ने बुध को वाक् का देवता बताया है, वैसे ही जैसे सूर्य ज्योति का देवता है। बुध से प्रभावित व्यक्ति को इस ग्रंथ में अनेक विज्ञानों का ज्ञाता, सामाजिक शिष्टाचार में पटु और दूर देशों का व्यापारी बताया गया है। उसका व्यक्तित्व भव्य और कमनीय होगा, स्वभाव से उसे धार्मिक होना चाहिए और वह कभी युद्धक्षेत्र में जाना पसंद नहीं करेगा, वह अलंकृत भाषा का बोलने वाला होगा। इसी ग्रंथ के अनुसार बुध से प्रभावित व्यक्ति का ललाट प्रशस्त, मुखाकृति लम्बाकार, आंखें काली और चेहरे पर छितराए हुए बाल होते हैं।

बुध की पृथ्वी से दूरी लगभग 1,33,000,00 मील है। हथेली पर इसका स्थान कनिष्ठा के नीचे होता है। इसे मिथुन और कन्या राशि का स्वामी माना गया है, किन्तु मिथुन के प्रभाव में 21 मई से 20 जून तक जहां इसका विकास घनात्मक होता है, वहीं कन्या राशि का प्रभाव (22 अगस्त से 22 सितंबर) इसके ऋणात्मक विकास का क्षेत्र है। बुध को गति, त्वरा, मनीषा और विवेक का ग्रह माना गया है। इसमें पारे जैसी चंचलता है जो व्यक्ति को यदि प्रखर प्रतिभा और परिस्थितियों के प्रति अनुकूलन की सामर्थ्य से संपन्न बनाती है, तो दूसरी ओर कुटिल, प्रवंचक, जालसाज़ और ठगों का भी एक वर्ग इस ग्रह के प्रभाव के अंतर्गत विकसित होता है। टालेमी के अनुसार जीवन में बुध चार से चौदह वर्ष तक की आयु पर शासन करता है, प्रकट है कि व्यक्ति के मानसिक विकास की आयु भी यही है।

बुध का प्रभाव सर्वाधिक स्पष्ट रूप से आंखों में देखा जा सकता

है। उनमें पारद जैसी चमकीली छलछलाती हुई सफेदी होती है, चंद्र प्रभाव के विपरीत, स्वप्निलता के स्थान पर चंचलता और तीक्ष्णता होती है जो सामने वाले के अंतर्मन में बैठने का प्रयत्न करती हुई सी प्रतीत होती है। आत्मविवेक की कसौटी पर कसने में सक्षम जिज्ञासा उनके हाव-भावों से प्रकट होती है। सामुद्रिकों ने बुध का स्थान नासिका के कोण पर बताया है और इसके प्रतीक स्वरूप उनकी नासिका में सुतवांपन होता है, अंग्रेज़ी कहावत है 'अपनी नाक दूसरों के मामले में अड़ाना' बुध की प्रकृति को व्यक्त करती है। माथे पर बुध रेखा का क्रम ऊपर से शनि, गुरु और मंगल की क्रमशः रेखाओं के बाद आता है, जो मध्य ललाट पर सबसे बड़ी रेखा है।

बुधके पर्वत पर प्रणय और परिणय रेखाएं हृदय रेखा के समानांतर हथेली के बाहरी पार्श्व से आती हैं। ऊपर उद्धृत केलेण्डर में बुधीय व्यक्तिके लिए कहा है 'उसे स्त्रियों और भद्र महिलाओं से अत्यधिक प्रेम होगा किन्तु वह उसपर शासन नहीं कर सकेंगी' तथा 'वह अत्यंत आकर्षक होगा, और उसे स्त्रियों द्वारा हानि पहुंचेगी।' इन्ही प्रणय-रेखाओं पर संततिचिन्ह भी होते हैं। बीमारियों के क्षेत्र में बुध को पक्षाघात, सनक (मेनिया), पेट का मरोड़, दर्द, पित्तदोष और पाचन-दोषों के लिए जिम्मेदार माना गया है, इसलिए जीवनरेखा से बुध के पर्वत पर पहुंचने वाली स्वास्थ्यरेखा शारीरिक दृष्टि से शुभ नहीं होती, यद्यपि वह बुद्धिचातुर्य देती है। बुध को अंगुली (कनिष्ठा) का टूटा-फूटा और बेडौल होना उसके नकारात्मक पक्ष—कुटिलता और अपराध भावना को प्रदर्शित करता है।

शुक्र : सुबह से पहले के आकाश पर चमकने वाले शुक्र की आभा में एक विचित्र-सा सम्मोहन हममें से कितनों ने बार-बार अनुभव किया होगा। सौरमंडल में उसकी दीप्ति के सामने कोई दूसरा ग्रह होड़ में नहीं ठहरता। सूर्य से शुक्र की दूरी 6,70,00,000 मील है, और 22 मील प्रति सेकंड की गति से वह सूर्य की परिक्रमा करता है। अंतरिक्षयुग के मानव की अन्वेषक निगाह बेबिलनों के ज़माने से ही सौन्दर्य की देवी माने जाने वाले इस ग्रह पर है और यान इसकी ओर उड़ने लगे हैं। यह उन ग्रहों में से है जिनपर जीवन की संभावना के अनुमान लगाए गए हैं।

शुक्र को किशोर वय का ग्रह माना गया है, यह आयु जीवन की सर्वाधिक कोमल और प्रभावग्राहक आयु होती है, जबकि व्यक्ति के

संवेगों पर विवेक का अंकुश नहीं होता। शुक्र से प्रभावित व्यक्तियों की आकृति पर जीवन-भर कैशोर्य भाव छलकता रहता है और वह अपनी वास्तविक आयु से कहीं कम आयु के दिखाई देते हैं। उनकी त्वचा का रंग शुभ्र गेहुंआ होता है और आकृति की रेखाओं में कोमल मसृणता छलकती है। दंतपंक्ति सुन्दर तथा श्वेत तथा बालों का रंग गहरा काला होता है। उनके अंगों में सुडौलता तथा गठन का अनुपात पाया जाता है। वह उत्फुल्ल रंगों के वस्त्र, सुन्दर आभूषण और सुगंधियां तथा फूलों के प्रेमी होते हैं। कुल मिलाकर इस ग्रह के प्रभाव स्त्रीयोचित हुआ करते हैं।

शुक्र का शासन वृषभ और तुला राशियों पर है। इन दोनों राशियों में जन्म लेने वाले व्यक्तियों में स्वभाव की मृदुलता, आसक्ति और समस्वरता तथा व्यवस्था का आग्रह पाया जाता है। शुक्र का संबंध प्रेम, सौन्दर्य और चरित्र की धवलता से है। हथेली पर शुक्र का पर्वत अंगूठे के आधार पर एक बड़ी थैली के रूप में रहता है। इसका संतुलित होना ही अच्छा है अन्यथा शुक्रीय गुणों में जैविक उद्वेगों का समावेश हो जाता है। इस पर्वत पर जाली अथवा रेखा-व्यूह का विशेष महत्त्व है क्योंकि उनसे व्यक्ति के वासनात्मक पक्ष का पता चलता है। जैविक विश्व प्रधान हथेलियों में शुक्र का पर्वत बहुत भारी भरकम पाया जाता है, और ऐसे लोगों के संवेगों पर विवेक और मर्यादा का अंकुश नहीं रह पाता। आधुनिक मनोविज्ञान यौन-संवेग को व्यक्तित्व रचना का मुख्य उपादान स्वीकार करता है, इसलिए हस्तरेखाविद् के लिए इसका अध्ययन विशेष महत्त्व रखता है। हृदय रेखा के संदर्भ में इसे देखा जाना चाहिए। इसके अतिरिक्त तर्जनी और मध्यमा के बीच से निकलकर अनामिका और कनिष्ठा के बीच में समाप्त होने वाली अर्द्धचंद्राकार शुक्र वलय का भी संबंध इसी पर्वत के गुणों से है पाठक देखेंगे कि शारीरिक और मानसिक दोनों ही प्रकार से इस छोटी-सी रेखा के प्रभाव पड़ते हैं। एक ओर यदि वह यौनविच्युतियां देती है तो दूसरी ओर जीवन के प्रति नैराश्यदृष्टि की भी वह ज़िम्मेदार है। शुक्र का घनात्मक प्रभाव यदि जीवन को ओज देता है, तो नकारात्मक अवस्था में वह व्यक्ति को उद्विग्नता, हतप्रभता तथा उदासी भी दे सकता है।

मंगल : सूर्य से 14,15,00,000 मील की दूरी पर स्थित मंगल वह दूसरा ग्रह है, जिसपर जीवन होने की संभावना खगोल-

विज्ञानियों ने व्यक्त की है। आकाश में तप्त रक्त वर्ण की आभा के साथ चमकने वाले इस ग्रह को भी मनुष्यकृत अंतरिक्ष यानों ने अपने संधान का लक्ष्य बनाया है। ज्योतिषीय परंपरा में उसे युद्धों का ग्रह माना गया है और उसके इस पौराणिक स्वरूप की बात होमर के कृतित्व तक जाती है।

मंगल शक्ति, ऊष्मा और क्रियाशीलता का ग्रह है इसपर सभी सहमत हैं। किन्तु एक ओर जहां वह सेनानायक और प्रशासक उत्पन्न करता है, साहसिकों और कुशल सर्जनों को जन्म देता है, वहीं दूसरी ओर हत्यारे, लुटेरे और दस्युओं का भी वह अनुकूल ग्रह है। लोहा (तेज़ हथियार) और खून से उसका निकट का संबंध है। बरतानिया का राष्ट्रीय प्रतीक जान बुल मंगल का एक उजागर उदाहरण है—साहसी, जीवनी शक्ति से भरपूर, तलवारों के बल पर उपनिवेशों का निर्माता और स्वाधीनता आन्दोलनों को क्रूरता के साथ कुचलने में तत्पर।

मंगल से प्रभावित व्यक्तियों के स्वरूप की गठन उनके गुणों को प्रकट करती है। उनकी त्वचा के रंग में रक्तिमा होती है और केशों तथा नेत्रों में भी लाल रंग का प्राधान्य होता है। उनके सिर छोटे, ललाट उभरे हुए, गालों की हड्डियां कठोर, होंठ मोटे, मुंह लम्बा, ठोढ़ी आगे की ओर नोकीली, और नासिका उभारों वाली होती है। यदि चेहरे की साज-सम्हाल न की जाए तो उसका प्रभाव जंगली पशु के चेहरे जैसा पड़ता है। लाल रंग उन्हें प्रिय होता है और उनके शौक ऐसे होते हैं, जिनमें साहसिकता का पुट हो। मंगल की राशियां मेष और वृश्चिक हैं, जिनमें जन्म लेने वाले व्यक्तियों में अदम्य जीवनी शक्ति होती है। वृश्चिक राशि में उनके नेतृत्व का साझीदार प्लूटो है, जिसके संबंध में हम आगे देखेंगे।

हथेली पर मंगल का क्षेत्र पर्याप्त विस्तृत है। बाहरी ओर यह बुध तथा चंद्र पर्वतों के बीच ऊर्ध्वमंगल पर शासन करता है, मोटे तौर पर यह हृदय और मानस रेखाओं के बीच का क्षेत्र है, जिसके एक ओर कल्पनाशील चंद्र है और दूसरी ओर चतुर बुध। साहस का स्थान भी कल्पना और ठोस विवेक के बीच ही है। मानस रेखा के संदर्भ में इस भाग का विशेष महत्त्व है क्योंकि यही उसे अतिकाल्पनिकता के विक्षेप से बचाकर व्यावहारिक संतुलन प्रदान करता है। हथेली के दूसरी ओर गुरु और शुक्र पर्वतों के बीच निम्नमंगल की स्थिति है,

जो उसके नकारात्मक गुणों को प्रकट करता है। पाठक देख चुके हैं कि यह वृश्चिक राशि के प्रभावान्तर्गत है और इसलिए इसे प्लूटो भी प्रभावित करता है। यहां मंगल की अभिव्यक्ति मंगल रेखाओं के माध्यम से होती है। सहायक जीवन रेखा बनाने वाली यह रेखाएं अतिरिक्त जीवनी शक्ति की द्योतक हैं। भारतीय सामुद्रिकों ने ऊर्ध्वमंगल को धर्मस्थान और निम्न मंगल को शत्रुस्थान कहा है, जो क्रमशः पुरुषार्थ और द्वंद्व के द्योतक हैं। इन दोनों के बीच फैली हुई जगह मंगल का क्षेत्र कहलाती है। आधुनिक दृष्टि से इसमें नवागत यूरेनस का भी शासन है, तथापि यह हृदय और मानसं रेखाओं से बनने वाले वृहद् आयत का क्षेत्र है, जिसे नये सामुद्रिकों ने विशाल हृदयता का आयत भी कहा है। इसके विषय में हम यूरेनस के अंतर्गत पढ़ेंगे।

गुरु : बेबिलन वासियों के लिए मरडुक देवताओं का राजा था, यूनानियों ने यह पद जीयस को दिया जो कलान्तर में जुपिटर हो गया। हमारे यहां बृहस्पति को देवताओं का गुरु बताया गया है। यह तमाम पौराणिक सम्मान जिस ग्रह को प्रकाश में प्राप्त हैं वह पृथ्वी से साढ़े अड़तालीस करोड़ मील दूर है। इस ग्रह का रंग पीला है और ज्योतिषियों ने इसे धनुराशि का एकछत्र और मीन राशि का नेपच्यून के साथ स्वामी माना है। प्रारंभ से ही गुरु को सर्व-सौभाग्य का ग्रह स्वीकार किया जाता रहा है।

गुरु से प्रभावित आकृति की कल्पना करने के लिए आदि आर्यों के विषय में सोचना होगा। गौर वर्ण, भव्य और प्रशस्त ललाट, उन्नत नासिका, विद्वत्ता और महत्त्वाकांक्षा से दमकते हुए गहरे नेत्र, धीर गंभीर स्वर से युक्त गुरुवर्गीय मनुष्य धर्मपीठों, राजमहलों, संसद, न्यायालयों और जनजीवन में नेतृत्व तथा प्रतिष्ठा के पदों पर पाए जाते हैं। पूर्व उद्धृत केलेण्डर में उन्हें शुद्ध और पवित्र जीवन का अभ्यस्त तथा सद्गुणों का आगार बताया गया है। जीवन के प्रति महत्त्वाकांक्षा और आदर्शोन्मुख दृष्टिकोण उनकी व्यक्तिगत विशेषता होती है।

हथेली पर गुरु एक पर्वत के रूप में तर्जनी के आधार पर स्थित रहता है। यह पर्वत जीवन की सामान्य प्रवृत्तियों की धुरी है। पाठकों को स्मरण होगा कि सामुद्रिक विश्वास के अनुसार भ्रूणा-वस्था में ग्रहण किए गए नक्षत्रीय प्रवाह का वितरण यहीं से मानस

और जीवन रेखाओं में होता है। गुरु के पर्वत पर जीवन रेखा का उदय व्यक्ति को महत्त्वाकांक्षा और संकल्प देता है। जीवन रेखा में से उठकर इस पर्वत पर पहुंचने वाली प्रशाखाएं उसके चरित्र में इन्हीं गुणों का समावेश करती हैं। मानसरेखा और जीवन रेखा के उद्‌गमस्थल पर बनने वाला कोण जितना अधिक विस्तृत होता है, उतना ही व्यक्ति स्वतंत्र बुद्धि और तदनुसार आत्मविश्वासी होगा। हृदयरेखा अथवा उसकी कोई प्रशाखा यदि गुरु के पर्वत का स्पर्श करती है तो व्याक्ति अपने सांसारिक संबंधों में आदर्शप्रिय बन जाता है, यह 'प्लेटोनिक प्रेम' का चिन्ह है और सामाजिकता के संदर्भ में इससे उदारता, विशालहृदयता, करुणा और सहानुभूति के मानवीय गुण समृद्धि प्राप्त करते हैं।

मनुष्य के व्यक्तित्व की संरचना में गुरु की अंगुली सर्वाधिक महत्त्वपूर्ण है। 'अंगुली उठाना' मुहावरा इसीसे संबंध रखता है। मनोविज्ञान हमें हीनता और श्रेष्ठता की जिन ग्रंथियों के विषय में बताता है, उन्हें इस अंगुली पर देखा जा सकता है। जब तर्जनी की दीर्घता अनामिका से अधिक हो, तब व्यक्ति श्रेष्ठताग्रंथि से पीड़ित पाया जाता है, घमंड, दूसरों की अपेक्षा और संतुलित विवेक का अभाव उसकी मानसिकता के दुर्गुण हैं। किन्तु इनसे कहीं अधिक चिन्ताजनक स्थिति 'हीनभावना' की है, जो व्यक्ति के जीवन में अनेक विसंगतियां भर देती है और उसके स्वाभाविंक जीवनक्रम को अस्तव्यस्त कर देती है। जब तर्जनी की लम्बाई अनामिका से कम हो तब यही स्थिति होती है।

गुरु की अपनी रेखा एक अर्द्धचन्द्रकार रूप में तर्जनी के मूल पर पर्वत को आवेष्टित करती है, जिसे गुरुवलय कहते हैं। यह उन तमाम गुणों को प्रखरता प्रदान करती है, जिनका परंपरागत संबंध गुरु के पर्वत से है।

शनि : 1781 में यूरेनस की खोज से पहले शनि को सौर-मंडल की अंतिम सीमा पर स्थित ग्रह माना जाता था। पृथ्वी से 89 करोड़ मील की दूरी पर मंथर गति से चलने वाले शनि को सहज ही दुर्भाग्य का द्योतक मान लिया जाता है। इसे ज्योतिषियों ने अत्यंत शक्तिशाली भी माना है।

शनि वृद्धावस्था का ग्रह है और इस अवस्था की तमाम मर्यादा-प्रियता, कंजूसी, उदासी, चिड़चिड़ापन और मानवद्वेषिता को

इससे जोड़ दिया गया है। रोमन युगों में उसे पेगनों और यहूदियों का ग्रह माना जाता था। केलेण्डर ने शनि से प्रभावित व्यक्तियों को झूठा, ईर्ष्यालु, झक्की और कानूनदां बताया है। 'उसकी सांस दुर्गन्धित, चेहरा उदास और रूखा, आंखें ठंडी, और प्रवृत्ति पापमय होगी। वह कहानियों और उदाहरणों का कहने वाला, छोटी आंखों, काले बालों, बड़े ओठों, चौड़े कंधों और झुककर चलने वाला होगा साथ ही उसे धर्मविरोधी भी होना चाहिए। उससे दान और दया की आशा नहीं की जानी चाहिए। उसका लिबास गंदा (काला) और देह रूखी होगी।' शनि से प्रभावित व्यक्ति ऊंचाई में साधारणतः लम्बे होते हैं और उनके शरीर की बनावट में हड्डियों का प्रकट उभार होता है। नासिका लम्बी नीचे को झुकी हुई और वर्ण प्रायः काला या श्याम होता है। पाठक देखेंगे कि यह विवरण अमरीका के राष्ट्रीय प्रतीक अंकल साम पर काफी हद तक लागू होता है। शनि केवल दुर्गुणों का ही ग्रह नहीं है क्योंकि महान मुक्तिदाता अब्राहम लिंकन इस ग्रह से प्रभावित थे, जैसाकि उनकी आकृति से भी प्रकट होता है।

शनि के अच्छे गुण भी कम नहीं हैं। वस्तुतः अच्छे शनि का अर्थ मॉरिस के शब्दों में 'मानसिक अनुशासन' और इन्ग्रिड लिन्ड के अनुसार 'सजगता और सहजबुद्धि से युक्त व्यवहार' है। शनि सतत, विश्लेषण और चिन्तन के अनुरूप एकनिष्ठ कार्य-प्रणाली का ग्रह है, उसकी दृष्टि आकाश पर नहीं, ज़मीन पर होती है—शनि से प्रभावित लोग प्रायः वास्तविक जीवन में भी धरती की ओर देखते चलते हैं—उनके पास यथार्थ की दृष्टि और अनुभव प्रसूत संतुलन होता है। अचल संपत्ति, खदानों और खनिजों का स्वामी शनि है। गंभीर अध्ययन, मनन और चिन्तन व्यक्तिगत पक्ष में तथा सामाजिक पक्ष में सभाएं, संस्थाएं और संगठन उसका क्षेत्र हैं।

शनि मकर राशि का स्वामी है, किन्तु कुम्भ भी उसकी राशि है जिसपर यूरेनस के साथ उसका अधिकार है। हथेली पर शनि का पर्वत मध्यमा का आधार बनाता है। मध्यमा को चरित्र की धुरी बताने वाली अंगुली माना जाता है। यह अंगुली अपने-आपमें सबसे बड़ी अंगुली होने के साथ-साथ आर्कषण-क्षमता से भी संपन्न होती है और अन्य अंगुलियों को अपनी ओर आकर्षित करती है। जहां तर्जनी का झुकाव मध्यमा की ओर हो, ऐसे व्यक्ति के निकट अपनी

आशाएं-इच्छाएं ही जीवन का ध्येय बन जाती हैं। व्यक्तिगत सफलता की दृष्टि से यह एक अच्छा लक्षण हो सकता है किन्तु यदि विवेक का अंकुश न हो तो ऐसे व्यक्ति अपनी भावुकता और वासना से आगे नहीं जा पाते। यदि अनामिका का झुकाव मध्यमा की ओर हो तो व्यक्ति में आत्मगोपन की प्रवृत्ति बलवती होती है। ऐसे लोग आसानी से अपने मन की बात नहीं कहते। बुध की अंगुली का मध्यमा की ओर झुकाव व्यक्ति को चातुर्य और कूटमति देता है। यदि मध्यमा कनिष्ठा और अनामिका दोनों को ही अपनी ओर आकर्षित कर रही हो तो ऐसा व्यक्ति चतुर, स्वार्थी और मिथ्याभाषी होगा। प्रत्येक दशा में अंगुलियों के झुकाव को शनि की वैयक्तिकता प्रभावित करती है।

शनि की रेखा हथेली के आधार क्षेत्र में किसी स्थान से उदित होकर पर्वत की दिशा में आती है। इसे भाग्यरेखा भी कहते हैं और यह इस बात की संकेतिका है कि व्यक्ति अपने जीवन और पर्यावरण से किस सीमा तक संतुष्ट है। इस रेखा के संदर्भ में भाग्य शब्द का अर्थ प्रचलित रूप से न लेते हुए सापेक्ष्य रूप से ही ग्रहण करना चाहिए। कभी-कभी शनि के पर्वत पर अर्द्धचंद्राकार शनिवलय भी पाई जाती है। शुक्रवलय की भांति यह भी एक नकारात्मक चिन्ह है जो व्यक्ति को शनि की उदासी, नैराश्य, मानवद्वेषिता और उत्साहहीनता देती है।

यूरेनस : शक्तिशाली दूरदर्शकों के आविष्कारों के साथ ही मनुष्य की आंख को ब्रह्मांड में और अधिक दूरी तक झांक पाने की क्षमता प्राप्त हुई, जिसका परिणाम था सौरपरिवार के अज्ञात सदस्यों से धरती की जान-पहचान। अंग्रेज़ी खगोलज्ञ विलियम हर्शल ने 1781 में यूरेनस कहे जाने वाले ग्रह को देखा, सूर्य से इसकी दूरी एक अरब चौहत्तर करोड़ मील के लगभग है। भारतीय ज्योतिष ग्रंथों में अत्यंत प्राचीन काल से जिन संभावित ग्रहों की चर्चा थी, यह उनमें से एक है जिसे वरुण कहा गया था। आविष्कारक के नाम पर इसे हर्शल भी कहा जाता है। भारतीय ग्रंथकारों ने धरती से अत्यधिक दूरी पर होने के कारण इन ग्रहों को फलित की दृष्टि से प्रभावहीन बताया था, इस मत का किंचित् संशोधित रूप आज यह स्वीकार किया जाता है कि यह तीन नये ग्रह—यूरेनस, नेपच्यून और प्लूटो, चूंकि अपनी गति में बहुत मद्धिम हैं (यूरेनस को सूर्य

की परिक्रमा में लगभग अड़तालीस वर्ष का समय लगता है) इसलिए उनका प्रभाव व्यक्तियों की अपेक्षा युग पर पड़ता है।

इन नये ग्रहों के प्रभावों को लेकर भी ज्योतिषियों के बीच आपसी मतभेद हैं। तथापि यूरेनस को औद्योगिक क्रांति और वैज्ञानिक अविष्कारों से संबद्ध किया गया है। इसे कुम्भराशि का शनि के साथ संयुक्त शासक माना जाता है और ज्योतिषीय विश्वास के अनुसार बीसवीं शताब्दी के साथ ही मानवता ने कुम्भ के युग में प्रवेश किया है—अंतरष्ट्रिीय भाईचारा, विश्वसहयोग, समाजवाद और जीवन की सेवा में विज्ञान इस युग की विशेषताएं हैं। हथेली पर यूरेनस को अभी निर्विवाद स्थान प्राप्त नहीं है, किन्तु मैं समझता हूं कि दोनों मंगलों के बीच का मंगलक्षेत्रीय वह भाग जो शनि के पर्वत का स्पर्श करता है, इस नवागत यूरेनस को समर्पित किया जा सकता है। यही वह स्थान है जहां रहस्यकास मिलता है जो खोज और अन्वेषण का लक्षण है। इसके अतिरिक्त मानसरेखा और हृदयरेखा से मिलकर बनने वाले वृहद् आयत का स्थान भी यही है, जो मानव मन की उदारता, विशालता और तत्परता का द्योतक होता है। यूरेनस का विशेष प्रभाव ऐसे व्यक्तियों पर पड़ता है जिनका जन्म 21 जनवरी और 17 फरवरी के बीच हुआ हो।

यूरेनस से प्रभावित व्यक्ति की पार्श्वछवि (प्रोफाइल) विशेष रूप से आकर्षक होती है यद्यपि उसकी आकृति की रेखाओं में कोमल कमनीयता की प्रधानता होगी। लम्बे और भरे हुए चेहरे वाला, यूरेनस से प्रभावित व्यक्ति अपने हाव-भाव और बोलचाल में आत्मदर्प की झलक रखता है यद्यपि उसे इस बात का पूरा-पूरा ख्याल रहता है कि उसका व्यवहार किसीको क्षोभकारी न हो। उसकी आंखों में मछलियों जैसी चमकीली सफेदी होती है और भावनाशीलता की तरंगें उनमें झिलमिलाती रहती हैं।

यूरेनस परिवर्तन का प्रतीक है, इससे प्रभावित व्यक्ति अतीत में जो कुछ भी सर्वश्रेष्ठ है, उसे ग्रहण करके वर्तमान को नया प्रगतिशील संदर्भ देते हैं। मौलिकता और प्रगतिशीलता इन दो शब्दों में उनकी जीवनयात्रा को परिभाषित किया जा सकता है। यूरेनस, का एक और गुण सहज प्रज्ञा है, जब व्यक्ति चारों ओर से घने अंधेरे में घिरा होता है, बिजली की चमक के समान अचानक क्षणभर के लिए उसके अपने रास्ते पर एक उजाला फैल जाता है, जो

रहस्यमय ग्रह यूरेनस की अपनी विशेषता है। अचानक किसी रहस्यपूर्ण संवेग के अंतर्गत आश्चर्यजनक कार्य करने वाले व्यक्ति को इस ग्रह से प्रभावित देखा जा सकता है। कल्पना और बुद्धि दोनों से ही प्रत्यक्षतः संबंधित यूरेनस की धातुएं रेडियम और यूरेनियम हैं, व्यक्ति की अप्रकट क्षमताओं और संभावनाओं पर भी यह उसी प्रकार शासन करता है, जिस प्रकार रेडियोतरंगों पर।

नेपच्यून : फ्रान्सीसी खगोलविद् अरबन लेवेरी ने 1846 में नेपच्यून को खोज निकाला। यूनानी पुराणों में यह नाम समुद्रों पर शासन करने वाले देवता का था, और इस नवागंतुक ग्रह को भी ज्योतिषियों ने समुद्र से जोड़ा है, संभवतः इसीलिए इसे मीन राशि का स्वामित्व प्रदान किया गया, जो अब तक गुरु द्वारा शासित थी। नेपच्यून सूर्य से औसत 2,79,30,00,000 मील की दूरी पर चलता हुआ लगभग 165 वर्ष में अपनी परिक्रमा पूरी कर लेता है। इस ग्रह के फलित प्रभाव भी अभी निर्विवाद नहीं हैं। मारिस जहां पांच पुराने ग्रहों को पांच संवेदनों से जोड़ते हैं, वहीं यूरेनस और नेपच्यून को उन्होंने अतीन्द्रिय संवेदन का ग्रह घोषित किया है। उसे आत्मोत्कर्ष का ग्रह भी माना जाता है और तदनुसार तानाशाहियों से संबंधित किया जाता है। समुद्र के संदर्भ में उसे विदेश यात्राओं के लिए भी उत्तरदायी बताया गया है।

हथेली पर नेपच्यून को मंगल क्षेत्र का दक्षिणी गलियारा सौंपा जा सकता है, जहां शुक्र और चंद्र इसकी सीमाओं को बनाते हैं। यह क्षेत्र जीवनरेखा के अंतिम भाग का स्पर्श करता है, जिस समय वह इससे प्रक्षिप्त होकर द्विशाखित हो जाती है, तो व्यक्ति को जीवन में अस्थिरता और भटकाव का सामना करना पड़ता है। जीवनरेखा में से बुध रेखा के उदय के लिए भी एक सीमा तक नेपच्यून को ज़िम्मेदार ठहराया जा सकता है। नेपच्यून बाहरी प्रभाव से बहुत जल्दी प्रभावित हो जाने वाला ग्रह है और इसके द्वारा शासित व्यक्तियों को (मीन राशि में जिनकी बहुलता है) सदैव मादक द्रवों से परहेज की सलाह दी जाती रही है। बुधरेखा बदपरहेज़ी से पैदा होने वाली एक ऐसी ही रेखा है, जो प्रायः शारीरिक संरचना में रसायनिक गड़बड़ी को प्रदर्शित करती है। पर्यटन रेखाओं का इस नेपच्यून से सीधा संबंध है जो विभिन्न उद्गमों से निकलकर इसमें विलीन होती हैं। साथ ही चंद्ररेखा, जिसका संबंध पूर्वाभास तथा

अतीन्द्रिय संवेदन से है, नेपच्यून के आकर्षण ही से अर्द्धचन्द्राकार स्वरूप ग्रहण करती है।

नेपच्यून से प्रभावित व्यक्ति को उसकी चमकीली और भावुक आंखों से पहचाना जा सकता है। उसकी स्वप्निल आंखें सामने वाले की मनोभूमि में पैठने की कोशिश-सी करती हुई प्रतीत होती हैं। सुरूचिपूर्ण वस्त्रों का वह प्रेमी होता है और चालढाल में अपने-आपको सम्हालता हुआ सा लगता है। वह सभ्य, शर्मीला, संवेदनशील, स्वतंत्रचित्त, आदर्शप्रिय और उदास एकाकी होता है—भीड़ में अपने-आपको एकाकी अनुभव करने वाले, तमाम रहस्यवादी और अस्पष्ट अभिव्यक्तियों वाले कवि तथा कलाकार निश्चित रूप से नेपच्यून से प्रभावित पाए गए हैं। इसकी एक अन्य विशेषता अनुकूलन है। वातावरण, परिस्थिति, देश और समाज के अनुरूप अपने-आपको जितनी जल्दी नेपच्यून से प्रभावित व्यक्ति ढाल सकता है, उतनी जल्दी अन्य नहीं। इस विशेषता का एक नकारात्मक पक्ष यह भी है कि वह आसपास के वातावरण और मिलने-जुलने वालों से इतना अधिक प्रभावित भी हो सकता है कि उनके दोष उसका स्वभाव बन जाएं। किसी तुतले व्यक्ति की देखादेखी खुद भी तुतलाने वाले व्यक्ति को नेपच्यून प्रभावित कर रहा होता है। नेपच्यून एक उदात्त कल्पना और अतीन्द्रिय रहस्य का ग्रह है, किन्तु बुरी सोहबत में वह सिर्फ निराशा, घुटन और पलायनवादी मनोवृत्ति ही देता है, इसलिए नेपच्यून से प्रभावित व्यक्ति को अपना पर्यावरण, आदर्श और मैत्री चुनने में सतर्कता बरतनी चाहिए। 20 फरवरी से 20 मार्च के बीच जन्म लेने वाले व्यक्तियों पर इसका विशेष प्रभाव पड़ता है।

प्लूटो : अब तक खगोलविदों को ज्ञात हमारे सौरमंडल का सर्वाधिक दूरी पर स्थित ग्रह प्लूटो है। भारतीय इसे प्राचीन काल में यम के नाम से जानते थे, आज भी इसे मनुष्य की जन्मकुंडली में आठवें भाव का स्वामी बताया जाता है, जिसका सम्बन्ध मृत्यु से है। परमाणु बम की खोज से प्लूटो को जोड़ा गया है, जिसे 1930 में खोज लिया गया था, यद्यपि इसकी सम्भावना अमरीकी खगोलविद् पर्सिवल लावेल द्वारा इस शताब्दी के प्रारम्भ में ही व्यक्त कर दी गई थी। प्लूटो की सूर्य से औसत दूरी 3,66,60,00,000 मील है और इसका परिक्रमाकाल 248 वर्ष है।

वैज्ञानिक दृष्टि से इसके विषय में जितना कम ज्ञात है, उतना ही ज्योतिष की दृष्टि से भी। ज्योतिषी इसके प्रभावों के विषय में अभी अनुमान भर लगा रहे हैं और स्वाभाविक है कि उनके बीच अभी कोई स्पष्ट मान्यता नहीं बन पाई है। यदि एक वर्ग इसकी अत्यधिक दूरी के तर्क द्वारा व्यक्ति के लिए इसे प्रभावहीन बताता है तो ग्लीडो प्रभृति ज्योतिषी इसकी धीमी गति को सर्वाधिक और दूरगामी प्रभाव डालने वाली बताते हैं। एक ओर इसका सम्बन्ध तलाकों और पुनर्विवाहों से जोड़ा गया है तो दूसरी ओर हवाई जहाज़, बमबारी, युद्धकालीन अन्धकार, तानाशाही, फासिज़्म और क्रान्तियों को भी इसका ही प्रभाव बताया जाता है।

प्लूटो की राशि को लेकर भी मतभेद हैं, इसे विभिन्न ज्योतिषियों ने क्रमशः मेष, वृश्चिक और मीन राशियों से संबद्ध किया है, किन्तु बहुमत वृश्चिक के पक्ष में है। इस राशि में सूर्य 23 अक्टूबर से 21 नवम्बर के बीच में रहता है। हस्तरेखाविद् कीरो के अनुसार इस काल में जन्म लेने वाले व्यक्ति में हथेली पर निम्नमंगल की प्रधानता होती है। परम्परागत रूप से वृश्चिक को मंगल द्वारा शासित राशि माना जाता रहा है। यद्यपि निम्नमंगल का पर्वत मंगल की शक्ति, साहस और जीवटप्रियता के नकारात्मक पक्ष को प्रकट करता है किन्तु यह नितांत अशुभ पर्वत नहीं है। गुरु अथवा सूर्य जैसे अच्छे पर्वतों के साथ उसकी दुर्बलताएं अच्छाइयों में बदल सकती हैं, अच्छी मानस रेखा भी उसके दुर्गुणों को कम करती है। इस प्रकार प्लूटो में सब कुछ अशुभ ही नहीं है।

प्लूटो-मंगल से प्रभावित व्यक्ति निपुण शल्यचिकित्सक, चतुर इंजीनीयर, विशाल व्यापारिक संस्थानों के प्रबंधक, और कुशल सेनापति हो सकते हैं। रहस्य की खोज करने में उनका मन बहुत रमता है, और वह भूगर्भवेत्ता अथवा पुरातत्त्व खोजी भी हो सकते हैं। यह जासूसों के लिए भी एक शक्तिदायक युग्म है और शायद इसीलिए विश्वप्रसिद्ध जासूस माताहारी की जन्मराशि वृश्चिक थी। वृश्चिक राशि के व्यक्तियों के बारे में यह कहा गया है कि उनकी आंखों में चुभने वाली विषैली चमक होती है, उनकी वाणी में रिक्तता पाई जाती है, तथा उनकी चाल-ढाल पेट के बल रेंगने वाले जानवरों से मिलती-जुलती है। नोकीले नाक-नक्श उनकी आकृति की विशेषता होते हैं।

निम्नमंगल के पर्वतीय क्षेत्र में रेखाओं के दो वर्ग मिलते हैं : जीवनरेखा के साथ चलने वाली सहायक रेखाएं जो मंगल की शक्ति-सम्पन्नता को व्यक्त करती हैं और व्यक्ति की जीवनक्षमता को बढ़ाती हैं और चिन्ता, विनाश तथा अस्तव्यस्तता को प्रकट करने वाली वह रेखाएं जो जीवन, मानस और कभी-कभी हृदय रेखा तक को काट देती हैं। यह अशुभ रेखाएं प्लूटो से प्रभावित मानी जा सकती हैं। प्लूटो का संयोग गतिसम्पन्न, प्रखर और साहसी मंगल को हिंसा, उत्तेजना और दुस्साहस के दुर्गुण देता है।

इच्छा और तर्क

अंगुलियों का अध्ययन करते हुए हमने जान-बूझकर अंगूठे की चर्चा नहीं की थी। हस्तरेखाशास्त्र में इसे इतना अधिक महत्त्व प्राप्त है कि इसके विवेचन के लिए एक पृथक् अध्याय की आवश्यकता थी। व्यक्ति का चरित्र और मनोविज्ञान प्रकट करने में अंगूठे के महत्त्व पर संसार-भर के हस्तरेखाशास्त्री एकमत हैं। भारतीय सामुद्रिकों, चीनी भविष्यवक्ताओं और रहस्यमय जिप्सियों द्वारा भाग्य विषयक अध्ययन में अंगूठे को सदा से केन्द्र माना जाता रहा है। यह प्रकृति-प्रदत्त नैसर्गिक इच्छा-शक्ति को प्रकट करने वाला अंग है और चूंकि समस्त जीवन-व्यापार का आधार यह इच्छा ही होती है अतः अंगूठा सहज ही हमारे अध्ययन को एक सुदृढ़ और असंदिग्ध पृष्ठभूमि प्रदान करता है। (चित्र 2 देखें)

अंगूठा तीन अस्थिखंडों से मिलकर बनता है। इसमें से आधार-खंड हथेली में भीतर रहता है जो शुक्र के पर्वत का स्थान है। हथेली से बाहर निकला हुआ पहला खंड व्यक्ति की तर्क-शक्ति का और दूसरा अन्तिम खंड इच्छा-शक्ति का द्योतक है। लम्बे अंगूठे दृढ़ इच्छा और परिष्कृत चरित्र के परिचायक होते हैं, इसके विपरीत छोटे अंगूठे अविकसित व्यक्तित्व बताते हैं।

सामान्यतया अंगूठा तर्जनी के आधार से तनिक ऊपर तक पहुंचता है। लम्बा अंगूठा ऐसे व्यक्तियों में पाया जाता है जो आत्म-विश्वास से पूर्ण, व्यावहारिक तथा उपयोगितावादी होते हैं। उनका

संचालन भावनाएं नहीं बुद्धि करती है। यदि अंगुलियां वर्गाकार या फैली हुई हों तो वे निश्चित विज्ञानों में आस्था रखते हैं और अच्छे इंजीनियर, शिल्पी अथवा गणित के शिक्षक होते हैं।

छोटे अंगूठों वाले व्यक्ति भावनाओं द्वारा संचालित होते हैं और आसानी से प्रतिक्रियाएं ग्रहण कर लेते हैं। वे सौन्दर्यवादी होते हैं और यदि अंगुलियों के सिरे कोनिक या नोकीले हों तो उनमें काव्य और कला की प्रवृत्तियां मिल सकती हैं।

अत्यन्त छोटा अंगूठा एक खतरनाक लक्षण है। ऐसे व्यक्तियों में आदिम संवेग संचालिका शक्ति होते हैं। अपराधियों का विशिष्ट लक्षण है, काफी छोटे अंगूठे। मनुष्य में अंगूठा सर्वाधिक विकसित होता है जबकि उसके वंश के अन्य जीवों जैसे बन्दरादि में यह बिलकुल अविकसित पाया जाता है। अंगूठे की यह अविकसित स्थिति मनुष्य को भी पाशविकता देती है। अपनी सामान्य स्थिति से हथेली पर ऊपर जुड़ा हुआ अंगूठा अज्ञान और मूर्खता का द्योतक है। यदि अंगूठा नीचे की तरफ आधारित है तो वह व्यक्ति में मानवीय गुणों का सहज विकास बताता है। अंगूठे को सीधा फैलाकर देखिए, तर्जनी और अंगूठे में जितनी अधिक दूरी होगी व्यक्ति में उतनी ही विशालहृदयता, सदाशयता और मानवीयता पाई जाएगी।

लचकीला, पीछे की तरफ आसानी से मुड़ जाने वाला अंगूठा सफलता का चिह्न है। ऐसे लोग अपने-आपको वातावरण और परिस्थितियों के अनुरूप ढाल सकते हैं। वे आर्थिक, वैचारिक और कार्य-योजनाओं में दुराग्रही नहीं होते और इसलिए उनमें सामयिक आवश्यकताओं को समझने की नैसर्गिक शक्ति होती है। वे सुरुचि-सम्पन्न होते हैं। किन्तु अंगूठे की सख्ती इसके विपरीत गुणों को प्रकट करती है। ऐसे व्यक्ति सहज ज्ञानसम्पन्न बेशक होते हैं, लेकिन उनकी संदेहशीलता उन्हें किसीपर विश्वास नहीं करने देती। वह दृढ़निश्चयी होते हैं लेकिन सम्बन्धों में स्वार्थ की भावना के कारण उनके सच्चे मित्र कम ही होते हैं। उनके पास संवेदनशीलता नहीं होती। आर्थिक मामलों में प्रायः वे सफल होते हैं।

इच्छा-खण्ड

जैसाकि ऊपर कहा गया है, अंगूठे का सबसे बाहरी सिरा

इच्छा को अभिव्यक्त करता है। इच्छा एक ऐसी शक्ति है जो समस्त मानवीय कार्य-व्यापार का आधार है। दृश्य इच्छा कार्यसिद्धि की दिशा में पहला चरण हुआ करती है। अंगूठे का यह खंड व्यक्ति के आत्मविश्वास को प्रकट करता है। यदि यह खंड अत्यधिक लम्बा हो तो संबंधित व्यक्ति प्रभुत्व-प्राप्ति के मार्ग में औचित्य-अनौचित्य की कोई परवाह नहीं करेगा। यदि ऐसे अंगूठे का सिरा वर्गाकार हो तो वह न्यायप्रिय होगा। यदि कोमल हाथ का इच्छाखंड अधिक विकसित है तो वह व्यक्ति अपने अधिकार और प्रभुत्व का प्रयोग न्याय और सच्चाई के लिए ही करेगा। अंगूठे के इस टुकड़े का बहुत ज़्यादा लम्बा होना कोई अच्छा लक्षण नहीं है। ऐसे व्यक्ति उत्तेजक प्रवृत्ति के होते हैं, प्रायः खूनियों, लुटेरों और निर्दय माता-पिताओं में ऐसे अंगूठे पाए जाते हैं।

इच्छा का खंड यदि अपेक्षाकृत छोटा हो तो ऐसे व्यक्तियों की जीवनेच्छा थकी हुई होती है। वे किसी कार्य को पूरा मन लगाकर नहीं करते जो प्रायः उनकी असफलता की वजह हुआ करता है। यदि यह खंड बहुत ही छोटा हो तो व्यक्ति नैराश्य से टूटा हुआ, हतोत्साहित और उकताया हुआ होता है।

केले की आकृति जैसा अंगूठा अविकसित माना जाता है। यह चरित्र में भारीपन, क्रूरता और मानव-द्रोह देता है। ऐसे लोग प्रायः असभ्य होते हैं और उन्हें आदिम संवेग ही संचालित करते हैं। जिन अंगूठों का सिरा दबा हुआ हो, उनके स्वामी स्नायविक रूप से संवेदनशील होते हैं। यह उन्हें असन्तुलित भी कर सकता है। फैले हुए सिरों वाले अंगूठे दृढ़ इच्छाशक्ति और शारीरिक क्षमता के द्योतक हैं। ऐसे व्यक्ति अवरोधों की परवाह नहीं करते और कोई भी कठिनाई उन्हें विचलित नहीं कर पाती। वर्गाकार अंगूठे व्यवहार-चातुर्य के प्रतीक हैं।

कोनिक सिरों वाले अंगूठे प्रभावशाली व्यक्तित्व का चिह्न हैं। यदि अंगूठे का सिरा बहुत फैला हुआ हो तो मनुष्य में मौलिकता, स्वतंत्र इच्छाशक्ति और रुचि-सम्पन्नता पाई जाती है।

सबसे विचित्र अंगूठे गेंद जैसे होते हैं। यह मांसल और संकरे नाखूनों वाले अंगूठे निस्संदेह अपराध-वृत्ति के परिचायक हैं। ऐसा व्यक्ति, हृदयहीन, स्वार्थी, कामुक और अस्थिर स्वभाव का होता है। विवेक उनके पास होता नहीं और ज़रा-सी बात ही उसे

उत्तेजित कर सकती है।

तर्क-खंड

अंगूठे का दूसरा खंड तर्क को व्यक्त करता है। इसका आकार पहले खंड के अनुपात में देखकर यह ज्ञात किया जा सकता है कि व्यक्ति में तर्क या इच्छा में से क्या अधिक प्रभावकारी है। यदि तर्क का खंड अविकसित है तो ऐसे लोग मूढ़, बुद्धिहीन और प्रतिभाहीन होते हैं। इसके विपरीत यदि यह खंड सुविकसित है तो व्यक्ति में कल्पना, बौद्धिकता और विश्लेषणात्मक गुण निश्चय ही होंगे।

यदि यह खंड डमरू के जैसे आकार का हो तो व्यक्ति में तीव्र, तीखी और निर्णयात्मक विवेक-प्रतिभा पाई जाएगी।

यदि इच्छा-खंड का आकार तर्क-खंड से अधिक लम्बा है तो ऐसे लोगों में विवेचना की शक्ति नहीं होती। वह परिस्थितियों का मूल्यांकन ही नहीं कर पाते और प्रायः संवेगों से संचालित होते हैं।

किन्तु यदि इच्छा-खंड तकं-खंड से छोटा है तो ऐसे लोग हर वस्तुगत परिस्थिति को उसके सही आयामों में देखने में सफल रहते हैं। वह अपनी बात और अपने पक्ष को किसी भी तरह से सिद्ध कर सकते हैं।

अंगूठे का तीसरा खंड हथेली में दबा रहता है। यह वासना-खंड कहलाता है और इसका अध्ययन हम पर्वतों के विवेचन वाले अध्याय में करेंगे क्योंकि यह शुक्र के पर्वत का स्थान है।

जैसाकि ऊपर कहा जा चुका है अंगूठा मानवीय चरित्र का सरलतम प्रतीक है। यह वह धुरी है जिसपर जीवन का चक्र घूमता हुआ नज़र आता है। मैंने एक कुख्यात जेबकतरे का हाथ एक बार देखा था। उसे कई बार जेलयात्रा करनी पड़ी थी और शायद वह एकाध खून के लिए भी ज़िम्मेदार था। उसकी हथेली के तमाम लक्षण सफलताओं, प्रतिभा और प्रभाव के द्योतक थे, अंगूठे को छोड़कर। जहां तक अंगूठे का सवाल था, वह एक अपराधी अंगूठा था। पहली नज़र में जो उसका चरित्र उद्घाटन कर देता था। इसके अतिरिक्त उसने कई लाख रुपया कमाया, उसकी लम्बी शिष्य-परम्परा थी और यदि उसका परिचय पहले न हो तो वह व्यवहार में एक

शिष्ट और पसन्द आने वाला आदमी था। जहां तक उसकी 'कला' का प्रश्न था, पुलिस-रिकार्ड के अनुसार वह एक अत्यंत होशियार जेबकतरा था।

वेश्याओं और सोसाइटी लड़कियों के अंगूठे भी मैंने छोटे ही पाए हैं। मेरा अपना अनुभव यह है कि ऐसी महिलाएं जो यौन-सम्बन्धों में अत्यधिक उदार और अकृतज्ञ होती हैं, इसी वर्ग के अन्तर्गत मिलती हैं। इसके विपरीत यदि महिला का अंगूठा अधिक लम्बा हो तो उसके पास संवेदना जैसी कोई चीज नहीं होती। उनका सहजज्ञान विकसित होता है और संसारिकता की दृष्टि से वे अच्छी पत्नियां बनती हैं; यद्यपि वे अपने पति या प्रेमी पर एकछत्र प्रभुत्व चाहती हैं।

सफलता दिलवाने वाला अंगूठा सुडौल, सुन्दर, संतुलित रूप से विकसित और हल्की-सी लचक वाला होता है। उसमें तर्क और इच्छा खंड एक-दूसरे के पूरक होते हैं। ऐसे अंगूठों वाले व्यक्ति अपनी क्षमताओं का समुचित लाभ उठा सकते हैं और अपनी प्रतिभा को उपयोगितावादी धरातल दे सकते हैं।

आयु और जीवनी शक्ति

जीवन-रेखा एकमात्र ऐसी रेखा है जो बिना किसी अपवाद के हर हथेली पर पाई जाती है। फिर भी ऐसा हाथ मिल सकता है जिस-पर जीवन-रेखा न हो। ऐसा व्यक्ति अशक्त होगा और उसका अस्तित्व किसी भी क्षण खतरे में आ जाएगा। यह रेखा आयु और सामान्य स्वास्थ्य की संकेतिका है। इसे शक्ति देने वाली रेखाएं मंगल-रेखाएं होती हैं। कभी-कभी बहुत छोटी जीवन-रेखा के अभाव को शनि-रेखा द्वारा भी पूरा किया जाता है। यह रेखा शुक्र के पर्वत को अपनी परिधि में घेरती है जो व्यक्ति में जीवनी शक्ति का प्रतिनिधित्व करने वाला पर्वत है। प्रत्येक रेखा का अध्ययन तीन विभागों में किया जाता है—उद्गम, मार्ग और अन्त। इसके अतिरिक्त रेखा पर उपस्थित विभिन्न द्वीप-बिन्दु आदि चिह्न भी महत्त्वपूर्ण होते हैं। (चित्र 17 देखें)

जीवन-रेखा व्यक्ति की शक्ति और वेग को बताती है। यह शक्ति और वेग इसलिए महत्त्वपूर्ण है क्योंकि जीवन में उत्साह और साहस का संचार करने के लिए उत्तरदायी वही है। जीवन-रेखा से बनने वाले अर्द्धवृत्त का विस्तार जितना अधिक होगा व्यक्ति में सक्रियता और जीवन की भावना भी उतनी ही अधिक होगी। यदि यह वृत्त संकरा है तो व्यक्ति के पास उन गुणों का अभाव होगा, जो न केवल जीवन के सामान्य स्वरूप में ही बल्कि काम, सुख आदि

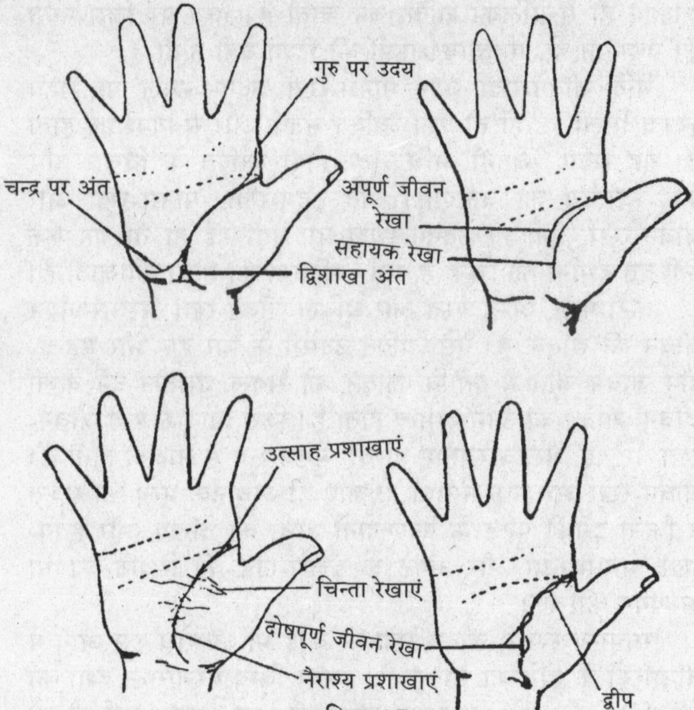

चित्र 17

जीवन-रेखा

दूसरी जैविक मनोवृत्तियों में भी स्वस्थ विकास के लिए एक अवरोध सिद्ध होगा। ऐसे लोगों में सहानुभूति आदि शुक्र पर्वत के गुण कम हो जाते हैं। वह अल्पायु और प्रायः निर्वंश होते हैं।

छोटी जीवन-रेखा को संतुलित करने के लिए सबल हृदय-रेखा और अंगूठे के इच्छा-खंड का बलवान होना उसके कुप्रभावों को कम करता है। दीर्घायु बताने वाली रेखा बड़ा घेरा बनाती हुई चन्द्र पर्वत के निकट तक पहुंच जाती है।

जीवन-रेखा का सर्वसामान्य उद्गम गुरु पर्वत का आधार है। जब यह इसके कुछ ऊपर से प्रारंभ होती है तो व्यक्ति में महत्त्वाकांक्षाएं ही संचालिका शक्ति बन जाती हैं। हाथ पर जिस पर्वत की प्रधानता हो, महत्त्वाकांक्षाओं की दिशा वही होती है।

यदि जीवन-रेखा और मानस-रेखा उद्गम-स्थल पर बहुत ज़्यादा मिली हुई हों तो ऐसा व्यक्ति सतर्क और संवेदनशील होता है। यह रेखाएं जितनी अधिक दूर होंगी व्यक्ति के विचार और कार्य-स्वातंत्र्य को बताएंगी। यदि हृदय-रखा, मानस-रेखा और जीवन-रेखा तीनों ही उद्गम-स्थल पर जुड़ी हुई हों तो यह एक निश्चित दुर्भाग्य का चिन्ह है, ऐसे व्यक्तियों की हत्या की जाती है।

कटी-फटी, अस्तव्यस्त और धूमिल जीवन-रेखा अस्वास्थ्यकर जीवन की द्योतक है। ऐसे व्यक्ति उदासी के मारे हुए और महत्त्वहीन जीवन जीते हैं क्योंकि जीवन को सबल धरातल देने वाली जीवनी शक्ति का उनमें अभाव होता है। जिस आयु-खंड में जीवन-रेखा पर यह अस्तव्यस्तताएं हों वह मुख्य रूप से नाज़ुक होता है। जीवन-रेखा अचानक समाप्त हो जाए तो अचानक मृत्यु का संकेत है किन्तु इसकी पुष्टि के लिए दोनों हाथों को देखिए और हृदय-रेखा, मानस-रेखा और अंगूठे के इच्छा-खंड की स्थिति का भी अध्ययन कीजिए।

सामान्य रूप से जीवन-रेखा पर कोई भी अवरोध उस आयु में बीमारियों के होने का द्योतक है। इसपर बिन्दु मरणासन्न दशा का चिन्ह है। यदि टूटे हुए स्थान पर खड़ी रेखा अथवा वर्ग हो तो व्यक्ति लम्बी बीमारी के बाद भी बच जाता है। जीवन-रेखा के मार्ग में द्वीपों की उपस्थिति भी बीमारी का लक्षण है। जीवन-रेखा को काटने वाली कई आड़ी रेखाएं भी आयु के उस भाग में बीमारियों की द्योतक हैं।

जीवन-रेखा से ऊपर की ओर जाती हुई प्रशाखाएं महत्त्वाकांक्षा बताती हैं। (चित्र 18 देखें) यदि किन्हीं अन्य रेखाओं से आकर प्रशाखाएं जीवन-रेखा में मिल रही हों तो व्यक्ति को अपनी विशेषताओं के कारण सफलता मिलती है। यदि जीवन-रेखा की एक प्रशाखा उठकर गुरु के पर्वत पर पहुंच रही हो तो ऐसे व्यक्ति में महत्त्वाकांक्षा की मात्रा बहुत अधिक होती है।

यदि जीवन-रेखा का प्रारम्भ दो शाखाओं से मिलकर हुआ हो तो ऐसे व्यक्ति के पास विवेक, चातुर्य और कल्पनाशीलता होती है। किन्तु खराब हाथ में इस लक्षण के विपरीत परिणाम होते हैं। वह अस्थिर बुद्धि और अव्यावहारिक कल्पनावादी बन जाता है।

जीवन-रेखा से शनि की ओर जाती हुई प्रशाखा व्यक्ति में दार्शनिकता का अंश बताता है। यदि यह शाखा सूर्य की ओर जा रही हो तो वह यशोभिलाषी होगा, बुध पर्वत की ओर जाती हुई प्रशाखा व्यावसायिक सफलता देती है और मंगल पर पहुंचने वाली प्रशाखा-सैन्य सफलता। यदि इनमें से एक शाखा मानस-रेखा को छूती हो तो व्यक्ति सम्बन्धों के प्रति ईमानदार होगा।

अंत में जीवन-रेखा का प्रशाखित होना, उस आयु-खंड में जीवनी शक्तियों के ह्रास का चिह्न है। ऐसे व्यक्तियों का बुढ़ापा कष्टदायक बीतता है और उनका अंत प्रायः अपने जन्मस्थान से दूर संघर्षशील जीवन बिताते हुए होता है। यदि अंत में से निकलकर एक प्रशाखा चन्द्र पर्वत की ओर जा रही हो तो मानसिक रुग्णता या पागलपन का निश्चित चिह्न है।

प्रभाव की किरणें

यह महीन और अनुल्लेखनीय दिखाई देने वाली रेखाएं जीवन-रेखा अथवा शुक्र के पर्वत से निकलकर हथेली के दूसरे स्थानों तक पहुंचती हैं और अपने प्रभाव संबंधित स्थानों और मुख्य रेखाओं पर छोड़ती हैं। इनका अध्ययन अत्यधिक सतर्कता के साथ किया जाना चाहिए क्योंकि यह रेखाएं अधिक स्पष्ट नहीं होतीं, संख्या में अनेक होती हैं और परिवर्तित होती रहती हैं। (चित्र 18 देखें)

शुक्र के पर्वत से हथेली पर आड़ी जाती हुई प्रभाव-किरणें दूसरों के द्वारा, विशेषतया विपरीत योनि के सदस्यों द्वारा उत्पन्न की हुई चिन्ताओं को बताती हैं। गुरु के पर्वत पर प्रभाव-किरणों

का पहुंचना व्यक्ति के जीवन में महत्त्वाकांक्षाओं का द्योतक है। जब यह किरणें जीवन-रेखा से अलग होती हैं, वह आयु-खंड विशेष प्रगति का प्रतीक है। शनि पर इन रेखाओं का पहुंचना आकस्मिक दुर्घटनाओं का चिह्न है। यदि यह रेखाएं शनि-रेखा के

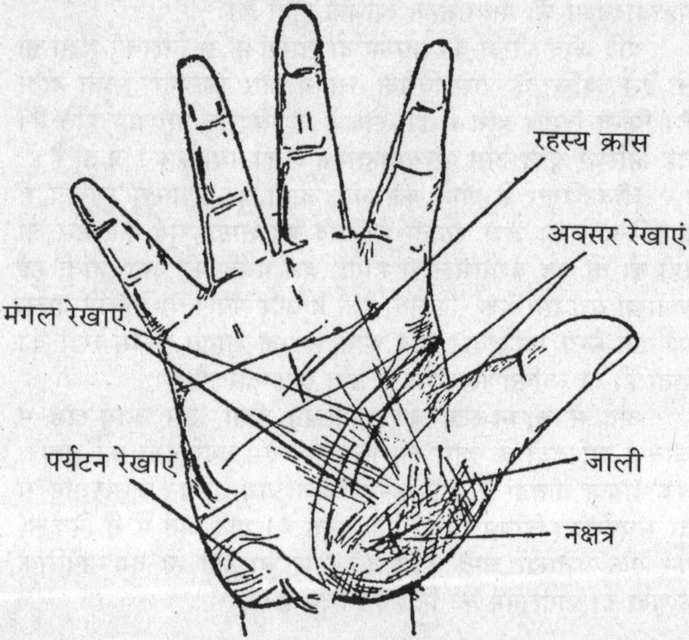

चित्र 18

सहायक रेखाएं और चिह्न (1)

साथ चलती हुई पर्वत पर पहुंचें तो आयु के उस भाग में व्यक्ति आर्थिक सफलताएं प्राप्त करता है। सूर्य पर पहुंचती हुई प्रभाव-रेखाएं क्षेत्र-विशेष में सफलता का चिह्न हैं। जबकि बुध पर इन रेखाओं की पहुंच निश्चित व्यावसायिक सफलता बताती है। यदि प्रभाव-रेखाएं चन्द्र पर्वत तक जा पहुंचें तो व्यक्ति को पागलपन का खतरा रहता है। निम्न मंगल पर प्रभाव-किरणों का पहुंचना वासना के कारण आत्महानि का द्योतक है।

यदि प्रभाव-किरणें जीवन-रेखा को काटती हों तो ऐसे व्यक्ति की प्रगति में घरवाले और रिश्तेदार बाधा डालते हैं। यह किरणें बढ़कर यदि शनि-रेखा तक पहुंच जाएं तो उस आयु-खंड में व्यक्ति को व्यावसायिक विरोध का सामना करना पड़ता है। जब यह रेखाएं मानस-रेखा तक पहुंचती हैं तो व्यक्ति को वैचारिक दमन और परतंत्रता का शिकार होना पड़ता है। जीवन-रेखा को काट-कर हृदय-रेखा तक पहुंचने वाली प्रभाव-रेखाएं संबंधों, विशेषकर वैवाहिक जीवन में असन्तुलन का चिह्न हैं। यदि ऐसी रेखा के मार्ग में द्वीप भी हो तो व्यक्ति को संबंधों के कारण अपमान सहना पड़ता है। यदि प्रभाव-रेखा जीवन-रेखा के साथ-साथ सूर्य-रेखा को भी काटती हो तो व्यक्ति की प्रतिष्ठा-हानि का खतरा रहता है। प्रभाव-रेखा यदि विवाह-रेखाओं को जाकर काट दें तो तलाक की नौबतें आ सकती हैं।

मंगल-रेखाएं

निम्न मंगलीय क्षेत्र से निकल जीवन-रेखा के समानान्तर चलने वाली रेखा मंगल-रेखा कहलाती है। (चित्र 18 देखें) कभी-कभी एक से अधिक मंगल-रेखाएं भी पाई जाती हैं। यह जीवन-रेखा की सहायक होती हैं और उसे शक्ति प्रदान करती हैं। यदि जीवन-रेखा दोषयुक्त, निर्बल और अस्तव्यस्त हो तो मंगल-रेखाओं का महत्त्व बढ़ जाता है। स्वस्थ जीवन-रेखा के साथ मंगल-रेखा जीवनी शक्ति को असाधारण रूप से बढ़ा देती है। वह व्यक्ति इसके कारण शक्ति के अपव्यय के रास्ते तलाश करते हैं।

मंगल-रेखा से निकलकर गुरु के पर्वत की ओर जाने वाली प्रशाखाएं व्यक्ति की आकांक्षाओं को बताती हैं। यदि यह रेखाएं मानस-रेखा से मिल जाएं तो व्यक्ति की मानसिक शक्तियां अभि-वृद्धि पाती हैं। भाग्य-रेखा के साथ मिलने वाली मंगल रेखा की शाखाएं सफलता का चिह्न हैं। किन्तु उसे काटने वाली अथवा सूर्य की रेखा को काटने वाली प्रशाखाएं सफलता के मार्ग पर अवरोध बताती हैं। चन्द्र के पर्वत पर पहुंचने वाली मंगल-प्रशाखाएं यात्राप्रिय, मद्यपानप्रिय, वासनाप्रिय प्रणयवादी कलाकारों का लक्षण हैं। हाथ खराब हो तो ऐसे व्यक्ति वासना के परिणाम-स्वरूप मानसिक असन्तुलन के शिकार हो सकते हैं।

मणिबंध-रेखाएं

कलाई पर संख्या में दो या तीन लहरीली शृंखलाओं जैसी लकीरें मणिबंध की रेखाएं कहलाती हैं। (चित्र 19 देखें) आधुनिक हस्तरेखाशास्त्री इन्हें अधिक महत्त्व नहीं देते। यदि मणिबंध की रेखाएं सुस्पष्ट हों तो व्यक्ति को सम्मान, धन और यश मिलता है। इसके विपरीत कटे-फटे मणिबंध संघर्ष और निराशाओं से भरपूर जीवन के द्योतक हैं। यदि पहले मणिबंध का एक भाग अर्द्धवृत्त बनाता हुआ हथेली में प्रवेश कर रहा हो तो व्यक्ति को यौन दौर्बल्य अथवा निर्वशता का सामना करना पड़ सकता है।

मणिबंध से चन्द्रमा की ओर जाने वाली प्रशाखाएं यात्रा-रेखाएं कहलाती हैं। यह जितनी दीर्घ होंगी व्यक्ति उतनी ही लम्बी यात्राएं करेगा। गुरु के पर्वत पर पहुंचने वाली यात्रा-रेखा लम्बी और मानकारक यात्रा का लक्षण है किन्तु यदि यह रेखा शनि पर

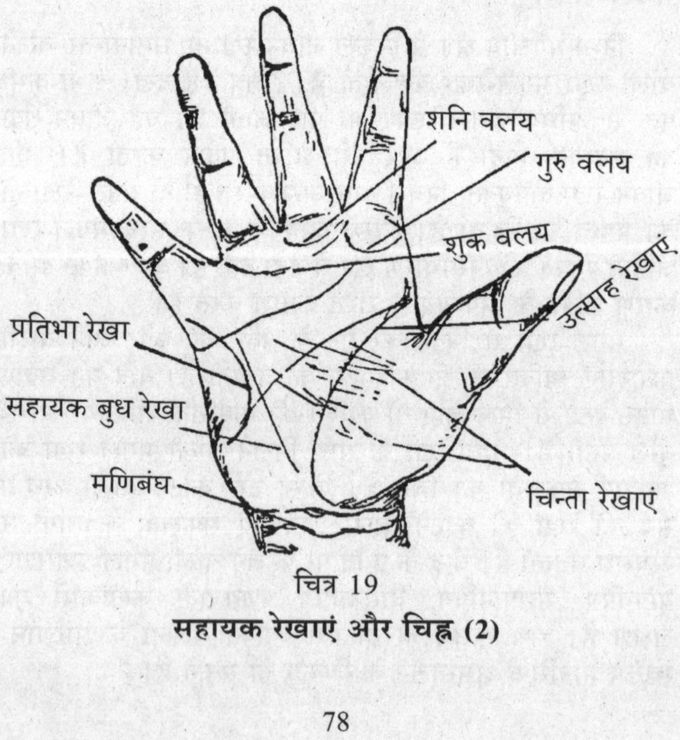

चित्र 19

सहायक रेखाएं और चिह्न (2)

पहुंचती हो तो व्यक्ति के यात्रा-काल में मृत्यु को प्राप्त हो जाने की आशंका रहती है। इसी तरह जीवन-रेखा में ख़त्म होती हुई पर्यटन-रेखाएं भी यात्रा में मृत्यु की आशंका व्यक्त करती हैं।

जब मणिबंध से निकलकर एक रेखा बुध के पर्वत तक पहुंचती है तो ऐसे व्यक्ति को अचानक धन-प्राप्ति होती है। सूर्य के पर्वत पर पहुंचने वाली प्रशाखा प्रभावशाली व्यक्तियों का सम्पर्क और उनके द्वारा सफलता का लक्षण है। यदि प्रशाखा बुध की रेखा से मिले तो व्यक्ति को जीवन में दुर्भाग्यों का सामना करना पड़ता है।

इस अध्याय में हमने जीवन-रेखा के अतिरिक्त मंगल और मणिबंध रेखाओं का भी विवेचन इसलिए किया क्योंकि जीवनी शक्ति के लिए यह तीनों ही उत्तरदायी हैं। किन्तु व्यक्ति के सामान्य स्वास्थ्य और जीवन के विषय में हमारा अध्ययन तब तक पूरा नहीं होगा जब तक हम बुधरेखा और उसकी सहायक रेखा पर भी विचार न कर लें। अतएव आगामी अध्याय में हम इन रेखाओं का विवेचन करेंगे, जो व्यक्ति के स्वास्थ्य से इतनी अधिक सम्बधित हैं।

स्वास्थ्य

बुधरेखा मणिबंध से अथवा जीवन-रेखा में से निकलकर बुध पर्वत की दिशा में अपना मार्ग बनाती है। इसे स्वास्थ्य-रेखा भी कहा जाता है क्योंकि यह रेखा अनेक बीमारियों के विषय में संकेत देती है। हथेली पर इस रेखा का न पाया जाना स्वास्थ्य और सबलता का द्योतक है किन्तु इस रेखा की उपस्थिति भी इतनी खराब नहीं है। इसके विपरीत यह रेखा कई बार सफलता का माध्यम बन जाती है क्योंकि इससे पर्वतीय गुणों—बुद्धि-चातुर्य और व्यावसायिक विवेक में अभिवृद्धि होती है।

बुधरेखा का उदय हथेली के निचले भाग में किसी स्थान पर हो सकता है। (चित्र 20 देखें) सामान्य नियम यह है कि यह जीवन-रेखा और शनि-रेखा से जितनी अधिक दूर होगी उतना ही भला

है। यदि यह जीवन-रेखा से मिली हुई न हो और मणिबंध सुस्पष्ट हों तो दीर्घायु का लक्षण है। बुध की गहरी और निर्दोष रेखा अच्छी पाचन-शक्ति और गुर्दों की शक्ति को बताती है। ऐसे लोगों की स्मरण-शक्ति तीव्र और मस्तिष्क विकारहीन होता है। दोषयुक्त जीवन-रेखा को भी अच्छी बुधरेखा की सहायता मिलती है और उसके दोष कम हो जाते हैं। यदि मस्तिष्क, हृदय और शनि की रेखाएं अच्छी हों तो बुध की रेखा जीवनी शक्ति को कई गुना बढ़ा देती है। ऐसे लोग कार्य के लिए नये-नये क्षेत्र तलाश करते हैं और उनमें सफलता प्राप्त करते हैं। यद्यपि यह रेखा उन्हें मद्यप और वासनायुक्त बना सकती है। विश्रृंखलित बुधरेखा पाचन-शक्ति के दौर्बल्य और स्नायविक गड़बड़ को व्यक्त करती है। यह रेखा अस्पष्ट हो और हाथ की अन्य रेखाएं भी धूमिल हों तो व्यक्ति लकवे का शिकार हो सकता है। दुर्बल मानस-रेखा के साथ यह सामान्य अस्वस्थता बताती है। लहरीली बुधरेखा यकृतीय अस्वस्थता बताती है। ऐसे व्यक्ति व्यापार और भविष्य के प्रति सदा अनिश्चित रहते हैं और भविष्य की निर्मूल चिन्ताएं उन्हें घेरे रहती हैं। यदि रेखा के मार्ग में बिन्दु हो और किसी पर्वत पर रेखा-व्यूह हो, तो उस पर्वत से सम्बन्धित अस्वस्थताओं से व्यक्ति बच नहीं सकता। रेखा के मार्ग पर द्वीप उस आयु-खण्ड में स्वास्थ्य-सम्बन्धी गिरावट बताते हैं।

बुध के पर्वत पर पहुंचती हुई निर्दोष बुधरेखा लम्बी आयु की द्योतक है। यदि यह रेखा चन्द्र के पर्वत से चलकर आ रही हो तो व्यक्ति लम्बी यात्राएं करता है। बुधरेखा में से निकलकर ऊपर की ओर जाती हुई प्रशाखाएं उस आयु-खण्ड में स्वास्थ्य और व्यापारिक सफलताएं बताती हैं। इसके विपरीत नीचे की ओर जाने वाली प्रशाखाएं कुस्वास्थ्य और व्यापारिक अवनति की द्योतक हैं।

यदि बुधरेखा की एक प्रशाखा सूर्य के पर्वत पर जा पहुंचे तो उसे सूर्य की रेखा तेज़ और प्रतिभा देती है। ऐसे व्यक्ति को पर्वतीय प्रधानता के अनुरूप सफलताएं मिलती हैं। यदि प्रशाखा शनि के पर्वत को छू रही हो तो व्यक्ति को शनि का अध्ययन और गाम्भीर्य मिल जाता है। गुरु पर पहुंचने वाली बुध-प्रशाखा उत्कृष्ट सफलता का लक्षण है। गुरु के नेतृत्व और महत्त्वाकांशा को ऐसा

व्यक्ति अपने व्यावसायिक कार्यक्षेत्रों में प्रयोग में लाता है। यदि गुरु का पर्वत नक्षत्रयुक्त हो तो इन गुणों में असाधारण वृद्धि हो जाती है। बुध-रेखा के आधार पर सफलता का क्षेत्र निर्धारित करने के लिए हथेली के सामान्य मानचित्र को ध्यान में रखना चाहिए।

जीवन-रेखा में से निकल चलने वाली बुध-रेखा, यदि मानस और हृदय-रेखाएं पास-पास और निर्बल हों, तो मूर्च्छा के रोगों की आशंका व्यक्त करती हैं। यदि जीवन-रेखा पर लाल या नीले बिन्दु हों तो उसके साथ चलने वाली अस्तव्यस्त बुध-रेखा हृदय-रोगों की द्योतक है। जब बुध-रेखा दोनों हाथों पर मानस-रेखा को काट-कर एक आस जैसा बनाती हो तो व्यक्ति में रहस्य विज्ञानों के लिए अभिरुचि और प्रतिभा पाई जाती है। जब बुध-रेखा की एक प्रशाखा मानस-रेखा को स्पर्श करती है तो व्यक्ति बौद्धिक रूप में अत्यन्त परिपक्व होता है। इस प्रकार बनने वाला त्रिकोण सदा ही मानसिक क्षमताओं का त्रिकोण होता है। यदि बुध-रेखा मानस-रेखा पर समाप्त हो जाए और जीवन-रेखा पर अनेक छोटी रेखाओं द्वारा उत्पन्न किए हुए व्यवधान हों तो व्यक्ति मानसिक बीमारियों का शिकार होता है। चन्द्र पर झुकी हुई मानस-रेखा पर क्रास बनाने वाली बुध-रेखा उत्तेजित कल्पनाशीलता का चिन्ह है। यदि बुध-रेखा शनि और मानस की रेखाओं के साथ एक त्रिकोण बनाती हो तो ऐसा व्यक्ति धार्मिक मनोवृत्तियों का होता है और रहस्य में उसकी स्वभावगत रुचि होती है।

यदि बुध-रेखा पर ऊपर की ओर क्रास हो और मानस-रेखा के मार्ग पर वृत्त पाया जाए तो व्यक्ति को अंधेपन का खतरा होता है। बुध-रेखा के पास पड़ने वाले क्रास आकस्मिक दुर्घटनाएं बताते हैं। यदि रेखा पर नक्षत्र हो तो व्यक्ति को परिवारिक जनों से सुख नहीं मिलेगा। बुध-रेखा पर द्वीप की उपस्थिति फेफड़ों की कमज़ोरी बताती है।

बध-रेखा का एक आड़ी रेखा के रूप में समाप्त होना अचानक सफलता के मार्ग में व्यवधान बताता है। यदि यह आड़ी रेखा प्रणय-रेखाओं से बनती है तो व्यक्ति के यौन सम्बन्ध उसकी सफलता के मार्ग का अवरोध होते हैं। बुध के पर्वत पर रेखा का कई प्रशाखाओं में अंत सफलता का विभाज्य होना बताता है। यदि रेखा एक नक्षत्र

के रूप में समाप्त होती हो तो व्यक्ति को असाधारण सफलता मिलती है।

बुध-रेखा के मूल प्रभाव स्वास्थ्य-सम्बन्धी ही हैं। जीवन-रेखा, मानस-रेखा और हृदय-रेखाओं के आधार पर इसका अध्ययन किया जाना चाहिए। अस्वस्थताओं के प्रकार समझने के लिए पर्वतों का संदर्भ देखना आवश्यक है।

सहायक बुध-रेखा

यह रेखा चन्द्र पर्वत से निकलकर अर्द्धवृत्त की तरह हथेली के निचले भाग को घेरती है और बुध-रेखा की शक्ति को बढ़ाती है। (चित्र 19 देखें) यदि यह दोनों हाथों में स्पष्ट हो तो व्यक्ति में संवेदनशीलता आ जाती है। सहायक बुध-रेखा के रूप में यह सुख और अच्छे स्वास्थ्य की द्योतक है। जब यह रेखा बुध के पर्वत तक पहुंचती हो तो व्यक्ति को अच्छे भाग्य का लाभ मिलता है। उसमें राजनयिक योग्यता आती है। यदि यह रेखा सूर्य-रेखा का स्पर्श करे तो व्यक्ति को धनलाभ होता है।

सहायक बुध-रेखा निम्न विश्व के प्रभावों को बढ़ाती है। व्यक्ति वासना, क्षुधा और स्वभाव के मामले में असंयमी हो जाता हैं। यदि सहायक बुध-रेखा शुक्र पर्वत पर पहुंचती हो तो वह असाधारण रूप से कामुक होता है।

हथेली पर उपस्थित अस्वास्थ्यकर चिन्ह

हथेली पर अन्य ऐसे चिन्ह जो व्यक्ति के स्वास्थ्य से सम्बन्ध रखते हैं, हम उनका भी इसी अध्याय में अध्ययन कर लेना चाहते हैं।

अस्वस्थताओं के चिन्ह विभिन्न मुख्य रेखाओं पर उनके प्रकार के अनुसार पाए जाते हैं। जैसे मस्तिष्क-सम्बन्धी बीमारियों के चिह्न मानस-रेखा पर और रक्त-सम्बन्धी बीमारियों के चिह्न हृदय-रेखा पर मिलेंगे। इसके अतिरिक्त अवस्थताएं अपने लक्षण नाखूनों पर भी व्यक्त करती हैं। अध्ययन में इन सभीको देखना आवश्यक है और किसी भी भविष्यवाणी से पूर्व सभी सम्बन्धित चिह्नों को भली प्रकार देख लेना निरापद रहता है। आगे का विवरण इस क्षेत्र में कुंजी का काम करेगा।

मृत्यु : यह एक आम तौर पर पूछा जाने वाला प्रश्न है लेकिन समझदार हस्तरेखाशास्त्री इस प्रश्न का उत्तर बहुत ही सावधानी-पूर्वक देता है। बल्कि विद्वानों ने तो इस सम्बन्ध में भविष्यवाणियों पर प्रतिबंध लगा रखा है। मृत्यु एक ईश्वरीय विधान है और इस-पर मनुष्य का कोई वश नहीं है। इसके साथ ही यह एक ऐसा भय है जो प्रत्येक व्यक्ति के मन में किसी न किसी रूप में रहता है। यदि मृत्यु की भ्रमपूर्ण भविष्यवाणी कर दी जाए तो आपका विषय मानसिक रूप से इस चिन्ता का शिकार हो सकता है, अतः जहां तक हो इस प्रकरण को टालिए। फिर भी बहुत-सी ऐसी बातें होती हैं जो अप्रिय हैं किन्तु उन्हें छोड़ा नहीं जा सकता। अस्तु,

शनि के पर्वत से प्रारम्भ होती हुई हृदय-रेखा, जिसपर मानस-रेखा के मध्य के लगभग क्रास हो; यदि मानस-रेखा और हृदय-रेखा बुध पर्वत के नीचे अर्द्धवृत्त के रूप में मिलें; मानस-रेखा शनि-रेखा को पार करने से पहले समाप्त हो जाए और उसपर क्रास हो तो असामयिक मृत्यु के लक्षण हैं।

नाखूनों पर पीली धारियां और दोनों हाथों में जीवन-रेखा का समाप्त हो जाना निश्चित मृत्यु का लक्षण है। यदि जीवन-रेखा महीन होती जाए और इस महीन भाग में उसपर बिन्दु भी हो तो व्यक्ति की अचानक मौत होती है। इसके अन्य लक्षण जीवन-रेखा का कई शाखाओं में अन्त और मानस-रेखा का मणिबंध के पास नक्षत्र या क्रास में समाप्त होना है।

निम्न मंगल पर जाली जीवन-रेखा, मानस-रेखा और हृदय-रेखा का उद्गमस्थल पर मिला हुआ होना और शनि-रेखा के अन्त में क्रास, बुध पर्वत पर जाली के साथ होना हिंसा से मृत्यु का लक्षण है।

जब यात्रा-रेखाएं मणिबंध से चलकर जीवन-रेखा में समाप्त होती हैं तो प्रायः यात्रा में व्यक्ति की मृत्यु होती है। बुध अथवा चन्द्र के पर्वतों पर वृत्त या चन्द्र पर्वत पर पहुंचने वाली मानस-रेखा का नक्षत्रीय अन्त पानी में मृत्यु का चिह्न है। मंगल के ऊर्ध्व पर्वत पर नक्षत्र अथवा निम्न मंगल से शनि पर पहुंचती हुई रेखा युद्ध में अन्त बताती है। जब शनि-रेखा हृदय और मानस-रेखाओं के बीच से शुरू होकर शनि की अंगुली के तीसरे खण्ड में पहुंचती है तो व्यक्ति की मृत्यु कारागार में होती है। यदि शनि की अंगुली के

तीसरे खण्ड में नक्षत्र हो तो हत्या किए जाने का खतरा रहता है।

यदि कमज़ोर हथेली की मध्यमा का पहला खंड अधिक विकसित हो, अति विकसित गुरु के पर्वत के साथ मानस-रेखा स्वास्थ्य-रेखा को छूती हो और शनि-रेखा निर्बल हो तथा जीवन-रेखा कई रेखाएं काट रही हो, चन्द्र तथा शनि के पर्वतों पर नक्षत्र हों तो व्यक्ति में आत्महत्याकारक प्रवृत्तियां पाई जाती हैं। हथेली पर रेखाओं का सघन होना, चन्द्र पर्वत का अधिक विकास और शुक्र-वलय की उपस्थिति भी इन प्रवृत्तियों के लक्षण हैं। किन्तु इस संबंध में कोई भी निष्कर्ष अंगूठे को देखे बिना न निकालें क्योंकि, वह इच्छा-शक्ति को अभिव्यक्त करता है जो जीने के लिए इतना बड़ा तथ्य है।

सामान्य स्वास्थ्य के लिए तीनों मणिबंधों का स्पष्ट होना, जीवन-रेखा का दीर्घ और सबल होना, तथा मानस व हृदय-रेखाओं का निर्दोष होना आवश्यक है। बुध-रेखा की अनुपस्थिति भी दीर्घायु के लिए एक कवच है।

यदि जीवन-रेखा का प्रारम्भ एक द्वीप से हो रहा हो तो व्यक्ति को पैतृक बीमारियां भुगतानी होती हैं। जीवन-रेखा पर कटानें बीमारियों का आम लक्षण हैं।

मस्तिष्क-संबंधी बीमारियों के प्रायः सभी लक्षण मानस-रेखा पर ही मिलते हैं। यदि यह रेखा पीली हो और छिछली भी हो तथा इसपर काला बिन्दु हो तथा जीवन-रेखा प्रारंभ में दो शाखाओं से मिलकर बनी हो तो मानसिक बीमारियों का अत्यधिक खतरा रहता है। यदि मानस-रेखा काफी दूर तक जीवन-रेखा के साथ चले और मानस-रेखा के मार्ग में द्वीप हो तथा बुध-रेखा मानस-रेखा से मिलने के स्थल पर लाल हो जाए तो व्यक्ति को मानस-ज्वर का खतरा रहता है। शुक्र के पर्वत से आकर यदि कोई प्रभाव-रेखा मानस-रेखा पर समाप्त हो जाए, शनि-रेखा मानस-रेखा पर अचानक खत्म हो जाए और मानस-रेखा लहरीली हो तो मानसिक बीमारियों का स्थायी खतरा रहता है। इसके अन्य चिह्न—मानस-रेखा का बुध-रेखा में मिला हुआ होना, जीवन-रेखा का प्रारंभ में शाखित होना, और मानस-रेखा में से प्रशाखाओं का जीवन-रेखा को काटना तथा चन्द्र पर्वत का विकसित होना है।

चन्द्र के पर्वत पर जाली की उपस्थिति उदासी से उत्पन्न मान-

सिक अस्थिरता को बताती है। यदि चन्द्र पर्वत पर एक खराब हथेली में नक्षत्र हो तो हिस्टीरिया का चिह्न है। दोनों हाथों में चन्द्र पर्वत पर नक्षत्र जल-भीति (हाइड्रोफोबिया) के द्योतक हैं।

यदि चन्द्र के पर्वत पर चन्द्राकार चिह्न हो, जीवन-रेखा के अंत में कई शाखाओं में से एक शाखा चन्द्र पर्वत पर पहुंच रही हो, मानस-रेखा लहरीली हो और बुध पर्वत के नीचे घूमकर हृदय-रेखा की ओर उठ रही हो, मानस-रेखा चन्द्र-पर्वत की ओर अचानक घूम गई हो, मानस-रेखा शनि पर्वत के नीचे भंग हो गई हो और सशक्त चन्द्र पर्वत पर उतर रही हो तो यह सारे चिह्न उन्माद की स्थितियां दर्शाते हैं। इसके अतिरिक्त हृदय-रेखा से चन्द्र पर पहुंचती हुई प्रशाखा, चन्द्र पर्वत पर मानस-रेखा और बुध-रेखा से बनता हुआ क्रास, अथवा मंगल के ऊर्ध्व पर्वत पर चन्द्राकार चिह्न भी उन्माद के द्योतक हैं। अन्तिम प्रकार हिंसात्मक हो जाता है।

चन्द्र के पर्वत पर बिन्दु विभिन्न स्नायविक बीमारियों का चिह्न है। बड़े नाखून, जिनका रंग नीलिमा लिए हुए हो, भी स्नायविक कष्ट बताते हैं। मानस-रेखा पर द्वीप और जीवन-रेखा को काटने वाली कई प्रशाखाएं स्नायु-शूल बताती हैं। यदि मानस-रेखा कई स्थानों पर टूटी हुई हो तो स्मृति-हास का लक्षण है।

छोटे, चपटे और पतले त्रिकोणात्मक नाखून तथा सभी मुख्य रेखाओं का दुर्बल होना पक्षाघात बताता है। यदि शनि-रेखा के अंत में नक्षत्र हो और जीवन-रेखा दोनों हाथों में नक्षत्र के साथ समाप्त हो रही हो तो पक्षाघात मृत्यु का कारण बनता है। हृदय-रेखा पर नक्षत्र और बुध-रेखा जहा मानस-रेखा को छुए वहां उसका लाल रंग भी पक्षाघात बताता है। यदि दो रेखाएं हृदय-रेखा से सीधी चन्द्र पर्वत पर पहुंच रही हों तो यह मृत्यु का कारण बन जाता है।

यदि मानस-रेखा पर दोनों हाथों में काला बिन्दु हो और जीवन-रेखा से निकलकर एक प्रशाखा चन्द्र पर नक्षत्र के रूप में समाप्त हो रही हो तो सन्निपात बताती है। छोटे नाखून और काफी कटी-छटी मानस-रेखा मिर्गी के चिह्न हैं। मानस-रेखा का हृदय-रेखा की ओर उठना तथा बुध-रेखा का जीवन-रेखा से उदय समय-समय पर मूर्च्छा के दौरे आने का लक्षण है।

लम्बे, चौड़े और नीलिमा लिए हुए नाखून अस्वस्थ रक्त-संस्थान बताते हैं। ऐसे हाथों की हृदय-रेखा रंगहीन और छिछली

होती है। यदि हृदय-रेखा शनि पर्वत के नीचे भंग हो जाए तो हृदय-रोग का भीषण खतरा होता है। छोटे, वर्गाकार नाखून, शुक्र पर्वत से आकर हृदय-रेखा पर समाप्त होने वाली प्रशाखा, छिछली और क्रान्तिहीन हृदय-रेखा, दुर्बल मानस-रेखा और हृदय-रेखा की अनुपस्थिति, सूर्य-रेखा पर द्वीप तथा जीवन-रेखा पर बीमारियों के लक्षण, यह सब चिह्न हृदय-सम्बन्धी अस्वस्थताएं बताते हैं। यदि बुध-रेखा प्रारंभ में लाल हो तो भी हृदय-रोग का खतरा रहता है।

मानस-रेखा की ओर उतरती हुई हृदय-रेखा और निर्बल बुध-रेखा अस्थमा का चिह्न है। यदि शनि तक एक शाखा जीवन-रेखा से निकलकर पहुंचती हो और इसका अंत एक द्वीप में हो रहा हो तो यह प्लूरिसी का संकेत देता है। धारियों वाले संकरे नाखून और बुध-रेखा पर कई द्वीप श्वास-संस्थान में अस्वस्थताओं का लक्षण हैं। लम्बे किन्तु पतले और छोटे नाखून गले की बीमारियां बताते हैं। जीवन-रेखा पर बिन्दु अथवा वृत्त, मानस-रेखा पर वृत्त, बुध-रेखा पर क्रास, उसके निकट नक्षत्र, सूर्य और हृदय-रेखा के संगम स्थल पर काला बिन्दु यह चिह्न अंधेपन के बताए गए हैं। चन्द्र के पर्वत के शीर्ष का अधिक विकास श्लेष्मा की प्रधानता बताता है। गुरु के पर्वत के नीचे मानस-रेखा पर बिन्दु वधिरता का लक्षण है।

चन्द्र के पर्वत का शीर्ष पर अधिक विकास, पर्वत पर एक गहरी रेखा जो दूसरी महीन रेखा द्वारा काटी जा रही हो और जीवन-रेखा का द्विशाखित अंत, जिसमें से एक शाखा चन्द्र पर्वत पर पहुंच रही हो—गठिया की आशंका बताते हैं। यदि बुध-रेखा लहरीली हो और जीवन-रेखा पर द्वीप हो, तो व्यक्ति पित्त-दोष का शिकार होता है।

निर्बल हृदय-रेखा जो हथेली के पाश्व पर पहुंच रही हो, बुध के पर्वत पर कई आड़ी रेखाएं जिन्हें पर्वत पर एक नक्षत्र से शुरू हुई रेखा काटती हो, जीवन-रेखा शुक्र को संकरे घेरे में लेती हो और मानस तथा बुध-रेखा एक नक्षत्र पर मिली हों, तथा मध्यमा के तीसरे खंड में नक्षत्र हो तो व्यक्ति संतानहीन होता है।

रोगों के उपर्युक्त विवेचन को इस दृष्टिकोण के साथ प्रस्तुत किया गया है कि पाठक अपने निरीक्षण में सहज ज्ञान का नियंत्रण रखगे और किसी भी निष्कर्ष पर पहुंचने से पूर्व एकाधिक तत्त्वों को ध्यान में रखेंगे। बीमारियों की किस्में अनन्त हैं और यह आशा

नहीं करनी चाहिए कि उन सबका विवरण किसी ग्रंथ में दिया जा सकता है। अतः श्रेष्ठ रीति यह है कि पाठक अपने विवेक और निरीक्षण से काम लें तथा अपने अनुभवों के कोष को निरंतर भरते रहें। हस्तरेखा-विज्ञान के अध्ययन में इसका बड़ा महत्त्व है और यह एक विश्वस्त उपाय है।

वासना और यौन जीवन

हृदय एक विचित्र अवयव है। खून को शरीर के हर हिस्से में वेग से पहुंचाना मात्र इसका काम है। किन्तु इसके साथ कितनी कोमल कल्पनाएं जुड़ी हुई हैं! हृदय, या शायरों का दिल कहते ही जो भव्यता आंखों के सामने आती है, वह एक यंत्रवत् अवयव-मात्र में नहीं हो सकती। यह एक प्रतीक है, जीवन में जो सुन्दरतम है, उसकी अनुभूतियों का, उनकी व्यवहार में अभिव्यक्ति का। केवल यौन सुख ही नहीं, मित्रता, सद्‌भावना, करुणा, सहानुभूति, स्नेह आदि जितने भी मानवीव समझे जाने वाले गुण हैं, हृदय उनका कोष माना जाता है।

हस्तरेखा और मनोविज्ञान की दृष्टि से यह ठीक भी है और शारीरिक संरचना का विरोधी तथ्य भी नहीं है। रक्त का वेग जीवनी शक्ति का आधार है। यही व्यक्ति को उत्साह, प्रेरणा और जिज्ञासा देता है। इन्द्रियों की चेष्टा इसीपर आश्रित है और जीवनी का सामान्य धरातल भी यही है जिसपर व्यक्ति की रचनात्मकता अन्यान्य स्वरूपों में मुखर होती है।

काम (सेक्स) मनुष्य की प्राथमिक आवश्यकता होती है। फ्रायड और उनके क्रान्तिकारी अनुयायियों ने व्यापक शोधों के बाद यह निश्चित कर दिया है कि जीवन के सारे कार्य-व्यापार का आधार सेक्स ही है। स्वस्थ रक्त-संस्थान में काम-शक्ति निश्चय ही वेगवान होगी और इसलिए यदि हृदय को इतना अधिक महत्त्व प्राप्त है तो इसमें गलत क्या है। यह प्रतीक असंगत तो नहीं। इस अध्याय में हम हृदय-पक्ष का चित्रांकन करने वाली रेखाओं पर विचार करेंगे।

इस संबंध में मुख्य रेखा हृदय-रेखा (चित्र 21 देखें) है, जो हथेली पर सबसे ऊपर पर्वतों के आधारों को छूती हुई आर-पार जाती है। इस रेखा की शक्ति को समझने के लिए शुक्र के पर्वत को ध्यान से देखिए क्योंकि हृदय के गुणों का इस पर्वत के विकास से बहुत अधिक संबंध है। हृदय-रेखा मानसिक और आध्यात्मिक तथा शारीरिक संबंधों के प्रकार को दर्शाती है। यह प्रायः सभी हाथों में मिलती है किन्तु ऐसे हाथ भी अनुपलब्ध नहीं हैं जिनमें यह या तो अनुपस्थित हो अथवा मानस-रेखा में विलीन हो गई हो। ऐसे व्यक्तियों में मानवीयता के गुण नहीं होते और वह प्रायः आदिम संवेगों से संचालित होते हैं। हाथ पर जो पर्वत प्रमुख होगा व्यक्ति में तदनुसार उसके प्रभाव भी होंगे। व्यक्ति स्वार्थी और नीच बन जाता हैं । यदि मंगल और शनि के पर्वत प्रधान हैं तो व्यक्ति में मानव-द्रोह और हिंसा की प्रवृत्तियां आ जाती हैं।

गहरी, निर्दोष और पूर्ण हृदय-रेखा आकर्षक व्यक्तित्व का द्योतक है। हथेली पर सीधी चलने वाली हृदय-रेखा सेक्स के मानसिक प्रकार को बताती है। अपनी चरम स्थिति में यह रेखा बिलकुल सीधी होती है और ऐसे व्यक्ति सेक्स के मानसिक रूपान्तरण को ही आनन्दप्रद समझते हैं। उनके यौन संबंध आदर्श और सौन्दर्य बोध से संचालित होते हैं। वातावरण में तनिक-सी भी अप्रियता उन्हें खिन्न कर देती है। इसके विपरीत घूमती हुई हृदय-रेखा सेक्स के शारीरिक पहलू को बताती है। एक तीसरा विचित्र प्रकार है हृदय-रेखा का मानस-रेखा में मिल जाना। ऐसे मामलों में सेक्स एक समय नितान्त मानसिक होता है तो दूसरे क्षण बिल्कुल दैहिक। ऐसे व्यक्ति दृढ़निश्चयी होते हैं और एक बार जो तय कर लेते हैं उसकी पूर्ति के लिए कोई कसर नहीं उठा रखते हैं। ऐसे व्यक्तियों के साथ व्यवहार करना कठिन होता है क्योंकि उनके हर कार्य में स्वार्थ प्रमुख तत्त्व होता है। उनका हर कार्य अपने लिए होता है। कभी-कभी बड़े खतरनाक किस्म के लोग इस वर्ग में पाए जाते हैं। उनके पास विवेक, दूरदर्शिता होती है और अपने निर्णयों और कार्यविधि को आवश्यकता के अनुरूप परिवर्तित कर लेने की विचित्र सामर्थ्य उनमें पाई जाती है।

अंगुलियों के आधार और हृदय-रेखा के बीच की दूरी व्यक्ति में सहानुभूति की क्षमता को बताती है। यह दूरी जितनी अधिक

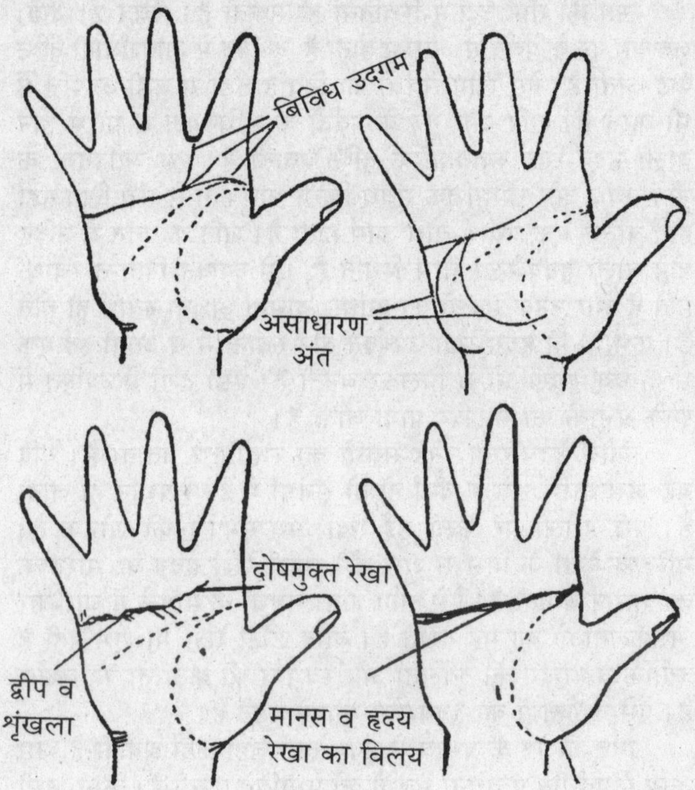

चित्र 21

हृदय-रेखा

होगी व्यक्ति में दूसरों की भावनाओं को समझने और उनका आदर करने की सामर्थ्य उतनी ही अधिक होगी। हृदय-रेखा के नीचे घूमने अथवा सीधी हृदय-रेखा के नीचे अंकित हो जाने से यह दूरी बढ़ जाती है। व्यक्ति में यौन भावनाओं की जितनी प्रखरता होगी उनमें सहानुभूतिशीलता के गुण उतने ही समुन्नत होंगे।

रेखा की तीन उद्गम-स्थितियां हो सकती हैं। (चित्र 21 देखें) जब यह गुरु के पर्वत से आरम्भ होती है, व्यक्ति में आदर्शवादी दृष्टि पाई जाती है। ऐसे लोग संबंधों का निर्वाह बड़ी से बड़ी आपत्ति में भी करते हैं। शनि और गुरु के पर्वतों के संधिस्थल से प्रारंभ होने वाली हृदय-रेखा व्यावहारिक दृष्टि बताती है। ऐसे व्यक्तियों के यौन संबंध और सामाजिक संबंध किसी भावुकता से संचालित नहीं होते बल्कि एक यथार्थ-बोध उनमें होता है। शनि के पर्वत से उदित होने वाली हृदय-रेखा चरम स्थिति है, ऐसे व्यक्ति नितान्त स्वार्थी होते हैं और उनके संबंधों का आधार वासना अथवा स्वार्थ ही होते हैं। कभी-कभी हृदय-रेखा उपर्युक्त तीन स्थानों में से आती हुई एक से अधिक शाखाओं से मिलकर बनती है। ऐसी दशा में व्यक्ति में इनके प्रभावों का समन्वय पाया जाता है।

सुदीर्घ हृदय-रेखा स्नेह-संबंधों का स्थायित्व बताती है। यदि यह असाधारण रूप से दीर्घ हो तो संबंधों में ईर्ष्या प्रधान हो जाती है। पूरी हथेली पर फैली हुई रेखा अंध-समर्पण की द्योतक है। मस्तिष्क-रेखा के पास से शुरू होने वाली रेखा हृदय पर मस्तिष्क का शासन बताती है। ऐसे लोग प्रायः संबंधों के मामले में बार-बार असफलताओं का मुंह देखते हैं। बहुत छोटी रेखा भी शुभ नहीं है क्योंकि वह हृदय की दुर्बलता और स्वभाव की कठोरता का लक्षण है। ऐसे व्यक्तियों को हृदय-रोग भुगतने पड़ते हैं।

पर्वत-विशेष के प्रभाव से हृदय-रेखा जहां-जहां झुकती है, उस आयु में पर्वतीय प्रवृत्तियां संबंधों को प्रभावित करती हैं। कभी-कभी मुख्य रेखा अप्रभावित रहती है और पर्वत से आकर एक अवसर-रेखा उसमें मिल जाती है। मानस-रेखा के प्रति हृदय-रेखा का झुकाव उस आयु में हृदय-पक्ष पर मस्तिष्क का शासन बताता है। यदि हृदय-रेखा किसी आयु-खंड में मानस-रेखा में पूरी तरह विलीन हो जाए तो व्यक्ति उस आयु में हृदय का दमन करके विवेक को ग्रहण करता है। हृदय-रेखा और मानस-रेखा के बीच में स्थान का संकरा होना ओछेपन का चिह्न है, यदि चिकनी और वर्गाकार अंगुलियां हों तो व्यक्ति विश्वस्त नहीं होता। ऐसी हृदय-रेखा के साथ यदि चन्द्र का पर्वत विकसित है तो व्यक्ति के दो चेहरे होते हैं और वह बनावट में निपुण होता है।

शनि पर समाप्त होने वाली हृदय-रेखा वाले व्यक्तियों में

संबंधों की अस्थिरता प्रमुख होती है और वह जिनसे स्नेह करते हैं, उन्हींसे घृणा भी करने लगते हैं। सूर्य के पर्वत पर जो रेखा समाप्त होती है, उसके रखने वाले कभी संबंधों से संतुष्ट नहीं हो पाते हैं; क्योंकि वे जो चाहते हैं वह उन्हें कभी मिलता नहीं। बुध के पर्वत पर पहुंचने वाली रेखा संबंधों में स्वार्थ और व्यावहारिकता का अंश व्यक्त करती है। जब हृदय-रेखा मानस-रेखा को काटकर मंगल-क्षेत्र में पहुंच रही हो तो व्यक्ति में पाशविकता और मंगलीय दुर्गुण पाए जाते हैं। चरित्र में ओछापन और स्वार्थ प्रखर होता है। इसके अतिरिक्त ऐसे व्यक्तियों को मस्तिष्क-संबंधी दुर्घटनाओं का भी खतरा रहता है। चन्द्र के पर्वत पर पहुंचने वाली हृदय-रेखा व्यक्ति को इर्ष्यालु, जघन्य और मानसिक रति का प्रेम बताती है। बहुत कम हाथों में शुक्र पर पहुंचने वाली हृदय-रेखाएं भी देखी गई हैं, चूंकि ऐसी रेखा जीवन और मानस-रेखाओं को काटती है अतः व्यक्ति को सतत खतरा ही रहता है।

ज़ंजीरों से बनने वाली हृदय-रेखा व्यक्ति की यौन लोलुपता का प्रतीक है, ऐसे व्यक्ति नित नये साथी की तलाश में घूमा करते हैं। यदि शुक्र का पर्वत विकसित हो, अथवा उसपर जाती हो तो यह प्रवृत्ति काफी बढ़ जाती है। यदि रेखा काफी टूटी-फूटी हो तो व्यक्ति में विपरीत योनि के लिए एक घृणा का भाव होता है। संबंधों को ऐसे व्यक्ति दायित्व के साथ नहीं निबाहते।

एक अच्छी रेखा और चन्द्र तथा शुक्र के पर्वतों का विकसित होना रोमांटिक प्रवृत्ति का चिह्न है। यदि मानस-रेखा भी अच्छी हो और जीवन-रेखा के अंत में एक त्रिकोणात्मक चिह्न हो तो व्यक्ति नीतिकुशल होता है। दुर्बल हृदय और मानस-रेखाएं तथा जीवन-रेखा के अंत में क्रास बताता है कि व्यक्ति में कोई सच्चाई नहीं है।

एक शुभ रेखा में यदि चन्द्र पर्वत से आने वाली शनि-रेखा विलीन हो जाए तो आकस्मिक सौभाग्य का लक्षण है। गहरी हृदय-रेखा जो जीवन और मानस की रेखाओं से उद्गम-स्थल पर जुड़ी हो, मानस-रेखा द्विशाखित हो और उसकी एक शाखा चन्द्र की ओर उतर रही हो तो यह एक अविवेकपूर्ण समर्पण का चिह्न है, जो प्राणान्तक भी हो सकता है। जीवन और मानस-रेखा से प्रारम्भ में

जुड़ी हृदय-रेखा, तथा मानस-रेखा पर क्रास दोनों हाथों में पाए जाने पर आकस्मिक मृत्यु बताता है।

जब कई छोटी रेखाएं हृदय-रेखा को उसके मार्ग पर काटती हों तो व्यक्ति को हृदय-पक्ष के अनेक दुर्भाग्यों का सामना करना पड़ता है। जीवन-रेखा से आकर हृदय-रेखा में मिलने वाली प्रशाखाएं, उन बीमारियों का लक्षण हैं जो प्रणय में निराशा के कारण उत्पन्न दुःख से पैदा होती हैं। जब हृदय-रेखा से निकलकर अनेक प्रशाखाएं मानस-रेखा पर गिरती हों किन्तु उसे छुएं नहीं तो व्यक्ति का जीवन विपरीत योनि से अत्यधिक प्रभावित होता है। यदि हृदय-रेखा से निकलकर कुछ शाखाएं शनि पर पहुंच रहीं हों तो व्यक्ति अपने प्रणय के चुनाव में सदा गलतियां करता है। परिणामस्वरूप उसे निराशा हाथ लगती है। हृदय-रेखा से एक घूमती हुई प्रशाखा जो चन्द्र पर पहुंच रही हो, हत्या की प्रवृत्ति की द्योतक है। जब हृदय, मानस, जीवन और शनि की रेखाएं शुक्र के पर्वत से आने वाली एक सीधी रेखा द्वारा काट दी जाती हैं तो व्यक्ति को विवाह के कारण मुसीबतों का सामना करना पड़ता है। हृदय-रेखा से नीचे गिरने वाली रेखाएं प्रणय-संबंधों में सदा निराशा की ही द्योतक हैं, यदि वे मानस-रेखा को छुए तो उस आयु-खंड में मस्तिष्क भी इस नैराश्य से पीड़ित रहता है। जब हृदय-रेखा मानस-रेखा में बहुत ज़्यादा दूर हो और यह दोनों रेखाएं शाखा-विहीन हों तो व्यक्ति को कभी स्नेह और प्रेम नहीं मिल पाता और वे एकान्त जीवन जीते रहते हैं।

जब हृदय-रेखा से निकलकर एक प्रशाखा चन्द्र पर्वत पर पहुंचती हो और इसपर नक्षत्र हो तो व्यक्ति को उन्माद हो सकता है। रेखा पर श्वेत बिन्दु प्रणय-संबंधों में सफलता बताते हैं। सामान्य रूप से बिन्दु अच्छा चिह्न नहीं है, सूर्य पर्वत के नीचे रेखा पर बिन्दु किसी सम्माननीय व्यक्ति द्वारा किया गया भावनात्मक दमन बताता है जो व्यक्ति की महत्त्वाकांक्षा में बाधक सिद्ध होता है। यदि यह बिन्दु बुध के नीचे हो तो व्यक्ति को उपर्युक्त परेशानियां किसी व्यावसायिक व्यक्ति द्वारा पैदा की जाएंगी। रेखा पर वृत्त दुर्बलता का द्योतक है, इसी तरह द्वीप भी इसकी शक्ति को कम करता है। यदि रेखा पर द्वीप हो और दोनों हाथों पर शनि-

रेखा भी द्वीपित हो तो व्यक्ति के अवैध और अपमानास्पद संबंधों को संसार की कोई शक्ति नहीं रोक पाती। रेखा पर नक्षत्र या क्रास की उपस्थिति उस आयु में भीषण हृदय-रोग की संभावना बताती है। यदि उस स्थान पर रेखा समाप्त हो गई हो तो हृदय-गति अवरुद्ध होने के कारण आकस्मिक मृत्यु भी हो सकती है। इन चिह्नों के बाद हृदय-रेखा का निर्बल मार्ग यह बताता है कि व्यक्ति को आयुपर्यंत इन रोगों का सामना करना होगा।

शुक्र-वलय

यह एक अत्यंत विवादास्पद रेखा है जिसके संबंध में हस्तरेखा-विद् एकमत नहीं हैं। गुरु और शनि की अंगुली के बीच से निकल-कर यह रेखा सूर्य और बुध की अंगुलियों के बीच में समाप्त होती है। (चित्र 22 देखें) कभी-कभी यह राह में टूटी हुई होती है और कभी एक से अधिक रेखाओं से मिलकर बनती है। इसे कुप्रभावों का स्रोत माना जाता रहा है। पुरातन हस्तरेखाशास्त्री इसे निश्चय ही अशुभ चिह्न मानते थे किन्तु अनुभव की बात यह है कि अत्यंत

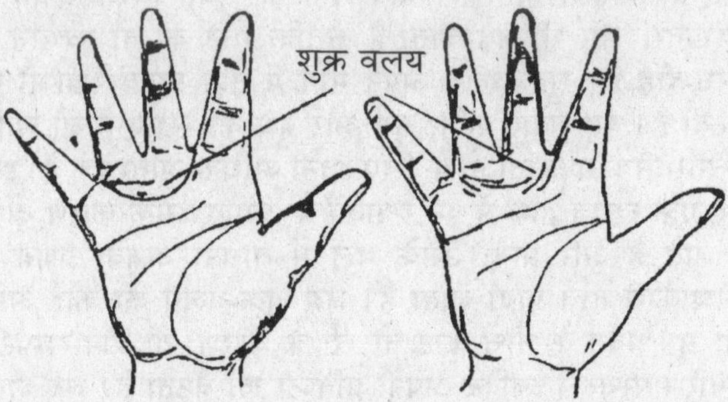

चित्र 22

शुक्र-वलय : विभिन्न स्वरूप

आदर्श चरित्र वाले व्यक्तियों के हाथों पर भी शुक्र-वलय देखी गई है। अतएव इसका अध्ययन ध्यानपूर्वक करना चाहिए और अंगूठा, अंगुलियों की बनावट, हथेली पर विवश्वगत प्रधानता तथा पर्वतों के

विकास और मानस तथा हृदय-रेखाओं के अच्छी तरह निरीक्षण के बिना कोई निष्कर्ष घोषित नहीं करना चाहिए। प्रभावों के मामले में यह एक अत्यंत रहस्यमय रेखा है और इसके अच्छे और बुरे चरम प्रभाव हो सकते हैं। वस्तुतः यह एक हृदय-रेखा की सहायक रेखा है। जिन हाथों में हृदय-रेखा अनुपस्थित हो वहां यह उसकी पूर्ति करती है। रेखा भावनात्मक संवेदना को व्यक्त करती है और इसकी उपस्थिति कवियों, दार्शनिकों और कलाकारों को प्रेरणा का अजस्र स्रोत प्रदान करती है। यह ठीक है कि शुक्र-वलय व्यक्तित्व में नैराश्य की प्रधानता का संचार करती है किन्तु इसके साथ ही यह करुणा, सहानुभूति और मानवीयता के गुणों को उद्दीप्त भी करती है। यदि वलय दो रेखाओं से मिलकर बनी हो तो संवेदनशीलता और बढ़ जाती है किन्तु कई रेखाओं से मिलकर बनने वाली शुक्र-वलय निश्चय ही संवेदना की अव्यावहारिक अति का चिह्न है।

दोषयुक्त शुक्र-वलय व्यक्ति को स्नायविक दुर्बलता देती है और ऐसे व्यक्तियों की इच्छा संवेदनाओं से संचालित होती है। उन्हें विक्षिप्तता तक हो सकती है। शुक्र-वलय के अन्य प्रभाव वासनागत हैं। दोषयुक्त हाथों में प्रायः इसके कारण यौन-विच्युतियां प्रभावकारी होती हैं। यदि शनि का पर्वत विकसित हो तो यह खतरा और भी बढ़ जाता है क्योंकि शनि का तो स्वभाव ही मानव-द्रोह है। शुक्र-वलय अपने मार्ग में तीन प्रमुख रेखाओं को काटती है। यह रेखाएं शनि, सूर्य और बुध की रेखाएं हैं जो व्यक्ति की सांसारिक सफलताओं के लिए इतनी अधिक आवश्यक हैं। इसलिए एक खराब हाथ में इन रेखाओं के प्रभाव इसके कारण दूषित हो जाते हैं और प्रायः उसके मूल में वासना अथवा प्रणय ही विनाशकारी तत्त्व पाया जाता है। जब शुक्र-वलय को कोई आड़ी रेखा सूर्य पर्वत के नीचे काटे तो स्त्री के कारण, या यौन-लम्पटता के परिणामस्वरूप व्यक्ति अपनी प्रतिष्ठा खो बैठता है। जब शुक्र-वलय बुध के पर्वत पर समाप्त होती है तो वह व्यक्ति के हर कार्य में वेग और उत्साह देती है। कई स्थानों पर कटी-फटी शुक्र-वलय संवेदना की चरम स्थिति बताती है।

शनि-वलय

शुक्र-वलय का एक परिवर्तित स्वरूप शनि-वलय है। (चित्र 8

देखें) यह किसी भी तरह शुभ चिह्न नहीं है और इसके प्रभाव निश्चय ही खराब होते हैं। इस दशा में अंगूठी जैसी रेखा केवल शनि के पर्वत को घेरती है अर्थात् तर्जनी और मध्यमा के बीच से निकलकर मध्यमा और अनामिका के बीच समाप्त हो जाती है। शनि के दुर्गुणों की अभिवृद्धि इस रेखा का प्रभाव है। ऐसे व्यक्ति स्वभाव से निराश, चिड़चिड़े, बेचैन और आजीविका के लिए भटकने वाले होते हैं। स्नायविक संवेदना की स्थितियों में आत्म-हत्या अथवा हत्या उनके लिए कठिन नहीं होती क्योंकि मूलतः उनमें मानव-द्रोह की प्रवृत्ति पाई जाती है। यदि ऊर्ध्व मंगल अशक्त, बुध-रेखा प्रशाखित, अंगूठे का इच्छा-खण्ड दुर्बल और मानस-रेखा असन्तुलित हो तो यह एक आत्महत्या करने वाले का हाथ है।

शनि-वलय वाले हाथ में चन्द्र पर झुकती हुई मानस-रेखा व्यक्ति को कल्पनावादी, आत्म-विकेन्द्रित और भीरु बनाती है। शनि-वलय के दोष दूर हो सकते हैं यदि शुक्र, गुरु, सूर्य के पर्वत अच्छे हों, अंगूठा सशक्त हो और मानस-रेखा पुष्ट हो। शनि-वलय का प्रभाव शनि-रेखा और सूर्य-रेखा पर भी पड़ता है, जिन्हें यह मार्ग में काटती है।

यौन विच्युतियां

यौन अभिव्यक्तियों का क्षेत्र अत्यंत व्यापक है। भक्ति की भावना जैसे समर्पण पर इनका एक छोर है तो दूसरा छोर शवों से यौन संभोग है। यह सब कुछ व्यक्ति के मानसिक विकास और वातावरण की उन परिस्थितियों पर निर्भर रहता है जिनमें मनुष्य के जीवन का प्रारम्भिक काल गुज़रा हो, यदि उस काल में नियं-त्रणात्मक अंकुश बहुत कड़े रहे हों और व्यक्ति को सामाजिक मर्यादा और नैतिकता की वर्जनाओं का सामना करना पड़ा हो तो यह प्राथमिक आवश्यकता रूपान्तरित होकर अन्य रूप ले लिया करती है, इन्हें विच्युतियां कहते हैं।

विच्युतियां सेक्स का मानसिक रूपान्तरण हुआ करती हैं और वह प्रायः इसलिए पैदा होती हैं क्योंकि व्यक्ति को शारीरिक यौन-कलापों का अवसर या सुविधाएं नहीं मिल पातीं। शुक्र-वलय के कारण बढ़े हुए यौन संवेग अक्सर विच्युतियों में प्रतिफालित होते हैं, इसलिए जब यह रहस्यमय रेखा हाथ पर हो तो अन्य चिह्नों

को देखकर व्यक्ति के यौन स्वभाव को समझाने का प्रयत्न कीजिए। इनका एक प्रचलित प्रकार सादवाद है। इसमें भावना के केन्द्र व्यक्ति को शारीरिक या नैतिक कष्ट पहुंचाने में तीव्र भावना कार्य करती है। ऐसे हाथों की हृदय-रेखा आप बिलकुल सीधी पाएंगे, दूसरी रेखाएं भी निर्दोष होंगी और शुक्र-वलय हाथ पर उपस्थित होगी। यह सब विकसित संवेदना का लक्षण है। किन्तु यदि मणिबंध गहरे हों, शुक्र का पर्वत निर्बल हो और व्यक्ति में कल्पनाशीलता की अति बताने वाले अन्य चिन्ह उपस्थित हों तो, उन्हें यौन निराशाओं का सामना करना पड़ता है। इसकी प्रति-क्रिया के फलस्वरूप दूसरों को अपमानित करने और प्रतिशोध लेने की इच्छा प्रबल हो जाती है। सादवाद का ही परिवर्तित स्वरूप मासोकवाद है। इससे पीड़ित व्यक्ति अपने प्रिय पात्र की सहानुभूति अर्जित करने के लिए स्वयं को शारीरिक अथवा नैतिक कष्ट पहुंचाता है। आप देखेंगे कि मासोकवादियों की तर्जनी सुविकसित होती है, अर्थात् उनमें आत्माभिमान का प्रभावकारी अंश रहता है। वह प्रधानता पाने के इच्छुक होते हैं और जब उनका प्रेमी उन्हें आवश्यक समपण नहीं देता तो यह कल्पना-संचालित व्यक्ति अपने-आपको कष्ट देते हैं।

विच्युति का एक अन्य प्रकार यौन अति है। यह प्रायः मान-सिक होती है और इसे निम्फोमेनिया का नाम दिया गया है। इससे पीड़ित व्यक्ति सदा यौन कल्पनाओं में ही डूबा रहता है। शारी-रिक दृष्टि से वह चाहे कुछ न कर पाए किन्तु वह अपनी मानसिक प्रेमिकाएं प्रतिदिन बदलता रहता है। पीछा करने वाले सड़क छाप रोमियो इसी वर्ग के अंतर्गत आते हैं। कभी-कभी यह विच्युति काम प्रदर्शन आदि स्वरूपों में भी बदल जाती है। यदि हृदय-रेखा बिलकुल सीधी हो और लम्बी मानस-रेखा चन्द्र के पर्वत पर पहुंच रही हो तो इस प्रकार के लक्षण हैं। ऐसे व्यक्तियों पर मान-सिक नियंत्रण नहीं होता और वे प्रायः संवेगों से संचालित होते हैं, किन्तु दूसरी ओर उनमें साहस और पहल का भी अभाव रहता है अतः वह अपनी शारीरिक इच्छाओं को तृप्त करने में सफल नहीं होते। वे प्रायः हीनभावना से ग्रस्त होते हैं और उन्हें कभी यह भरोसा नहीं होता कि उनके प्रणयामंत्रण का प्रत्युत्तर मिल सकेगा।

यदि हाथ पर मानसिक यौन भावनाओं को व्यक्त करने वाले चिह्न सबल हों और व्यक्ति में शारीरिक काम की शक्ति अथवा प्रवृत्ति का अभाव हो तो ऐसे व्यक्ति सहयौनवादी होते हैं। सहयौन-भाव किसी शारीरिक अथवा मानसिक दुर्बलता के कारण नहीं पैदा होता बल्कि देखा गया है कि ऐसे व्यक्ति शारीरिक दृष्टि से स्वस्थ पाए गए हैं। इस विच्युति का मुख्य तत्त्व संवेदनात्मक होता है। सहयौनवादी प्रायः सामान्य से अधिक बौद्धिक होते हैं, इनकी अंगुलियां लम्बी और विचारक वर्ग की होती हैं, अंगूठा सामान्य होता है, रेखाएं अच्छी होती हैं, मानस-रेखा सबल होती है। हृदय-रेखा आप प्रायः सुदीर्घ और सीधी पाएंगे और उसके साथ काफी बलशाली शुक्र-वलय अपको मिलेगी। प्रायः देखा यह गया है कि सहयौनवादी पुरुष में नारीत्व और नारी में पुरुषत्व की भावना प्रबल होती है। सेक्स के क्षेत्र में व्यक्ति एक समन्वय की कोशिश करता है जो उसकी शारीरिक, मानसिक और नैतिक आवश्यकताओं को पूरा करने वाला हो। जिस व्यक्ति में जिस तरह की प्रवृत्तियां संचालिका होती हैं उसकी यौन इच्छाएं और उनकी अभिव्यक्ति के माध्यम तथावत् ही होते हैं।

मैं फिर अपने पाठकों को याद दिलाना चाहता हूं कि हम विवेचन के अत्यन्त नाज़ुक हिस्से में अब पहुंच चुके हैं और किसी भी निष्कर्ष का निश्चय करने से पूर्व व्यक्ति के सामान्य चरित्र को ज्ञापित करने वाले विभिन्न लक्षणों का तुलनात्मक और समन्वयात्मक विश्लेषण आवश्यक है, अन्यथा आप भटकेंगे।

व्यक्ति का भावना-जगत्

व्यक्तित्व की भावनात्मक संरचना को हथेली पर शुक्र और चन्द्र के पर्वत, हृदय-रेखा और शुक्र-वलय के द्वारा अभिव्यक्ति मिलती है। हृदयपक्ष मनुष्य के वैयक्तिक और सामाजिक जीवन के एक विशाल भाग को आवेष्टित करता है, जिसका संबंध जैविक संवेगों में सर्वाधिक महत्त्वपूर्ण कामसंवेग से है। मनोविज्ञान ने जब से इसकी रहस्यात्मक नियमन क्षमता पर से आवरण उठाया है, मानवीय प्रवृत्तियों के कार्य-कारण संबंधों के तिलिस्म का जैसे द्वार ही अना-

वृत्त हो गया है। रुचि, सहानुभूति, संवेदना और अन्यान्य भावनात्मक वृत्तियों का जीवन की सामान्य योजना पर व्यापक प्रभाव पड़ता है। कामुकता और उससे जुड़ी हुई कामतुष्टि और काम वर्जना के तथ्यों को नकारकर यदि कोई मनुष्य के व्यवहार को समझने की चेष्टा करे तो उसे सफलता हाथ नहीं लगेगी। यौन की विच्युतियों ने केवल अलग-अलग मनुष्यों की नियति को ही नहीं, समाज और इतिहास की बड़ी-बड़ी घटनाओं तक को दिशाएं दी हैं। मानस-रेखा से यदि आप मन की एक देहलीज़ पर पहुंचते हैं, तो उसकी दूसरी देहलीज़ हृदय-रेखा है, और इसे लेकर ज्योतिषियों ने परंपरागत अंधविश्वास और प्रथा के कुहरे को हटाकर वैज्ञानिक दृष्टि से सोचने तथा निगमन द्वारा उसे सिद्ध करने का प्रयत्न किया है। हृदय-रेखा पर एक ओर हम व्यक्ति की भावनात्मक दुनिया में झांकते हैं, वहीं उसके शरीर से जीवनप्रदायक अंग हृदय और उसकी अस्वस्थताओं का भी अनुमान लगाते हैं। हृदय-रेखा को अलग-थलग करके हम कोई निष्कर्ष नहीं निकाल सकते। इसके प्रभावों का निर्धारण तभी किया जा सकता है जब हम यह जानते हैं कि संबंधित व्यक्ति की संवेदनशीलता का प्रसारक्षेत्र कहां तक है। जिस व्यक्ति के हाथ में जितनी अधिक महीन रेखाएं होती हैं, उसकी संवेदनशीलता उतनी ही प्रखर होती है, और उसी अनुपात में उसका हृदयपक्ष भी उतना ही अधिक कोमल और प्रभावग्रहणशीलता से युक्त होता है। इसके विपरीत यदि हथेली पर केवल मुख्य रेखाएं भर हों, तो व्यक्ति का भावनात्मक व्यक्तित्व शारीरिक संवेग की प्राथमिक आवश्यकतापूर्ति तक सीमित रह जाता है। व्यावहारिक दुनिया में जीने वाले वह तमाम लोग जो शारीरिक सुख की लक्ष्मण रेखा के भीतर बंधकर अपना जीवन व्यतीत करते हैं, आदर्श और कल्पनाशीलता जिनके लिए अजनबी चीज़ें हैं, इसी वर्ग में आते हैं। उनसे कोई शिकायत भी नहीं होनी चाहिए क्योंकि उसकी नियति भी तो यही है। उनका सफलताओं का श्रेय बंधी-बंधाई, आज़माई हुई पगडंडियों पर आंख मूंदकर चलते रहने को जाता है। शुक्र का सबल पर्वत उनकी लगन को शक्ति देता है।

संवेदनशीलता का क्रमिक विकास अथवा ह्रास दोनों हाथों के तुलनात्मक अध्ययन से ज्ञात किया जा सकता है। महीन रेखाओं के अतिरिक्त चंद्र का पर्वत यदि विकसित हो तो वह बढ़ी हुई होती

है और यदि हाथ पर शुक्र-वलय भी उपस्थित हो तो उसकी क्षमता और बढ़ जाती है, फिर भले महीन रेखाओं की संख्या कम ही क्यों न हो। शुक्र-वलय का यौन विच्युतियों से जो संबंध जोड़ा गया है, उसका कारण मात्र यही है कि जिस व्यक्ति के हाथ पर यह पाई जाती है उसकी संवेदनीयता तथा संबद्ध शारीरिक मानसिक क्रियाओं का स्तर सामान्य से अधिक होता है।

हृदय-रेखा और मस्तिष्क-रेखा की पारस्परिक दूरी से हम व्यक्ति की अन्तर्मुखी अथवा बहिर्मुखी वृत्तियों का अनुमान लगाते हैं। हम यह भी जानते हैं कि जब मानस-रेखा अपने उद्गम क्षेत्र से जीवन-रेखा से गुंफित हो तो व्यक्ति के स्वतंत्रचेता बनने के मार्ग में प्रारंभ में अनेक कठिनाइयां आती हैं, और यह भी कि दीपित मानस-रेखा के कारण व्यक्ति की मानसिक एकाग्रता का क्षय होता है और वह अंत में शाखित हो तो उसमें दुहरा व्यक्तित्व कार्य करने लगता है। मानस-रेखा का वक्राकार होकर चंद्र पर्वत की ओर जाने वाला झुकाव उसकी मानसिक कल्पनाशीलता की अभिवृद्धि करता है। इन तमाम लक्षणों के आधार पर हृदय-रेखा के प्रभावों का भी अध्ययन किया जा सकता है।

हृदय-रेखा और अंगुलियों के संधिभाग की दूरी, जो चार ऊर्ध्व पर्वतों का क्षेत्र है, व्यक्ति की उदाराशयता और सामाजिक सहानुभूति को प्रकट करती है (चित्र 23 अ)। आदर्श स्थिति तो यह है कि यह दूरी और हृदय तथा मानस-रेखा के बीच की दूरी पर्याप्त और परस्पर संतुलित हो, किन्तु जब इस दूरी के होते हुए भी मानस-रेखा और हृदय-रेखा के बीच की दूरी का क्षेत्र संकीण हो, (चित्र 23 ब) तब व्यक्ति की सामाजिक संवेदना वैयक्तिक हित-अनहित की दृष्टि से संचालित होती है। जब यह दोनों रेखाएं बहुत करीब आ जाएं, अथवा एक-दूसरी में विलीन हो जाएं, तब यद्यपि उदाराशयता और संवेदना को प्रदर्शित करने वाली पर्वतीय दूरी तो अपनी जगह होती ही है, तथापि व्यक्ति की अंतर्मुखता इतनी अधिक बढ़ जाती है कि स्वार्थ से परे उसके जीवन में कुछ भी शेष नहीं रहता। इस स्थिति का विवेचन विगत अध्याय में किया जा चुका है। ऐसे लोगों की उदारता और संवेदना तब तक जाग्रत् नहीं होती जब तक उनका अपना कोई हित उससे बद्धमूल न हो। यदि हृदय-रेखा का यात्रापथ अंगुलियों की संधि के बहुत निकट हो तो व्यक्ति भावना के

क्षेत्र में अनम्य, प्रभावरहित और व्यावहारिक होता है, भले ऊपर से वह उदारता और करुणा का नाटक क्यों न करता रहे। (चित्र 24 अ)

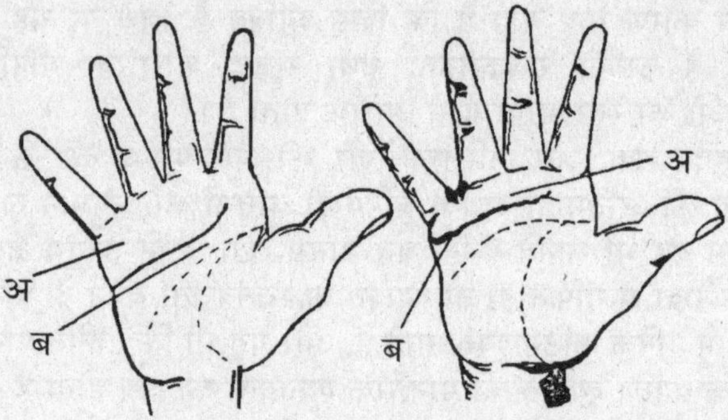

चित्र 23 चित्र 24

दीपित हृदय-रेखा मानवीय संबंधों में सतत अस्थिरता, उत्तेजना और असंतुलन को प्रकट करती है। ऐसे लोग हृदय के मामलों में निरंतर अस्थिरता से जन्म लेने वाले वैफल्यबोध का शिकार होते हैं, और यदि इनके साथ ही हृदय-रेखा से महीन प्रशाखाएं भी निकल रही हों तो जहां वह स्थिति हृदय की दुर्बलता और अस्वस्थता का लक्षण है, वहीं व्यक्ति को अपने सामाजिक संबंधों में सतत नैराश्य की स्थितियों का सामना करना पड़ता है। फैली हुई मोटी मानस-रेखा की भांति फैली हुई मोटी, ऊन के धागे जैसी हृदय-रेखा हृदय की निर्बलता के साथ-साथ भावना की दृष्टि से उसके उथलेपन को प्रकट करती है। ऐसे लोग विश्वस्त प्रेमी या मित्र नहीं हो सकते, क्योंकि इस मानवीय सद्गुण को सम्हालकर रखने लायक गांभीर्य उनके पास नहीं होता। (चित्र 24 ब)

यदि हृदय-रेखा का मार्ग लगभग ऋजु हो, तो व्यक्ति का यौन-व्यवहार मानसिकता प्रधान होता है। (चित्र 25)। दूसरी ओर तर्जनी और मध्यमा के बीच से निकलकर अर्द्धवर्तुल-सा बनाती हुई घुमावदार हृदय-रेखा से यौन-व्यवहार की शारीरिकता प्रकट होती है। (चित्र 26)। मानसिकवर्ग के व्यक्तियों में यौनविच्युतियों से पीड़ित लोगों का एक बड़ा समूह आता है। व्यक्ति के यौन-संगठन

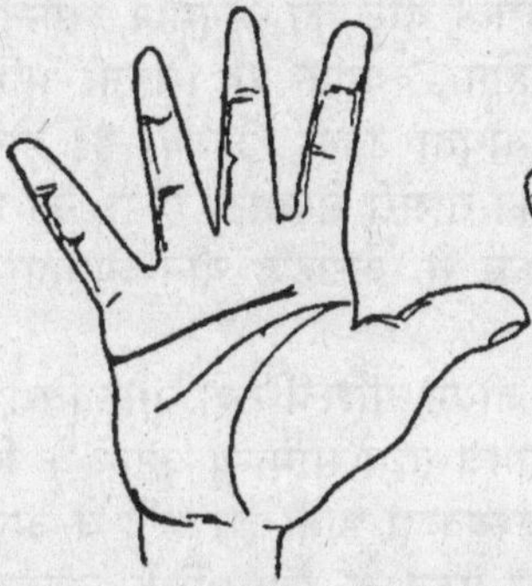

चित्र 25

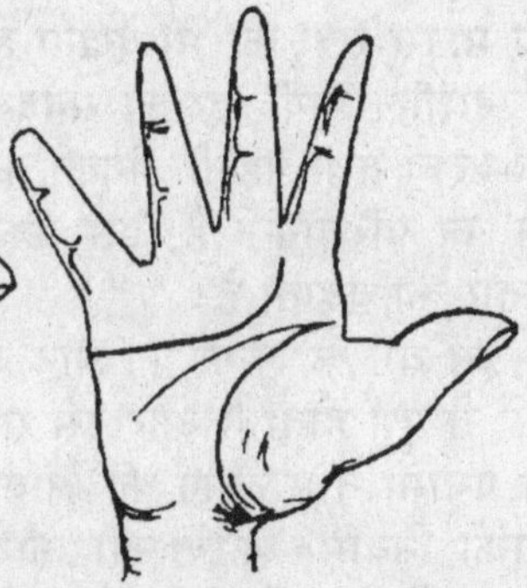

चित्र 26

का संतुलन उसकी सामाजिक और सांसारिक सफलताओं को सरल बना देती है किन्तु यदि यह असंतुलित, कुंठित है तो व्यक्ति पर सामान्य रूप से होने वाली मनोवैज्ञानिक प्रक्रियाओं के परिणाम बुरे होते हैं। इनमें एक यदि शारीरिक अस्वस्थता हो सकती है, तो दूसरी, जीवन में भौतिक विफलताएं भी। अतएव व्यक्ति की यौन 'वांछाओं' को समझ लिया जाना आवश्यक है। इन वांछाओं की तुष्टि संबंधित व्यक्ति की क्षमता, उत्साह और एकाग्रता में वृद्धि कर सकती है। आपका परामर्श उसके लिए एक बहुमूल्य उपादन सिद्ध हो सकता है।

यौन की मानसिकता वाले वर्ग के लोगों के सामने कामसंतुष्टि एक अमूर्त-सी इच्छा के रूप में रहती है। काम के सुप्रचलित रीति-रिवाजों से अलग कुछ और वह चाहते हैं, जिसका स्वरूप वह स्वयं भी भली भांति नहीं जानते। वह निर्वसन देह के प्रति उदासीन रह सकते हैं किन्तु कोई शोकाकुल धुन अथवा कोई अपरिचित गंध उन्हें उद्दीप्त कर सकती है जिसका प्रकट संबंध भले यौन-उद्दीपन से न हो। ऐसे माध्यम के संपर्क भर से उनके चेतन-मन में संवेगचित्रों की एक फिल्म-सी दौड़ जाती है, जिसकी परिणति आत्मारोपित तुष्टि में होती है। इस तुष्टिप्रक्रिया को विभिन्न मनोविकारों में वर्गीकृत किया गया है, इसका एक बहुप्रचलित रूप आत्मरति है, और मसोक-वाद या आत्मपीड़न, सादवाद या परपीड़न तथा समलिंगी रति

अन्य सुपरिचित प्रकार हैं। मानसिक यौन का अनुमान लगाने के लिए मानस-रेखा को भी देखना होगा, क्योंकि वह जितनी अधिक कल्पनाशील होगी, इसकी संवेदनीयता उतनी ही बढ़ी हुई होगी। शुक्र-वलय तथा पहली अंगुली का तीसरी से छोटा होना, जो हीन ग्रंथि का परिचायक है, इस प्रकार के असहज यौन-व्यवहार के विस्तार को बढ़ाता है।

इस वर्ग के लोगों का यौन जीवन संश्लिष्टियों और विरोधाभासों से पूर्ण होता है और उसे सहज तथा सामान्य बनाने के लिए दीर्घ प्रयासों तथा लगन की आवश्यकता होती है। यदि वे अपने-आपको नियमित करके स्त्री और पुरुष के स्वाभाविक जीवन में जीना चाहें तो उन्हें यौन उद्दीपन के लिए लम्बे पूर्वप्रणय की आवश्यकता होती है, जिसमें वह अपने किसी विगत सुख अनुभव के आधार पर एक कल्पना-चित्र की रचना कर सकें और तत्पश्चात् शारीरिक संपर्क के द्वारा संतुष्टि प्राप्त करें। दूसरी ओर शारीरिक वर्ग की यौनमानसिकता वाले व्यक्तियों की उद्दीपन-संतुष्टि प्रक्रिया में इतनी घुमावदार गलियां नहीं होतीं। रक्त और मांस का वास्तविक आकर्षण उन्हें उद्दीपन करता है और शरीरों का संपर्क ही उन्हें तुष्टि देता है। व्यक्ति के यौनचरित्र का वास्तविक अनुमान तब तक नहीं लगाया जा सकता जब तक यह दृष्टिगत न रखा जाए कि उसका विवेक पक्ष किस सीमा तक सक्रिय है और इसके लिए मानस-रेखा के गुणदोष देखने होंगे। प्रबल विवेक असंतुलित यौनपक्ष को नियमित और अंकुशित कर सकता है और यदि वह निर्बल है तो यह सीमा से आगे भी जा सकता है। मानसरेखा का अंत में द्विशाखित होना जिस प्रकार दुहरे व्यक्तित्व का बोधक है, उसी प्रकार जब हृदय-रेखा का प्रारंभ दो आपस में मिलने वाली रेखाओं से हो तो व्यक्ति में उभयलैंगिकता की प्रवृत्तियां मिलती हैं। किसी मनोविज्ञानी का दावा है कि जीवन के एक भाग में प्रत्येक व्यक्ति समलैंगिक होता है, हम उस सीमा तक न भी जाएं तो यह तो कहा ही जा सकता है कि अवसर और संयोग मनुष्य के सहज यौन व्यवहार की दिशा को प्रभावित करते हैं। द्विराखित हृदय-रेखा से युक्त व्यक्तियों में यह बात प्रमुख रूप से पाई जाती है। ऐसे व्यक्तियों में परिस्थितियों के अनुसार अपनी यौनवांछाओं को अनुकूलन देने की क्षमता होती है, और कभी-कभी प्रतिबंधित परिस्थितियों में उनकी रुचि समलैंगि-

कता की ओर भी जा सकती है। समलैंगिकता और विपरीत लैंगिकता दोनों किस्म की प्रवृत्तियां एक ही समय उनमें क्रियाशील हो सकती हैं। जब समलैंगिकता का कारण सामान्य यौनसंबंधों की एकरसता और ऊब हो तब उसे ठीक और सहज यौन के स्तर पर लाना आसान होता है, किन्तु यदि समलैंगिकता स्वभावगत हो तो वह एक वास्तविक समस्या बन जाती है। समलैंगिकों की हथेलियों पर अंतर्मुखता के चिन्हों के अतिरिक्त, संवेदनशीलता के लक्षण—हथेलियों की त्वचा का नरम होना, या अंगुलियों के सिरे कलात्मक और संवेदनायुक्त होना—पाए जाते हैं, उनकी मानसिक रचना में स्त्रैणता और सौन्दर्यप्रियता पाई जाती है, यौन की मानसिकता के कारण वह अपने समलिंगी साथी से भी वही तुष्टि प्राप्त करते हैं जो सहजयौन की दशा में मिलती। तुष्टि का वह प्रत्यय अभ्यासवश चरित्र का एक स्थायी उपादान बन जाता है।

शारीरिक वर्ग के यौन वाले व्यक्तियों के लिए सर्वाधिक महत्त्वपूर्ण है त्वचा का स्पर्श। भावना के क्षेत्र में भी वह प्रत्यक्षतुष्टि से ही प्रभावित होते हैं, उन्हे पूर्वप्रणय की आवश्यकता नहीं होती और एक बार संपर्क स्थापित होने के साथ होने वाले उद्दीपन की परिणति के लिए उन्हें कल्पना चित्रों के माध्यम की आवश्यकता नहीं होती। यदि उनकी मानस-रेखा कल्पनाशीलता से रहित, व्यावहारिक प्रकार की हो, और साथ ही अंतर्मुखी व्यक्तिवाद को प्रकट करने वाले, अंगुलियों के अंतिम पर्व पर चक्राकार चिन्ह, और तर्जनी तथा अनामिका का मध्यमा की ओर झुकाव भी हो तो ऐसे व्यक्ति यदि यौनपक्ष में आत्मतुष्टि के प्रबल अभिलाषी होते हैं तो सामाजिक व्यवहार में व्यक्तिगत हित-अनहित उनका पैमाना हुआ करता है, जिसपर वह अपनी प्रत्येक भावनात्मक स्थिति को तौलते हैं।

पूर्व की भांति यहां भी हम दोनों हाथों की तुलना से यह ज्ञात कर सकते हैं कि संबंधित व्यक्ति में मूलतः यौनेच्छा कैसी थी और बाद में उसका परिवर्तित स्वरूप क्या हो गया। हृदय-रेखा को वास्तव में भावना-जगत् के संकेतक के रूप में पढ़ते हुए जब हम व्यक्ति के यौन-संसार का अनुमान लगाते हैं तो भावना के साथ जुड़े हुए अन्य पक्ष स्वतः ही उजागर होते जाते हैं, क्योंकि यौन मनुष्य के जीवन में विविध प्रकार से अपने-आपको अभिव्यक्त करता है। जब हम शुक्र के उठे हुए पर्वत को देखकर किसी व्यक्ति को जोशीले हृदय का

बताते हैं, तो उसका अर्थ यौन तक ही सीमित नहीं रह जाता, उसमें व्यक्ति का व्यापक सामाजिक व्यवहार निहित होता है। इसके अतिरिक्त हाथ की रेखाओं के आधार पर दोनों पक्षों की यौन आवश्यकताओं को समझने के बाद आदर्श दम्पती का चयन भी किया जा सकता है, जैसा कि होने वाले वर-वधू की जन्मपत्रियों के आधार पर किया जाता रहा है। हृदय-रेखा का अध्ययन करके उन कारणों का पता लगाया जा सकता है जो व्यक्ति के यौनपक्ष में असंतुलनों को उत्पन्न करके गंभीर मनोवैज्ञानिक स्थितियां उत्पन्न कर देते हैं। ऊब, चिड़चिड़ाहट, हताशा, श्लथता, भीति, भ्रम, निरुत्साह जैसे अनेक मनोविकारों की जड़ व्यक्ति के यौन असंतुलन में हुआ करती है। एक बार यदि यह जाना जा सके कि इस असंतुलन का कारण क्या है, फिर मनोचिकित्सक का कार्य आसान हो जाता है।

जब तर्जनी की लम्बाई अनामिका से कम हो तब व्यक्ति में हीनभावना प्रमुख होती है, जो भावनाचित्र को असंतुलित कर सकती है। आत्मपीड़क और परपीड़क वर्ग के तमाम लोगों की हथेलियों पर यह आम तौर से पाया जाने वाला चिन्ह है। जिनकी अनामिका का झुकाव मध्यमा की ओर हो, उनमें यह असंतुलन कभी-कभी बिना किन्हीं प्रकट कारणों के इतना अधिक उग्र हो जाता है कि उनके समस्त जीवन को अस्तव्यस्त कर देता है। यह चिन्ह आत्मरक्षा की स्थायी वृत्ति को प्रकट करता है। अपनी असफलताओं के लिए दुनिया और समाज का रोना रोने वाले ऐसे तमाम लोग प्रायः काल्पनिक भीतियों से घबराए हुए रहते हैं। मनोवैज्ञानिक ग्रंथियां जीवन की सहज प्रेरणा को कुंठित करके उसके स्वाभाविक विकास में व्यवधान उत्पन्न कर देती हैं और विचार तथा व्यवहार के संतुलन को गड़बड़ा देती हैं। इन ग्रंथियों के उद्‌गम का कारण यदि ज्ञात हो जाए तो उनका शमन कठिन नहीं होता, हाथ की रेखाएं देखने वाले पर इससे एक अतिरिक्त उत्तरदायित्व आ जाता है और वह यह कि वह अपने सामने बैठे व्यक्ति को साहस का सहारा दे।

बुद्धि के क्षितिज

इस अध्याय में हम उस रेखा का विवेचन करेंगे जो हाथ पर सबसे

अधिक महत्त्वपूर्ण रेखा है। मनुष्य मात्र एक जैविक इकाई है किन्तु बुद्धि का विकास उसे प्राणिजगत् का सबसे अधिक सशक्त और उपयोगी जन्तु बनाता है। हज़ारों साल की प्रगति का आधार यह मानसिक विकास ही है अन्यथा मनुष्य भी अपने भाई प्राणियों के साथ जंगलों में और गुफाओं में रह रहा होता। बुद्धि मानवीय अस्तित्व को न्यायसंगतता देती है और उसे सोद्देश्य बनाती है। समाज के लिए यह जितनी आवश्यक है, उससे व्यक्ति के लिए कम नहीं है। हथेली पर बुद्धि का चित्र प्रस्तुत करने वाली रेखा मानस-रेखा कहलाती है जो हृदय-रेखा के नीचे, कम-अधिक उसीके समानान्तर हथेली पर एक छोर से दूसरे छोर तक पहुंचती है। इस रेखा का व्यक्तित्व की सम्पूर्णता के लिए तो महत्त्व है ही, साथ में भाग्य, यश, सम्मान और सुख की दृष्टि से भी यही रेखा मुख्य है क्योंकि मानसिक क्षमता ही वह आधार है जिसपर जीवन का अंकन हुआ करता है।

मानस-रेखा प्रायः सभी हाथों में पाई जाती है, यह बात अलग है कि कमज़ोर, कटी-फटी और अस्तव्यस्त हो। (चित्र 27 देखें)

यह रेखा अपने गुणों से हाथ की प्रायः प्रत्येक रेखा को प्रभावित करती है क्योंकि अन्ततः मस्तिष्क ही जीवन के सारे कार्य-कलापों की संचालिका इकाई है। इस रेखा का सांगोपांग अध्ययन किए बिना आप व्यक्ति के बारे में कोई निष्कर्ष नहीं निकाल सकते हैं, यह मानकर आपको इसपर ध्यान देना चाहिए। पहले अध्याय में हमने हथेली के विभागीकरण के संबंध में बताया था (चित्र 6 देखें)। इसे तीन अक्ष-खंडों अ, आ और इ तथा पांच लम्ब-खंडों अ, आ, इ, ई और उ में बांटा था। मानस-रेखा का अध्ययन करने में यह विभागीकरण विशेष रूप से महत्त्वपूर्ण है। अक्ष-खंड अ मानस की सामान्य व्यावहारिक और भौतिक क्षमताओं को प्रकट करता है। दूसरा आ खंड कल्पनाशीलता का खंड है, किन्तु यह कल्पनाशीलता अव्यावहारिक नहीं होती, इसमें सन्तुलन रहता है। खंड इ अति कल्पना का खंड है। कभी-कभी मानस-रेखा पहले खंड से ऊपर बुध की अंगुली की दिशा में उठती हुई पाई जाती है। ऐसा व्यक्ति विशुद्ध भौतिक होता है और अपनी मानसिक शक्तियों का प्रयोग स्वार्थपूर्ति के लिए ही करता है।

जिस तरह अक्ष-खंड मानसिक क्षमता को बताते हैं उसी तरह

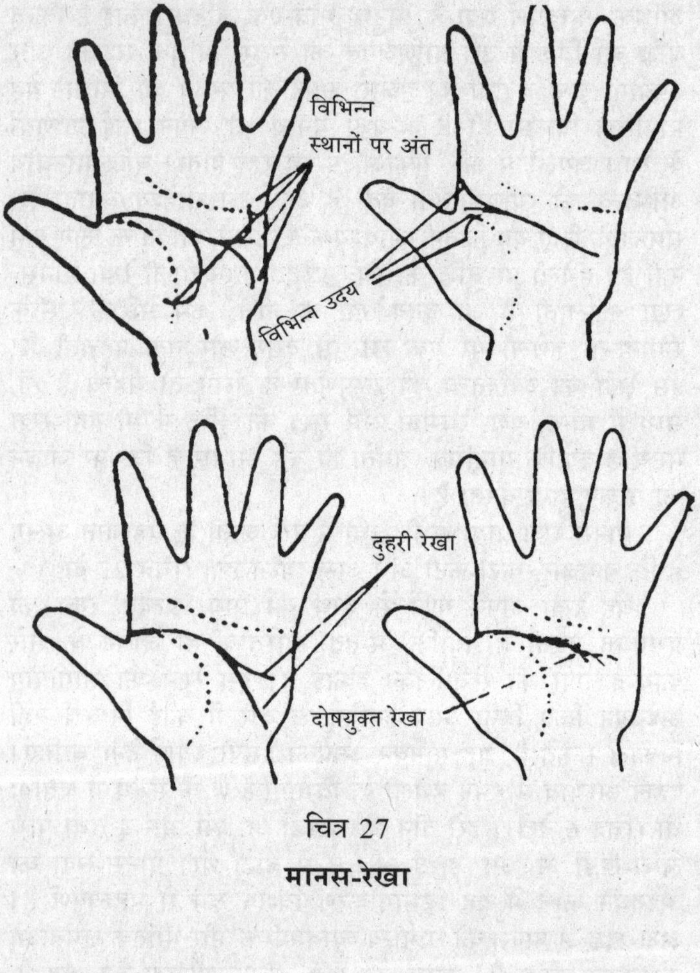

चित्र 27

मानस-रेखा

लम्ब-खंडों से मानस के विस्तार का पता लगता है। लम्ब-खंड अ भ्रूणावस्था की मानसिकता का, और आ आदिम मानसिकता का द्योतक है। इ और ई खंडों में समाप्त होने वाली मानस-रेखाएं ही प्राय: पाई जाती हैं। यह सामान्य मानसिक क्षमता बताती हैं किन्तु यदि रेखा अंतिम खंड उ में समाप्त होती हो तो इस दीर्घ मानस-

रेखा की क्षमता काफी विस्तृत होगी। इन दो वर्गीकरणों से, जो मानस-रेखा के झुकाव और विस्तार को बताते हैं, हम वह सामान्य संकेत प्राप्त कर लेते हैं जो इनके अध्ययन के लिए परमावश्यक है।

मानस-रेखा का अध्ययन करते हुए हाथ की सामान्य बनावट, अंगूठा और पर्वतों के साथ अन्य रेखाओं की स्थिति को भी देखिए। सीधी, लम्बी और गहरी मानस-रेखा समुन्नत मानसिकता की प्रतीक है, इसके विपरीत छोटी और अस्तव्यस्त मानस-रेखा अपरिपक्व बुद्धि की। स्वस्थ मानस-रेखा के साथ यदि हृदय-रेखा दुर्बल हो तो मनुष्य तर्क और बुद्धि से संचालित होता है और भावानात्मक व्यवधानों से वह अपने निर्णयों में विचलित नहीं होता। ऐसे व्यक्ति हृदयहीनता की चरम सीमा तक भी जा सकते हैं।

अच्छी मानस-रेखा के साथ यदि गुरु, शुक्र और बुध के पर्वत विकसित हों तो व्यक्ति में अपरिमित शक्ति होती है। गुरु और बुध के अच्छे पर्वत स्वस्थ मानस-रेखा को केन्द्रकरण की सामर्थ्य देते हैं।

मानस-रेखा का उदय गुरु के पर्वत और जीवन-रेखा के बीच में से होता है। जीवनी शक्ति के प्रवाह का यह दूसरा मार्ग है। कभी-कभी यह विक्षिप्त होकर निम्न मंगल पर्वत से भी शुरू होती है, ऐसे लोग अस्थायी बुद्धि के होते हैं। उनका मानस सदा मंगलीय दुर्गुणों से संचालित होता है। स्वभाव से यह क्रोधी और झगड़ालू होते हैं।

जीवन-रेखा में प्रारंभ में मिली हुई मानस-रेखा मानसिक दासता का चिह्न है, जिस आयु तक यह उसमें मिली हुई चलती है, व्यक्ति पर परिवार और समाज का नियंत्रण रहता है। उनकी स्वतंत्र बुद्धि का काल उस आयु से प्रारम्भ होता है जब यह जीवन-रेखा से मुक्त हो गई होती है। इसके बावजूद सावधानी का अंश उनके कार्य-कलापों में अंत तक बना रहता है और वे बहुत जल्दी दूसरों से प्रभाव ग्रहण कर लेते हैं। जीवन-रेखा और मानस-रेखा के बीच का कोण जितना होगा, व्यक्ति में उतना ही अधिक विचार-स्वातंत्र्य पाया जाएगा, किन्तु उसकी संवेदनशीलता भी उतनी ही उन्नत होगी। जब मानस-रेखा जीवन-रेखा से बिल्कुल अलग उदित होती है तो व्यक्ति कार्य और विचारों में परम स्वतंत्र होता है। वह कुशाग्रबुद्धि, और आदर्शप्रिय होता है किन्तु उसमें व्यावहारिकता भी पर्याप्त मात्रा में मिलती है। ऐसे व्यक्ति परम्परा और चलन की परवाह नहीं करते। वे अत्यंत मौलिक

होते हैं और सफलता हर क्षेत्र में उनके पांव चूमती है।

जब मानस-रेखा गुरु के पर्वत से प्रारम्भ हो रही हो अथवा उसकी एक प्रशाखा उठकर इस पर्वत पर पहुंच रही हो तो एक महत्त्वाकांक्षी, कर्मठ, जिज्ञासु, तर्कपूर्ण और प्रतिभाशाली व्यक्तित्व का लक्षण है। ऐसे व्यक्तियों को उनके मानसिक गुणों के कारण सामाजिक नेतृत्व और सम्मान की प्राप्ति होती है।

रेखा पर पर्वतीय आकर्षण उस आयु में विशेष रूप से और जीवन में सामान्य रूप से संबंधित पर्वत के गुणों का प्रभाव बताती है। उदाहरणार्थ यदि मानस-रेखा गुरु के पर्वत की ओर झुकी हुई हो तो व्यक्ति महत्त्वाकांक्षाओं और आदर्शों से संचालित होता है। शनि के प्रभाव देखने के लिए विश्व की प्रधानता अवश्य देखिए, मानसिक विश्व के साथ ऐसा झुकाव अध्ययनशीलता और चिन्तन-वृत्ति देता है। व्यावहारिक विश्व के साथ शनि की ओर झुकने वाली मानस-रेखा उसे व्यावहारिक सफलता देगी किन्तु निम्न विश्व की प्रधानता उसके दुर्गुणों को प्रभावशाली बना देगी। सूर्य की ओर आकर्षित मानस-रेखा मानसिक विश्व के साथ ललित कलाओं, व्यावहारिक विश्व के साथ व्यावसायिक कलाओं और निम्न विश्व के साथ वासनात्मकता के प्रभाव देती है। बुध की ओर उठी हुई मानस-रेखा व्यक्ति को संवेदनाहीन और नितांत व्यवहारवादी बनाती है। यदि इसके साथ निम्न विश्व प्रभावशाली हो तो ऐसे लोग समाज के लिए हितकर नहीं होते क्योंकि अर्थोपलब्धि के लिए वे कुछ भी कर गुज़र सकते हैं।

कभी-कभी मानस-रेखा घूमकर शुक्र पर्वत तक जा पहुंचती है। बहुत कम हाथों में पाई जाने वाली यह रेखा लम्बाई में सुदीर्घ होती है जो परिपक्व मानसिकता का लक्षण है। किन्तु ऐसे व्यक्तियों के विचारों और कार्यों पर शुक्र के प्रभाव ही प्रमुख होते हैं। मंगल का पर्वत हमारे वर्गीकरण में अक्ष-खंड अ के अन्तर्गत आता है और जैसा कि कहा जा चुका है, यह खंड व्यावहारिक मनोवृत्ति को व्यक्त करता है, किन्तु चन्द्र का पर्वत जो अक्ष-खंड इ के अन्तर्गत आता है, अति कल्पना का खंड है। इसपर पहुंचती हुई रेखा के अच्छे प्रभावों के लिए हथेली के अन्य गुणों का सबल होना आवश्यक है। अन्यथा वह एक खतरनाक और दुखदायी मानस-रेखा बन जाती है। ऐसी रेखा पर्याप्त दीर्घ होती है, इसलिए मानसिक

विस्तार तो काफी होता ही है; यदि यह रेखा उपयोगी बन सके तो व्यक्ति अपनी क्षमताओं का भली प्रकार प्रयोग कर सकता है।

छोटे अंगूठों के साथ निर्बल मानस-रेखा मूर्खता का चिह्न है। यदि छोटी मानस-रेखा के साथ गुरु का पर्वत अविकसित हो और शुक्र तथा चन्द्र के पर्वत बढ़े हुए हों तो व्यक्ति आरामतलब होता है और इससे अपना काफी नुकसान कर बैठता है। पीली और छिछली मानस-रेखा एक कठोर हाथ में, जिसका सूर्य पर्वत अविकसित हो, मन्द बुद्धि बताती है। इसी तरह हथेली के मध्य में समाप्त हो जाने वाली मानस-रेखा गुरु और सूर्य के अविकसित पर्वतों के साथ भी बुद्धिहीनता की द्योतक है। यदि हृदय-रेखा और मानस-रेखा के बीच में कम दूरी हो और शुक्र का पर्वत बढ़ा हुआ हो तो मानसिक संकीर्णता का लक्षण है। हथेली के मध्य में समाप्त हो जाने वाली मानस-रेखा जिसका मंगल पर्वत अविकसित हो, निरुत्साह बताती है। यदि मानस-रेखा शनि-रेखा का स्पर्श करने से पूर्व ही समाप्त हो जाए तो अल्पायु का चिन्ह है।

मानस-रेखा पर मिलने वाले चिन्हों में आड़ी रेखाएं सदा ही मानसिक चिन्ताओं को व्यक्त करती हैं। यदि रेखा में से निकलकर कुछ टूटी हुई लकीरें नीचे की ओर जा रही हों तो उन्माद का खतरा रहता है। शुक्र के पर्वत से आकर रेखा को छूने अथवा काटने वाली प्रभाव-रेखा चिन्ताशीलता और आर्थिक क्षय का चिन्ह है। मानस-रेखा से निकलकर जब एक रेखा गुरु के पर्वत पर पहुंच रही हो तो व्यक्ति को महत्त्वाकांक्षी बनाती है, यदि यह अंगुली के आधार तक पहुंच जाए और अंत में इसपर नक्षत्र भी हो तो सफलता सुनिश्चित है। इस तरह की प्रशाखा मानस-रेखा से निकलकर जब शनि और गुरु के पर्वतों के मध्य में समाप्त होती है तो व्यक्ति को कलात्मक प्रतिभाओं में सफलता प्राप्त होती है। सूर्य पर पहुंचने वाली प्रशाखा कला-क्षेत्र में यश की प्रतीक है। इसके लिए पर्वत सशक्त होना चाहिए। बुध पर पहुंचने वाली प्रशाखा व्यावसायिक सफलता बताती है। यदि मानस-रेखा में से कुछ प्रशाखाएं हृदय-रेखा की ओर उसे बिना छुए उठ रही हों तो व्यक्ति सारी आयु दूसरों के प्रभाव में रहता है। किन्तु यदि ऐसी एक रेखा हृदय-रेखा में बिलकुल विलीन हो जाए तो प्रणय विवेक को हर लेता है।

रेखा पर श्वेत बिन्दु सफलताओं को बताते हैं किन्तु काले बिंदु अच्छे नहीं होते और वे मानसिक चिन्ताओं अथवा बीमारियों का चिह्न हैं। रेखा पर क्रास की उपस्थिति ऐसी दुर्घटना बताती है जिसमें सिर ही मुख्य रूप से प्रभावित होगा। इसी प्रकार नक्षत्र भी दुर्घटना में चोट लगने का लक्षण है। रेखा पर वृत्त की उपस्थिति और बुध-रेखा पर क्रास अंधेपन की आशंका बताते हैं। रेखा पर बुध पर्वत के पास यदि त्रिकोण हो तो वैज्ञानिक सफलताएं दिलवाता है। किन्तु द्वीप स्नायविक रोगों के लिए सिंहद्वार का काम करता है।

बृहद् आयत

हृदय-रेखा और मानस-रेखा के बीच की दूरी (चित्र 28 देखें) जो एक फैले हुए आयत की तरह होती है, हथेली का बृहद आयत कहलाती है। एक हस्तरेखाविद् ने इसे विज़न मीटर (कल्पना-मापक) भी कहा है। इसका सम्बन्ध सीधा प्रवृत्तियों से होता है। जब यह आयत अत्यन्त संकीर्ण हो, संकीर्णता का लक्षण है। ऐसे लोगों में दूसरे की आवश्यकताएं समझने, उनके विचारों का आदर करने और दूसरों के प्रति सहानुभूति रखने की क्षमता नहीं होती। स्वभाव से वे रूढ़ियों के दास होते हैं। हमेशा वे स्वार्थ की ही भावना से सोचते और कार्य करते हैं। अपने ही दृष्टिकोण में बंधे रहते हैं। कभी-कभी इस बुनियादी दुर्गुण की वजह से वे ओछे और बेईमान सिद्ध होते हैं, यद्यपि यह कोई कड़ा नियम नहीं है।

इसके विपरीत जब हृदय और मानस-रेखाओं के बीच का अंतराल व्यापक हो तो व्यक्ति में परमार्थ की दृष्टि से, सर्वजन हिताय की भावना से और स्वार्थहीनता से सोचने और कार्य करने की शक्ति आ जाती है। वह रूढ़ियों और परम्पराओं का दास नहीं होता। विवेक के आधार पर वह किसी भी अनुपयोगी विचार को ठुकरा सकता है। वह दूसरों की भावनाओं का ख्याल रखता है और यदि तर्कपूर्वक उसे कोई बात गले उतार दी जाए तो वह अपने विचार भी बदल सकता है। इस तरह के रेखाचित्र से एक ही बात प्रकट होती है कि व्यक्ति मौलिक है और उसमें नवीन के प्रति जिज्ञासा है।

यदि बृहद् आयत का संकरापन हृदय-रेखा के झुकाव के कारण बना होगा तो व्यक्ति निम्न मनोवृत्ति का होगा और यदि

मानस-रेखा के ऊपर उठने से इस आयत को संकरा होना पड़ा होगा तो व्यक्ति स्वभाव से भीरु होता है। संकरे आयत के साथ यदि

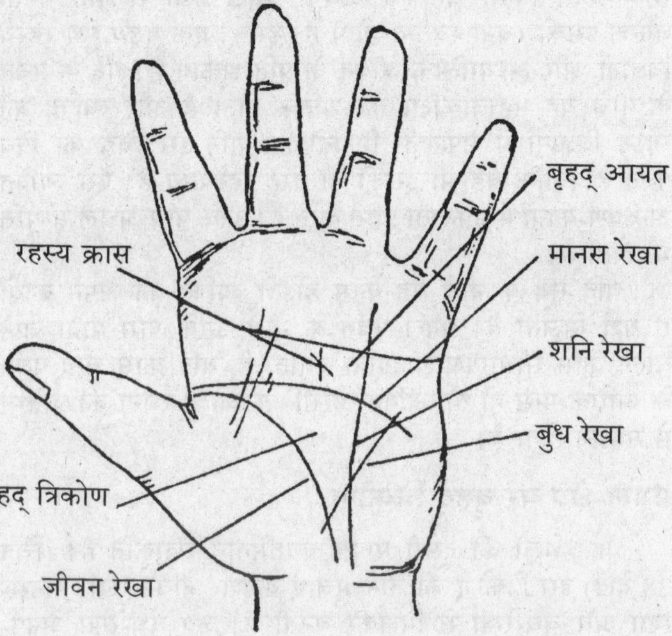

चित्र 28

गुरु का पर्वत प्रधान हो तो व्यक्ति में धार्मिक कट्टरता पाई जाती है। मंगल का बढ़ा हुआ पर्वत उसे क्रूरता देता है। बुध के विकसित पर्वत के कारण व्यक्ति लम्पट होगा और यदि मंगल और बुध दोनों ही पर्वत बढ़े हुए हों तो ऐसा व्यक्ति मित्रों और रिश्तेदारों के साथ तक कुछ भी कर सकता है।

इस आयत में नक्षत्र की उपस्थिति सम्मान दिलवाती है। यदि नक्षत्र बहुत ही अच्छा हो तो अत्यन्त भला आदमी अपनी पत्नी के वश में रहता है। उसे यश और सम्मान तो मिलता ही है।

रहस्य-क्रास

बृहद् आयत में पाया जाने वाला यह क्रास इसके चमत्कारी

गुणों के कारण रहस्य-स्वस्तिक (या सीधा-सादा क्रास) कहलाता है। (चित्र 28 देखें)। सभी हाथों में यह उपस्थित नहीं होता। रहस्य-क्रास किसी सहायक अथवा प्रमुख रेखा से नहीं बनता बल्कि इसकी रचना स्वतन्त्र होती है। इसका एक मुख्य गुण रहस्य विज्ञानों और अध्यात्मिक जीवन के प्रति झुकाव है। गुरु के पर्वत के नीचे यह महत्त्वाकांक्षा का द्योतक होता है और व्यक्ति को रहस्य विज्ञानों में सफलता मिलती है। शनि इस चिह्न का प्रिय पर्वत है क्योंकि वह भी इसकी ही तरह रहस्यमय है। ऐसे व्यक्ति अन्वेषण-कार्यों में सफलता प्राप्त करते हैं। उनके पास अचल सम्पत्ति भी होती है।

यदि सूर्य के नीचे यह क्रास हो तो व्यक्ति को अपने कार्यों से यश मिलता है। मंगल पर्वत के नीचे उसके पास पाया जाने वाला क्रास सौभाग्यशाली यात्रा बताता है, यदि क्रास चन्द्र पर्वत के अधिक पास हो तो व्यक्ति अलौकिक काव्य-रचना की प्रतिभा से सम्पन्न होता है।

मंगल-क्षेत्र पर बृहद् त्रिकोण

यह हथेली की दूसरी मापक ज्यामितीय रेखाकृति है। (चित्र 28 देखें) इस त्रिकोण की तीन भुजाएं क्रमशः जीवन-रेखा, मानस-रेखा और बुध-रेखा से मिलकर बनती हैं। जब बुध-रेखा अनुपस्थित हो तो उसकी काल्पनिक उपस्थिति से इस त्रिकोण की तीसरी भुजा पूरी कर लेनी चाहिए। त्रिकोण यदि हाथ में ऊपर की ओर उठा हुआ हो तो व्यक्ति को साहस और पहल की भावना देता है। इसके विपरीत यदि यह हथेली पर नीचे की ओर खिसका हुआ हो तो व्यक्ति में भीरुता का द्योतक है। यदि त्रिकोण का क्षेत्र पर्याप्त बड़ा हो तो यह मानसिक खुलेपन को बताता है। चौड़ा त्रिकोण जिज्ञासा और समझ-बूझ की क्षमता को भी ज्ञापित करता है। शनि के अत्यन्त अविकसित पर्वत के साथ दोनों हाथों पर संकीर्ण त्रिकोण महत्त्वहीन जीवन का परिचायक है। यदि त्रिकोण संकीर्ण हो और जीवन-रेखा मानस-रेखा की ओर झुक रही हो तो व्यक्ति को व्यावसायिक असफलताओं का सामना करना होता है। यदि जीवन-रेखा से आकर प्रभाव-रेखाएं त्रिकोण-क्षेत्र में समाप्त होती हों तो व्यक्ति को काफी संघर्षों के बाद मान और यश तथा धन

की प्राप्ति होती है। यदि त्रिकोण-क्षेत्र रेखाओं से भरपूर हो और बुध तथा मंगल के पर्वत विकसित हों तो ऐसे व्यक्ति अस्थिर स्वभाव के और चिड़चिड़े होते हैं।

जीवन-रेखा और मानस-रेखा से बनने वाले कोण का विवेचन पीछे किया जा चुका है। मानस-रेखा और बुध-रेखा से बनने वाला कोण यदि बहुत चौड़ा हो और हृदय की रेखा और बृहद् आयत का क्षेत्र अस्वस्थ हो तो ऐसे व्यक्तियों में सहानुभूति नहीं पाई जाती। बुध-रेखा और जीवन-रेखा जितनी दूर-दूर होंगी स्वास्थ्य की दृष्टि से उतना ही भला है। यदि यह कोण पर्याप्त बड़ा हो तो दीर्घायु बताता है। किन्तु इसकी संकीर्णता स्वास्थ्य-सम्बन्धी प्रभाव तो डालती ही है, व्यक्ति को स्वार्थपरक भी बनाती है।

त्रिकोण के उर्ध्व भाग में नक्षत्र आकस्मिकताओं को व्यक्त करता है। यदि यह क्रास निम्न भाग में हो तो व्यक्ति को जीवन के उत्तरार्द्ध में मान और धन की प्राप्ति होती है। अन्य स्थानों पर क्रास सुखकर नहीं होते। यदि त्रिकोण में नक्षत्र हो तो प्रिय पात्रों के कारण कठिनाइयां होती हैं। यदि वृत्त हो तो परेशानी औरत के कारण पैदा होती है। त्रिकोण के भीतर त्रिकोण सैन्य सम्मान दिलवाता है।

अन्त में मानस-रेखा की द्विशाखाओं का भी अध्ययन कीजिए और उनके सम्बन्ध में निष्कर्षों का पता इस बात से लगाइए कि वह कहां जाकर खत्म होती हैं। अक्ष-खंड और लंब-खंड-विभाजन इसमें आपकी सहायता करेगा।

दो मानस-रेखाओं का मिलना एक चमत्कार है और यह जिस हाथ में मिलती हैं उसे धन्य कर देती हैं। ऐसे व्यक्तियों की मानसिक क्षमता सहज ही दुगुनी होती है। मेरे एक कवि मित्र के हाथ में दो स्पष्ट मानस-रखाएं हैं। वह अब तक एक हज़ार से अधिक अनुवाद और मौलिक ग्रंथ छपवा चुके हैं। उनकी आय का स्रोत लेखन ही है। उनके लेखन की कमाई का हिसाब लगाया जाए तो वह लाखों रुपये तक पहुंचेगा किन्तु हथेली के अन्य चिह्नों का सहयोग न मिलने के कारण उन्हें स्थायी यश नहीं मिल पाता है।

दो मानस-रेखाओं वाले व्यक्ति अपने क्षेत्रों में यश, सम्मान और धन प्राप्त करते हैं और इसकी मात्रा अपरिमित होती है। कभी-कभी समाज उन्हें दो विभिन्न स्वरूपों में पहचानता है। यों

भी दुहरा मानसिक जीवन जीते हैं और यह दोनों प्रकार एक-दूसरे से नितांत विपरीत तक हो सकते हैं।

प्रतिभा-रेखा

एक और चमत्कारी रेखा (चित्र 19 देखें) का भी मैं इसी अध्याय में विवेचन कर लेना चाहता हूं। यह एक अत्यन्त अनुपलब्ध रेखा है और मैंने अपनी ज़िन्दगी में जो हज़ारों हथेलियां देखी हैं, उनमें से केवल दो बार मुझे इस रेखा के दर्शन का सौभाग्य मिला है। यह मस्तिष्क की एक रहस्यमयी क्षमता को बताती है जिसे आभास (इलहाम या इन्ट्यूशन) कहा जाता है किन्तु इसका नामकरण आभास-रेखा करना मुझे रुचा नहीं अतः मैं इसे प्रतिभा-रेखा या चन्द्र-रेखा कहता हूं। यह रेखा चन्द्र के पर्वत से निकलती है और एक अर्द्धवृत्त की आकृति में ऊर्ध्व मंगल को घेरती हुई बुध पर्वत के आधार पर समाप्त हो जाती है। ऐसे व्यक्तियों की स्नायविक संवेदना और मानसिक क्षमता सहज ही इतनी अधिक विकसित होती है कि वह घटनाओं का पूर्वाभास लगा लेते हैं। सिक्स्थ सेन्स या छठा संवेदन आज कोई नई चीज़ नहीं है। आदिम युगों में मनुष्य का छठा संवेदन अत्यन्त विकसित था। आज भी पशुओं में खतरे को पहले से पहचान लेने की सहज क्षमता पाई जाती है। बौद्धिकता के विकास के साथ इसका ह्रास हुआ है।

यह रेखा फरिश्तों, देवदूतों और मानवता के शिक्षकों के हाथ की रेखा है। आत्माएं बुलाने वाले, योगी, भविष्यवक्ता, और पराविज्ञानी इसी रेखा से प्रभावित होते हैं। प्रतिभा-रेखा में अन्य पर्वतों से आकर मिलती हुई रेखाएं उन पर्वतों के गुणों का इसपर प्रभाव बताती हैं। यह चन्द्र के पर्वत की रेखा है, इसलिए कल्पना और रहस्य से इसका गहरा सम्बन्ध माना जाना चाहिए।

मन : जीवन का प्रस्तोता

मनुष्य की नियति अथवा प्रारब्ध को स्पष्ट रूप से परिभाषित किया जा सकना एक कठिन बात है। सुख, संतोष, भाग्य, यश और स्वास्थ्य यह सभी शब्द अपने-आपमें सापेक्ष अर्थ-ध्वनियां रखते हैं, सुख वैय-

क्तिक मन की एक अपनी स्थिति है। कुछ लोग घोर दारिद्र्य में भी मुस्कराते रहते हैं और दूसरी ओर चरम वैभव के बीच भी असंतुष्ट तथा संतप्त जन देखे जा सकते हैं। इस तरह नियति का सीधा सम्बन्ध व्यक्ति के मन से है और इस मन की रचना करने वाले तत्त्व जहां एक ओर अनुवंशीय होते हैं, वहीं ग्रहीत भी। शरीर की रासायनिक संरचना भी इसमें एक महत्त्वपूर्ण योग देती है, तथा मन के व्यक्तित्व को बनाने में देश, काल और वातावरण की भी अपनी-अपनीभूमिकाएं हुआ करती हैं। मन के रहस्यों का उद्‌घाटन करने का कार्य इतिहास की दृष्टि से बहुत पुराना नहीं है, किन्तु फ्रायड, एडलर और जुंग की त्रयी ने इस अपेक्षाकृत नूतन विज्ञान की संभावनाओं पर जब से अंगुली उठाई है तब से आज तक जिस तेज़ी से इस क्षेत्र में प्रगतियां हुई हैं,उनकी तुलना केवल परमाणु विज्ञान के आश्चर्यजनक त्वरा वाले विकास से ही की जा सकती है। वैयक्तिक मनोविज्ञान आज ज्ञानेन्द्रिय संवेदनों की सीमित परिधि से आगे बढ़ चुका है और हाल ही में अतीन्द्रिय संवेदन तथा परामानसीय मनोविज्ञान के क्षेत्रों में ऐसी असाधारण खोजें हुई हैं जो आश्चर्यस्तव्ध करने वाली हैं, किन्तु वह भी ज्ञान और अन्वेषण का सीमांत नहीं हैं। अभी न जाने अनंत अंतरिक्ष में हमें कितना आगे और जाना है।

हथेली यदि मन का प्रतीक चित्र है, तो हमें यह देखना होगा कि मनोविज्ञान की नूतन उपलब्धियां उसकी संकेतलिपि के उद्‌घाटन में हमारी कितनी सहायता कर सकती हैं। यही इस परंपरागत और अंधविश्वासों के धुंधलके में खोए हुए विज्ञान के प्रति आधुनिक दृष्टि हो सकती है। इस शताब्दी में सर्वप्रथम हस्तरेखाविद् विलियम बेनहम ने इसे इस दृष्टि से देखा और हाथ की लकीरों की वैज्ञानिक व्याख्या करने का काम हाथ में लिया। निरीक्षण और निगमन के द्वारा संकेतों और प्रभावों के बीच कार्यकारण सम्बन्ध अथवा तुल्यकालिकता सम्बन्ध जोड़ने की दिशा में किए गए प्रयत्नों की चर्चा पीछे के पृष्ठों में की गई है। ब्रिटिश हस्तरेखाविद्, नोएल जेक्विन ने कई दशकों के अपने अध्ययन और मनन के माध्यम से हस्तरेखाविज्ञान और जीवाणुविज्ञान, जीवरसायन तथा मनोविज्ञान और परामनोविज्ञान के बीच निश्चित सम्बन्ध सूत्र खोज निकाले हैं। हाथ की बनावट और उसपर पाए जाने वाले चिह्न व्यक्ति को अनुवंशीय रूप से प्राप्त गुण और उसकी क्रियाक्षमता, मनोवैज्ञानिक

रचना और सायासतः प्राप्त विशेषताओं को प्रकट करते हैं। शनि तथा सूर्य की रेखाओं से यह जाना जा सकता है कि वह अपनी जीवन-स्थितियों से, भौतिक और भावना तथा वैयक्तिकता के संदर्भ में किस सीमा तक संतुष्ट है। इन संकेतों के आधार पर एक कुशल हस्त-रेखाविद् सामने वाले व्यक्ति की मानसिक प्रक्रियाओं को स्फटिक की भांति निर्मल और निर्दोष रूप में देख सकता है, यही नहीं चूंकि तमाम शारीरिक बीमारियां जैवरसायनिक अथवा मानसिक असंतुलन से जन्म लेती हैं, अतः वह समय रहते उसे पूर्व चेतावनी तो दे ही सकता है, साथ ही साथ उसका परामर्श आने वाली विपत्तियों को जहां सुधारने में सक्षम होता है वहीं बिगड़ी बात बनाने में भी उससे सहायता मिल सकती है। इस प्रकार वह केवल अलौकिक शक्ति-सम्पन्न भविष्यदृष्टा ही नहीं, इससे कहीं अधिक मनःचिकित्सक, शरीर चिकित्सक अथवा सहानुभूतिशील पथप्रदर्शक की भांति एक, विश्वस्त साथी भी होता है।

प्रत्येक व्यक्ति के चरित्र और कार्य व्यवहार का नियमन मन की दो प्रकार की गतिविधियों से होता है, सचेतन और अवचेतन। सचेतन मानस एक प्रकट और मुखर प्रक्रिया है, जिसके द्वारा व्यक्ति अपने जीवन की उपलब्ध स्थितियों का विश्लेषण करता है, अपनी क्रिया और कार्यविधि का निर्णय करता है और अपने पर्यावरण को संवेदन के स्तरों पर भोगता है, इसकी व्यावहारिकता में आत्मतुष्टि और आत्मरक्षा की प्रेरकता बद्धमूल होती है। दूसरी ओर अवचेतन मन में अतीत से प्राप्त विभिन्न प्रकार के संवेग और स्मृतियों का संचयन रहता है, जिससे परोक्षतः व्यक्तित्व की सामान्य उन्मुखता प्रभावित हुआ करती है। मन के इन दो विपरीत स्तरों में जहां तक समन्वय और संतुलन बना रहता है, वहां तक तो ठीक है किन्तु जब सचेतन मन की सक्रियता का विस्तार होता है तो वह अवचेतन के तिलिस्म को तोड़कर एक निरपेक्ष और स्वतन्त्र व्यक्तित्व की दिशा में उन्मुख होता है, फलतः अन्तर्द्वन्द्व की स्थितियां जन्म लेती हैं। सचेतन मन का प्रयत्न होता है एक व्यावहारिक जीवनक्रम की खोज, एक ऐसी उन्मुक्त कार्यप्रणाली का विकास जो आत्म की तुष्टि और संतोष की मांगों को पूरा करती हो, किन्तु अवचेतन इस कार्य को सहज रूप से संपन्न नहीं होने देता, फलस्वरूप कुछ ऐसी ग्रंथियां व्यक्तित्व का आधार बन जाती हैं जो जीवन की प्रत्येक दिशा पर अपना प्रभाव डालती हैं।

हाल ही के हस्तरेखा-विज्ञानियों का यह श्रेय जाता है कि उन्होंने ऐसी मनोग्रंथियों के निश्चित लक्षणों को हाथों पर खोज निकाला है। उदाहरण के लिए जब किसी व्यक्ति की तर्जनी की लम्बाई अनामिका की तुलना में कम हो तो ऐसा व्यक्ति निश्चित रूप से हीनता की एक स्थायी ग्रंथि से पीड़ित रहता है, और उसके कार्यकलापों में आत्मविश्वास की हमेशा एक कमी बनी रहती है।

दोनों हाथों की रेखाएं और अन्य चिह्न एक जैसे हों, ऐसा शायद कभी देखने में नहीं आया। बायां हाथ मनुष्य को जन्मतः प्राप्त गुणों को व्यक्त करता है, जिनका सम्बन्ध अवचेतन मन है, जबकि दाहिना हाथ उसके विकासशील नितनूतन व्यक्तित्व का परिचायक होता है, अतः वह चेतन मानस को प्रतिबिम्बित करता है। मन के इन दो स्तरों के अंतर्द्वंद्व के बिना व्यक्तित्व का विकास असम्भव है और दोनों हाथों के चिह्नों की असमानता इसी सतत अंतर्द्वंद्व की द्योतक है। दोनों हाथों की तुलना करके इस अंतर्द्वंद्व की प्रखरता और संतुलन के स्तर का अनुमान लगाया जा सकता है। प्रत्येक स्थिति में यह आवश्यक है कि हम पहले दाहिने हाथ को देखें और उसके सचेतन मानस के नियंत्रण में रूपायित वर्तमान को समझें, और इससे पहले कि हम उसके भविष्य के विषय में कोई मत व्यक्त करना चाहें, हमें उसके अवचेतन मन का प्रतिनिधित्व करने वाले बायें हाथ को देखना चाहिए जहां उसे प्राप्त प्रवृत्तियों और ग्रंथियों का लेखाजोखा रहता है। जीवन से सम्बन्धित विषयों में विवेक और संबुद्धि का समुचित प्रयोग ही बाधाओं और विषमताओं पर विजय दिलवाता है। निश्चय ही विवेक और संबुद्धि ऐसे गुण हैं जिनका सम्बन्ध मस्तिष्क की समूची कुशाग्रता और क्षमता से होता है। अस्पष्टता और भावुकता से जन्म लेने वाली, संवेगों की गोद में पलने वाली दुर्बुद्धि जीवन के सहज विकासक्रम को कुंठित करती है।

मानस को प्रकृति ने हाथ पर एक महत्त्वपूर्ण रेखा के रूप में चित्रित किया है, जिसे मानस-रेखा कहते हैं। मानस-रेखा जितनी लम्बी होगी मस्तिष्क की ग्रहणशीलता और संवेदनीयता भी उतनी ही विस्तृत होगी, वह जिस सीमा तक छोटी होगी, इन गुणों को उतना ही सीमित करेगी। इसके साथ ही मानस-रेखा जितनी स्पष्ट और पैनी होगी, सम्बन्धित मस्तिष्क की स्पष्टता और प्रखरता को प्रकट करेगी, किन्तु यदि उसमें से महीन केशिकाओं

जैसी रेखाएं निकल रही हों, तो ऐसी रेखाएं इस बात की द्योतक हैं कि सम्बन्धित व्यक्ति में चिन्ता की एक स्थायी ग्रंथि क्रियाशील है। इसी प्रकार जब मानस-रेखा मोटी होकर ऊन के डोरे की शक्ल में फैल जाती है, तो वह श्लेष्माग्रंथि (पिचूचरी ग्लेग्ड) की दुर्बलता को प्रकट करती है, जिसका परिणाम होता है मस्तिष्क की अस्थि-रता और निर्णयक्षमता तथा विवेक की कमी।

अत्यधिक संवेदनशील व्यक्तियों की हथेलियों पर रेखाओं का घना जाल होता है, इसके विपरीत जिन हाथों में गिनती की तीन-चार लकीरें होती हैं उनकी मानसिकता में संवेदना का अभाव होता है। जब हथेली पर अत्यधिक संवेदनशीलता को प्रकट करने वाली अनेक छोटी-छोटी रेखाएं हों तो ऐसे व्यक्तियों में अतिसंवेदनशीलता का परिणाम होती है निर्णय-विहीन मनःस्थिति जिसके प्रभाव के कारण वह अपने-आपको किसी निश्चित लक्ष्य अथवा उद्देश्य के प्रति समर्पित नहीं कर पाते। यदि इसके साथ ही मानस-रेखा में संतुलन का अभाव हो—जैसे उसका मोटा और सूक्ष्म केशिकाओं से युक्त होना, अथवा झुककर चंद्र पर्वत की ओर भागना, तो उपरोक्त दोष और अधिक बढ़ जाता है। यद्यपि अच्छे पर्वतीय युग्म और संतुलित मानस-रेखा के साथ यह अतिसंवेदनीयता व्यक्ति को दया, करुणा, मानवीय सहानु-भूति जैसे सद्गुण भी देती है। जब सपाट हथेली पर गिनी-चुनी रेखाएं हों, तब इस बात की पूरी संभावना होती है कि व्यक्ति का समूचा जीवन किन्हीं पूर्वाग्रहों के फ्रेम में बंधा हुआ हो। मनोविज्ञान की दृष्टि से यह स्वस्थ स्थिति नहीं है, ऐसे व्यक्ति परंपरा, चलन और रिवाजों के दास तो होते ही हैं, साथ में वह कभी-कभी भीति (फोबिया) और बुद्धिभ्रम (मेनिया) जैसी ग्रंथियों को भी स्वेच्छा से पाल लेते हैं और यह कल्पनाएं उन्हें इतनी अधिक प्रिय होती हैं कि मनः-चिकित्सक उन्हें आसानी से नीरोग नहीं कर पाते।

खंडित व्यक्तित्व की समस्या भी एक कठिन मनोवैज्ञानिक समस्या है। खंडित व्यक्तित्व को प्रकट करने वाला लक्षण हैं, दुहरी मानस-रेखा का होना अथवा मानस-रेखा का अन्त में द्विशाखित हो जाना। जिस बिन्दु पर (चित्र 29 अ) इस प्रकार की दो प्रशाखाएं एक-दूसरी का स्पर्श करती हैं, वही उम्र का वह वर्ष होता है जहां से व्यक्ति में दुहरे व्यक्तित्व का समावेश हो जाता है। यह दुहरा-पन डाक्टर हाइड और मिस्टर जैकिल की सीमा तक भी जा सकता

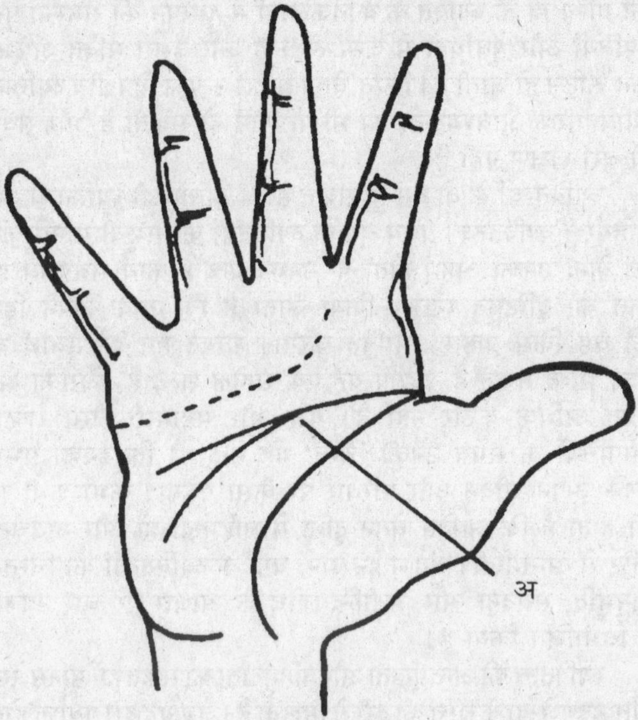

चित्र 29

दुहरी मानस-रेखा

है और ऐसी स्थिति उत्पन्न हो सकती है कि व्यक्तित्व के एक पक्ष से दूसरा पक्ष नितांत अनभिज्ञ हो। लेकिन जिन हाथों में एक प्रशाखा संतुलन की बोधक और दूसरी कल्पनाशीलता की द्योतक हो, व्यक्ति व्यावहारिकता और कल्पनाशीलता के द्विपक्षीय गुणों से सम्पन्न होता है और जीवन को सार्थकता देने में सक्षमता को प्रदर्शित कर सकता है। अभी हमने वाम करतल को अवचेतन का और दक्षिण को सचेतन मन का प्रतिनिधि निरूपित किया है, तदनुसार यदि मानस-रेखा बाएं हाथ पर दीर्घ और सुस्पष्ट हो तो अवचेतन की सक्रियता को और यदि दाहिने हाथ पर ऐसी हो तो सचेतन की क्रियाशीलता को व्यक्त करती है। अवचेतन में यदि खंडित व्यक्तित्व

की ग्रन्थि हो तो व्यक्ति के कार्यकलापों में दुहरेपन की समस्या पूर्व-स्मृतियों और पूर्वाग्रहों से जन्म लेती है और उससे मुक्ति अपेक्षा-कृत कठिन हो जाती है। किन्तु चेतन मन से उत्पन्न द्विपक्षीय व्यक्तित्व व्यावहारिक आवश्यकता का भी परिणाम हो सकता है और सर्वदा ही बुरा लक्षण नहीं है।

व्यक्तित्वों के दो वर्ग हो सकते हैं — अन्तर्मुखी व्यक्तित्व और बहिर्मुखी व्यक्तित्व। प्रथम वर्ग के व्यक्तियों की समूची मानसिकता का केन्द्र उनका अहम् होता है. उनका प्रत्येक कार्य सर्वप्रथम इस बात को दृष्टिगत रखकर किया जाता है कि उनके अपने हितों को वह किस प्रकार प्रभावित करेगा। शायद हम इसे स्वार्थ की संज्ञा भी दे सकते हैं, यद्यपि यह एक सापेक्ष शब्द है, जिसका अर्थ बहुत अधिक कठोर नहीं है। युद्ध और महामारी जैसी राष्ट्रीय आपत्तियों के समय उनकी चिन्ता यह होती है कि इनका प्रभाव उनके अपने जीवन और परिवार पर कैसा पड़ेगा। कभी-कभी यह भी होता है कि व्यक्ति चेतन दृष्टि से बहिर्मुखी हो और अवचेतन दृष्टि से अन्तर्मुखी। जुंग ने इन दोनों वर्गों के व्यक्तित्वों को चिन्तन, अनुभूति, संवेदना और अतीन्द्रियबोध के आधार पर चार उपवर्गों में विभाजित किया है।

व्यक्तित्व की अन्तर्मुखता और बहिर्मुखता का संकेत हमें मानस-रेखा और हृदय-रेखा के बीच की दूरी से मिलता है। जब यह दूरी पर्याप्त होती है (चित्र 30 अ) तो व्यक्ति को सामाजिकता, सहिष्णुता, उदारता, दया और सहानुभूति के गुण देती है, किन्तु ज्यों-ज्यों यह दूरी घटती जाती है (चित्र 30 ब) व्यक्ति आत्महित की ओर उन्मुख होता जाता है। ऐसे हाथ भी पाए जाते हैं, जिनमें हृदय और मानस-रेखा आपस में मिलकर एक ही लकीर बन जाती हैं। ऐसे लोग व्यक्ति-वादी, आत्मकेन्द्रित, स्वार्थी और व्यावहारिक होते हैं। मेरे एक मित्र के हाथ में यह रेखा है। मैंने विगत बीस वर्षों में उनके विकास को ध्यानपूर्वक देखा है। एक साधारण वकील की स्थिति से अपना जीवन प्रारम्भ करके वह अब तक विधायक बन चुके हैं, और हाल ही में मन्त्रिपद उनके बिल्कुल पास से गुज़र गया। इन वर्षों में उन्होंने पर्याप्त सम्पत्ति अर्जित की है और अनेक सामाजिक शैक्षणिक संस्थाओं के मान्य पदों को वह सुशोभित करते रहे हैं। उनकी यह तमाम सामाजिकता वैयक्तिक इष्टसाधन का एक माध्यम मात्र है,

यद्यपि अपने स्वार्थ पर उन्होंने परमार्थ का मोटा आवरण कुशलता-पूर्वक डाल रखा है। कल जो उनके मित्र थे आज वह उनके विरोधी

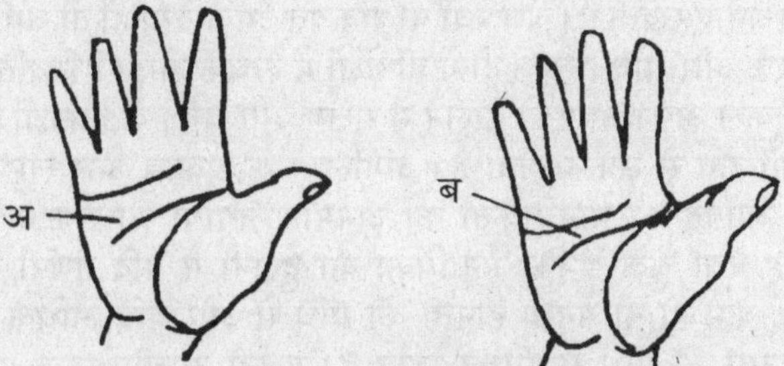

चित्र 30

मानस-रेखा के स्वरूप

हैं, लेकिन इससे उनकी जीवन-यात्रा में कोई विक्षेप नहीं आया। व्यक्तित्व के इस आत्मोन्मुख अथवा समाजोन्मुख विस्तार का अध्ययन भी दोनों हाथों पर किया जाना चाहिए जिससे यह ज्ञात हो सके कि यह वृत्ति अनुवंशीय है या ग्रहीत। जब अन्तर्मुखता ग्रहीत होती है, तो उसके पर्यावरणगत प्रकट कारण होते हैं और प्रायः उनका संबंध भौतिक अभावों से हुआ करता है। मेरे उपरोक्त मित्र बचपन में घनघोर निर्धनता में से गुज़रे हैं और उनका यौवनपूर्व जीवन उपेक्षा, अवमानना तथा हीनताबोध से ग्रस्त था।

इस प्रकार की विषम परिस्थितियों में मनुष्य के मस्तिष्क में आत्मरक्षण की कुछ विशिष्ट प्रवृत्तियां विकसित हो जाया करती हैं। संशयालु स्वभाव, कार्यव्यापार में सावधानी, आत्मगोपन की वृत्ति, पलायन और अस्वीकार जैसी मनोवैज्ञानिक स्थितियां इस आत्म-रक्षण का ही स्वरूप हैं। हथेली पर इन्हें पर्याप्त स्पष्ट रूप में हम देख सकते हैं। अंगुलियों के अंतिम पर्व पर केशिकाओं से बनने वाली आकृतियों में चक्रवत् चिह्न घनघोर व्यक्तिवादिता तथा आत्मगोपन को प्रकट करता है। ऐसे लोग अपने-आपका नियम स्वयं होते हैं। किन्तु यदि यह केशिकाएं मेहराब जैसी आकृति बनाती हों तो उनकी व्यक्तिवादिता में पराजयग्रंथि का समावेश हो जाता है, जो उन्हें

निरुत्साही और श्लथ बनाता है। इन केशिकाओं की तीसरी स्थिति तम्बू जैसी हो सकती है, ऐसे लोग भावनात्मक दृष्टि से लचीले और संवेदनशील तो होते हैं किन्तु आवेग की प्रधानता उनके विवेक को धूमिल बनाए रखती है। जब पर्वों पर शंकुवत् आकृतियां हों तो व्यक्ति मानसिक और भावनात्मक दोनों ही पक्षों में लचकीला, परिस्थितियों के अनुकूल अपने-आपको ढालने में सक्षम और वक्त के तकाज़ों की ग्रहणशीलता से संपन्न होता है। अंगुलियों के झुकाव और लम्बाई से भी व्यक्ति की मानसिकता का अनुमान लगाया जा सकता है। हम यह बता चुके हैं कि अनामिका की तुलना में यदि तर्जनी की लम्बाई कम हो तो मनुष्य हीनता की ग्रंथि से और यदि अधिक हो तो श्रेष्ठता की ग्रंथि से पीड़ित रहता है। तर्जनी आत्माभिमान और महत्त्वाकांक्षा की अंगुली है और जब यह शनि की अंगुली की ओर झुकी हुई होती है तो आत्मविश्वास देती है। ऐसा व्यक्ति यह जानता है कि वह जो चाहेगा, उसे वह प्राप्त कर सकता है। शनि की अंगुली मानसिक क्षमताओं की व्यावहारिकता को प्रकट करती है। जब इसकी संरचना में अनगढ़त और भारीपन हो तो यह व्यावहारिकता सामान्य और अपरिष्कृत किस्म की हो जाती है। सूर्य की तीसरी अंगुली का सम्बन्ध भी अहम् से है और जब यह दीर्घ होकर लगभग मध्यमा की लम्बाई ग्रहण कर लेती है तो व्यक्ति में स्वयं के प्रति एक प्रकार की साहसिकता आ जाया करती है। जब इसका झुकाव मध्यमा की ओर हो तो व्यक्ति अपने लिए सतर्क और चतुर हो जाता है। कनिष्ठा अपने-आपमें बुद्धिचातुर्य, बुध के गुणों को व्यवहार कौशल और दूरदर्शिता जैसे प्रकट करती है, जब इसका झुकाव अनामिका की ओर हो तो मनुष्य को स्वार्थसाधन की अतिरिक्त चतुराई देती है। पाठकों को स्मरण होगा कि यही अंगुली जब टूटी, मुड़ी हुई सी हो तो व्यक्ति ठग और धोखेबाज़ बन जाता है।

अंगुलियों के अन्तिम पर्वों पर जिन केशिका आकृतियों का उल्लेख ऊपर किया गया है, वह सभी अंगुलियों पर समान प्रायः नहीं मिलतीं। इसलिए जिस अंगुली पर जो आकृति मिलती है, वह उस अंगुली के गुणों को अपने अनुरूप बना लेती है। उदाहरण के लिए यदि प्रथमा, मध्यमा और कनिष्ठा पर शंकु चिह्न हों और सूर्य की अंगुली अनामिका पर चक्रचिह्न तो व्यक्ति में कला और रचना के क्षेत्र में प्रबल व्यक्तिवादी प्रवृत्तियां पाई जाएंगी, यद्यपि अन्य संदर्भों में वह उदार

क्रियाशील और संवेदनशील हो सकता है। यदि यह चक्रका चिह्न तर्जनी पर हो तो मनुष्य अपनी महत्त्वाकांक्षा को व्यावहारिक व्यक्तिवादी धरातल दे सकने में समर्थ होता है। यदि अनामिका भावना का प्रतिनिधित्व करती है तो तर्जनी महत्त्वाकांक्षा का। कनिष्ठा पर चक्र की आकृति चातुर्य और बुद्धि का वैयक्तिक हित के लिए उपयोग करने की सामर्थ्य देती है। अंगुलियों के यह चिह्न यद्यपि मानसिकता के गठन का कोई सुनिश्चित चित्र प्रस्तुत नहीं करते, तथापि इनसे हम यह तो ज्ञात कर ही सकते हैं कि व्यक्तिवाद और सामाजिकता का संतुलन मनुष्य में किस सीमा तक है और वह अपने व्यक्ति के हितों की प्रधानता से कितना संचालित होता है। आगे के अध्याय में हम उसके व्यक्ति-मन के अत्यन्त गोपनीय और उतने ही अधिक महत्त्वपूर्ण पक्ष पर विचार करेंगे, जिसे फ्रायड, एडलर और जुंग की महापुरुष-त्रयी ने निर्विवाद रूप से मानवीय कार्य-व्यवहार का नियंता सिद्ध कर दिया है और आज उनके मतों को प्रश्नवाचक दृष्टि से कोई नहीं देखता।

सामाजिक स्थिति और सफलता

सूर्य-रेखा हथेली की अंतिम प्रमुख रेखा है जिसे यश-रेखा (चित्र 31 देखें) भी कहा जाता है। यह एक महत्वपूर्ण रेखा है क्योंकि इससे ही व्यक्तितत्व को प्रांजलता, प्रखरता और तेजस्विता मिलती है। इसका ऐसी प्रत्येक गतिविधि से संबंध रहता है जो व्यक्ति की सामाजिक स्थिति को विशिष्टता देता है। शनि-रेखा की तरह यह रेखा भी कभी-कभी हाथ पर अनुपस्थित होती है, उस दशा में व्यक्ति को अपने लक्ष्यों की प्राप्ति के लिए कठिन संघर्ष करना पड़ता है। अधिकतर ऐसे लोग प्रतिभाशाली होते हुए भी अंधेरे में रह जाते हैं और उनकी प्रतिभा की उपयोगिता सिद्ध नहीं हो पाती। प्रभाव की दृष्टि से शनि और सूर्य की रेखाएं एक-दूसरे की पूरक हैं, इनका अध्ययन एक-दूसरी के संदर्भ में करना चाहिए। इसके साथ ही हाथ का प्रकार, विश्व की प्रधानता और अंगूठे की बनावट, तथा पर्वतीय प्रधानता को भी ध्यान से देखिए। इनके बिना इस रेखा के उचित प्रभाव निश्चित नहीं किए जा सकते।

सूर्य-रेखा भी शनि-रेखा की तरह ऊर्जा-प्रवाह को हथेली के निम्न भाग से एकत्र करके ऊपर सूर्य पर्वत के क्षेत्र में पहुंचाती है। इसका उदय-स्थल निश्चित नहीं है। जीवन-रेखा से उदय व्यक्ति को जीवन में सफलता को बताता है। शनि-रेखा में से निकलने वाली सूर्य-रेखा मनुष्य को अपने ही प्रयत्नों से मिलने वाली सफलता को अभिव्यक्त करती है। मंगल-क्षेत्र से इस रेखा का उदय संघर्षों से प्राप्त होने वाली सफलता का लक्षण है। चन्द्र पर्वत से सूर्य-रेखा का उदय एक शुभ लक्षण है, ऐसे व्यक्ति समाज और जनता के माध्यम से यश तथा प्रतिष्ठा प्राप्त करते हैं। यह रेखा शीघ्र फलदायिनी होती है। राजनीतिज्ञों, कवियों, लेखकों, वक्ताओं, गायकों और अभिनेताओं के लिए सूर्य-रेखा का प्रकार यही है। मानस-रेखा में से सूर्य-रेखा का उदय, यद्यपि विलंब से यश-प्राप्ति बताता है किन्तु यह मानसिक क्षमताओं से प्राप्त होने वाली प्रतिष्ठा का लक्षण है। ऐसे व्यक्ति सफल अध्येता, अन्वेषक और अपने कार्यों से ज्ञान के भंडार को भरने वाले होते हैं। जब मानस-रेखा का उदय हृदय-रेखा में से हो रहा हो तब भी व्यक्ति को जीवन में देर से सफलता मिलती है। ऐसे व्यक्तियों की सफलता का साधन प्रायः कोई प्रणय बनता है जो उनके जीवन में क्रान्तिकारी परिवर्तन करता है। कभी-कभी मंगल के पर्वत से भी सूर्य-रेखा निकलती है, ऐसे व्यक्तियों के चरित्र में मंगल के शौर्य तथा साहस के गुण पाए जाते हैं।

सूर्य-रेखा अकेली प्रभावोत्पादक नहीं होती, इसके लिए मानस रेखा और शनि-रेखा का सबल होना परमावश्यक है। सूर्य की अंगुली का भी इसपर प्रभाव पड़ता है। उदाहरणार्थ, यदि मानस-रेखा महीन हो और सूर्य-रेखा दोनों हाथों में उपस्थित हो तथा अनामिका तथा मध्यमा की लम्बाई लगभग बराबर हो तो यह निश्चय एक जुआरी का हाथ है। ऐसा व्यक्ति रेस के मैदानों और क्लबों में, सट्टा बाज़ारों में सफलता प्राप्त करता है। यदि अनामिका मुड़ी-तुड़ी हो और हथेली में खालीपन हो तो व्यक्ति अपनी प्रतिभा का प्रयोग अनुचित कार्यों के लिए करता है। सूर्य-रेखा के अच्छे प्रभाव के लिए अनामिका का सुडौल होना आवश्यक है।

जब सूर्य-रेखा दोनों ही हाथों में सुस्पष्ट हो तो सफलता, सुदीर्घ हो तो धन और यदि ऐसी रेखाओं के साथ गुरु का पर्वत

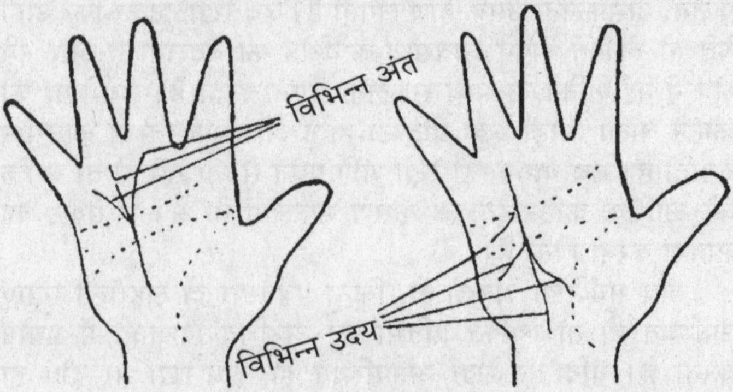

चित्र 31

सूर्य-रेखा

समुन्नत हो तो महत्त्वाकांक्षा बताती है। इसके विपरीत रेखा स्थान स्थान पर टूटी हुई हो तो व्यक्ति की चेष्टाओं और श्रम का कोई परिणाम नहीं निकलता। जब रेखा पर्वत पर कई छोटी रेखाओं में समाप्त हो रही हो तो भी यह असफलता का लक्षण है। रेखा पर द्वीप, वृत्त आदि इसकी शक्ति को घटाते हैं। यदि सूर्य और हृदय-रेखा के मिलन-स्थल पर काला बिन्दु हो तो अंधेपन का खतरा रहता है। रेखा के अंत में नक्षत्र का होना शुभ है, जो प्रतिभा को प्रतिष्ठा प्रदान करता है। कभी-कभी दो नक्षत्र भी पाए जाते हैं जो जीवन में सफलताओं के दो दौर बताते हैं। जब रेखा के अंत में तीन शाखाएं होती हैं, जिनमें से एक-एक बुध और शनि पर्वतों पर जा रही हों तो व्यक्ति को असाधारण सफलताएं प्राप्त होती हैं।

जब सूर्य-रेखा को परिणय-रेखा काटे तो व्यक्ति को अनमेल विवाह के कारण अपनी सामाजिक प्रतिष्ठा से हाथ धोना होता है। जिस आयु-खंड में रेखा अस्पष्ट हो उसमें व्यक्ति को प्रतिष्ठा का संकट भुगतना पड़ता है। गहरी रेखा उस आयु में व्यक्ति को सूर्य से मिलने वाले संपूर्ण प्रभाव को व्यक्त करती है। कई बिखरी हुई रेखाएं संबंधित काल में व्यक्ति का मानसिक बिखराव बताती हैं, जिससे वह अपनी क्षमताओं का समुचित प्रयोग नहीं कर पाता।

फलतः असफलता उसके हाथ लगती है। जब रेखा टूटकर फिर आगे बढ़े तो व्यक्ति अपने व्यवसाय-कार्यक्षेत्र को बदलता है और नये क्षेत्र में नई शक्ति के साथ सफलता प्राप्त करता है। सूर्य-रेखा को काटने वाली आड़ी रेखा प्रतिष्ठा-हानि और सफलता में व्यवधान बताती है। जब यह आड़ी रेखा शनि पर्वत से आ रही हो तो व्यक्ति को आर्थिक कठिनाइयों के कारण सफलता के क्षेत्र में संकट का सामना करना होता है।

जब सूर्य-रेखा अच्छी हो, किन्तु पर्वत पर दो लहरीली रेखाएं उपस्थित हों तो व्यक्ति प्रतिभा का अनुचित दिशाओं में प्रयोग करता है। यदि सूर्य-रेखा अनुपस्थित हो, बुध-रेखा पर द्वीप हो तथा शनि-रेखा को महीन रेखाएं काट रही हों तो ऐसा व्यक्ति दीवालिया होता है।

सूर्य-रेखा से प्राप्त होने वाले प्रभाव निर्धारित करने के लिए हाथ का प्रकार और पर्वतीय प्रधानता को ध्यान से देखिए।

परिणय-रेखाएं

हथेली के पार्श्व से निकलकर बुध के पर्वत पर कनिष्ठा के आधार और हृदय-रेखा के बीच में पाई जाने वाली आड़ी लकीरें परिणय और प्रणय के लिए उत्तरदायी मानी जाती हैं। (चित्र 32 देखें)। इनके प्रभाव अत्यन्त अनिश्चित हैं। कम से कम मुझे कई बार इनके संबंध में निष्कर्षों पर पहुंचने में कठिनाई हुई है और मैं पाठकों से यह छुपाना नहीं चाहता कि ग्रंथों में जो सिद्धान्त दिए हुए हैं, उनके अपवाद बार-बार मुझे देखने को मिले हैं। शायद किसी भी अन्य रेखा के संबंध में, अपवाद इतने व्यापक नहीं हैं।

मेरा विचार है कि इन रेखाओं को परिणय-रेखा मानने के स्थान पर विपरीत योनि के जीवन में प्रवेश की रेखा मानना अधिक उपयुक्त है और यह गलती की संभावनाएं कम कर देता है। ऐसे सम्बन्ध यौन दृष्टि से विवाहवत् ही होते हैं यद्यपि उन्हें धार्मिक, सामाजिक संस्कारों की स्वीकृति नहीं मिली होती। पर्वतीय प्रधानता के आधार पर भी इन रेखाओं का प्रकार निश्चित किया जा सकता है। जैसे गुरु-प्रधान व्यक्ति आदर्शप्रिय होते हैं और सामाजिक मर्यादाओं का ख्याल रखते हैं, ऐसे व्यक्ति विवाह के बिना यौन सम्बन्ध नहीं रखते, किन्तु शुक्र अथवा शनि से संचालित होने

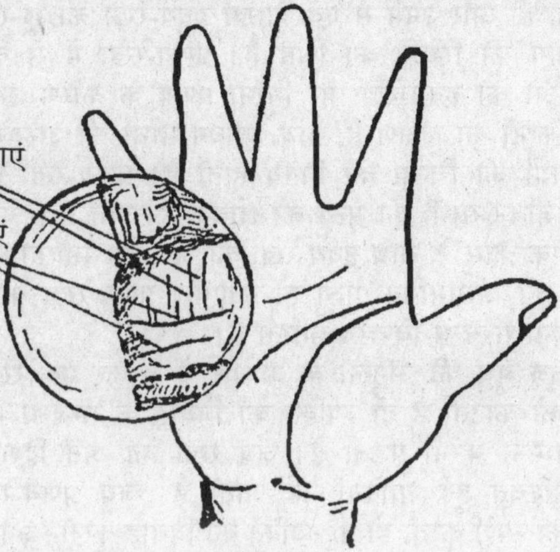

चित्र 32

वाले व्यक्तियों के लिए ऐसा नहीं कहा जा सकता। वह उन्मुक्त प्रेम में विश्वास रखते हैं, एक से अधिक यौन अनुभव उन्हें होते हैं और वह बन्धन में नहीं बंधते।

प्रणय-रेखाओं की काल-गणना हृदय-रेखा की ओर से की जाती है। हृदय-रेखा के निकट पाई जाने वाली रेखा जीवन के प्रारंभिक काल ही में यौन सम्बन्ध और दूर पाई जाने वाली रेखा देर से प्रणय बताती है। प्रणय-रेखाओं का हृदय-रेखा के संदर्भ में ही अध्ययन करना चाहिए। इन रेखाओं को शक्ति देने वाली रेखा हृदय-रेखा और पर्वत शुक्र का पर्वत है। इन रेखाओं की अनुपस्थिति काम-शक्ति की अक्षमता नहीं बताती, बल्कि ऐसे व्यक्ति जीवन में वासना को कोई विशिष्ट महत्त्व नहीं देते।

गहरी प्रणय-रेखा दीर्घकाल तक चलने वाली प्रणय बताता है किन्तु यदि रेखा हल्की हो तो ऐसे सम्बन्ध स्थायी नहीं होते। जब रेखा का झुकाव हृदय-रेखा की ओर हो, और यह उसे छू रही हो तो व्यक्ति का प्रणय-जीवन कष्टकारक रहता है, कभी-कभी उसके साथी की मृत्यु हो जाती है। यदि रेखा का अंत एक द्विशाखा से

हो रहा हो और उनमें से एक शाखा हृदय-रेखा को छू रही हो तो परित्याग की स्थिति का चिह्न है। प्रणय-रेखा में से कई महीन शाखाओं का हृदय-रेखा पर गिरना प्रणय के कारण उत्पन्न होने वाले कष्टों का लक्षण है, प्रायः जीवन-साथी की अस्वस्थता ऐसे व्यक्तियों की चिन्ता का विषय होती है। प्रणय-रेखा पर काला बिन्दु जीवन-साथी की मृत्यु का द्योतक है। इसी तरह यदि प्रणय-रेखा एक क्रास के साथ हृदय-रेखा की ओर गिर रही हो तो जीवन-साथी की असामयिक मृत्यु हो जाएगी। प्रणय-रेखा का बीच में टूट जाना सम्बन्ध-विच्छेद बताता है।

जब बुध की अंगुली के आधार से आकर एक रेखा प्रणय-रेखा को काटती है तो व्यक्ति को विवाह के सम्बन्ध में विरोधों का सामना करना पड़ता है। जब रेखा का अंत द्विशाखित हो तो निश्चित हुई शादियां टूट जाती हैं। जब प्रणय-रेखा सूर्य-रेखा का स्पर्श करती हो तो व्यक्ति का विवाह कुलीन और धनाढ्य घराने में होता है। जब प्रणय-रेखा सूर्य पर्वत की ओर उठी हुई हो तो व्यक्ति सम्मानित साथी से विवाह करता है। जब प्रणय-रेखा बुध के पर्वत पर ही ऊपर की ओर मुड़ रही हो तो ऐसे व्यक्ति प्रायः विवाह नहीं करते। उन्हें उसमें कोई आकर्षण नज़र नहीं आता।

शुक्र से आकर जब प्रभाव-रेखा प्रणय-रेखाओं, हृदय, मानस और जीवन-रेखाओं की काटती है तो व्यक्ति के प्रणय-सम्बन्धों में परिवार और निकट सम्बन्धियों द्वारा व्यवधान डाले जाते हैं। कटी हुई प्रणय-रेखा से यदि कोई रेखा निकलकर मानस-रेखा से मिले और उसपर क्रास द्वीप आदि अशुभ चिह्न भी हो तो प्रणय व्यक्ति के मानसिक असंतोष का कारण बन जाता है। चन्द्र पर्वत से भाग्य-रेखा में मिलने वाली रेखाओं के काल में यदि प्रणय-रेखा प्रभावशाली हो रही हो तो प्रणय का परिणाम सौभाग्य होता है। किन्तु इसके लिए उतरार्द्ध भाग्य-रेखा को पूर्व की अपेक्षा सशक्त होना चाहिए, यदि ऐसा नहीं है और चन्द्र की प्रभाव-रेखा के बाद भाग्य-रेखा दुर्बल हो रही हो तो प्रणय दुखद होगा।

संतान-रेखा

प्रणय-रेखाओं में से निकल कनिष्ठा का आधार स्पर्श करने वाली लम्ब-रेखाएं (चित्र 32 देखें) संतान-रेखाएं मानी जाती

हैं। यह इतनी महीन होती हैं कि इन्हें अभिवर्द्धक लेन्स के बिना देखा जा सकना संभव नहीं है। पुरुषों के हाथों की अपेक्षा नारियों के हाथों में यह रेखाएं अधिक स्पष्ट पाई जाती हैं। चौड़ी और गहरी रेखाएं पुत्रों की द्योतक हैं और निर्बल तथा हल्की रेखाएं कन्याओं की। जब रेखाएं पूरी न हो रही हों तो गर्भ-पात बताती हैं। शुक्र का समतल पर्वत और मणिबन्धों का हथेली में धंसा होना संतानहीनता बताता है।

गुरु-वलय

यह आकृति गुरु की अंगुली के आधार पर पाई जाती है (चित्र 19 देखें) जो पर्वत को एक अर्द्धवृत्त के रूप में घेरती है। सभी हाथों में यह उपस्थित नहीं होती, किन्तु जब यह पाई जाती है तो पर्वत के गुणों को उसी प्रकार बढ़ाती है, जिस प्रकार शुक्र-वलय शुक्र पर्वत के गुणों को अथवा शनि-वलय शनि के गुणों को। गुरु-वलय की उपस्थिति व्यक्ति को महत्त्वाकांक्षाएं देती है और उन महत्त्वाकांक्षाओं की पूर्ति के माध्यम और साधन उपलब्ध कर-वाती है। इसकी उपस्थिति नेतृत्व की भी द्योतक है। ऐसे व्यक्ति अपने कार्य-क्षेत्रों में नेतृत्व की सहज प्रतिभा से सम्पन्न होते हैं और मार्ग-दर्शन के लिए उनकी ओर उनके सहयोगी हसरत-भरी निगाह से देखते हैं। गुरु-वलय एक सौभाग्यशाली चिह्न है, जिसका पाया जाना निश्चित सफलता बताता है। यह जिन हथेलियों पर पाई जाती है उनके स्वामी समुन्नत और प्रगतिशील मस्तिष्कों वाले लोग होते हैं जो परिस्थितियों की आवश्यकताओं को पहचानकर तदनुरूप अपने विवेक का प्रयोग करने में समर्थ होते हैं।

अंगूठे और अंगुलियों पर उपस्थित रेखाएं

जैसाकि पहले बताया जा चुका है, अंगुलियों के तीन खंडों में क्रमशः प्रेरणा, तर्क और भौतिक प्रवृत्तियों का वास होता है। अंगूठे का पहला खंड इच्छा और दूसरा खंड तर्क का प्रतिनिधित्व करता है, इसका तीसरा खण्ड जो शुक्र का पर्वत है वासना बताता है। अंगुलियों और अंगूठे पर उपस्थित रेखाओं और चिन्हों के निष्कर्ष निम्न प्रकार हैं—जब एक रेखा सभी अंगुलियों के जोड़ों पर स्पष्ट अंकित हो तो अचानक मृत्यु बताती है। जब एक गहरी रेखा सभी

अंगुलियों की पूरी लम्बाई में चल रही हो तो व्यक्ति में आत्म-सम्मान की गहरी भावना होती है। अंगुलियों के पहले खण्डों पर कई महीन रेखाओं की उपस्थिति सामान्य स्वास्थ्य की द्योतक है।

जब पहली अंगुली तर्जनी पर एक गहरी रेखा पूरे आकार में हो तो ऐसा व्यक्ति चरित्र की दृष्टि से उदाहरण होता है और उसे प्रतिष्ठा प्राप्त होती है। जब तर्जनी के दूसरे और तीसरे खंडों पर कई महीन रेखाएं होती हैं तो व्यक्ति के चरित्र में ईर्ष्या की वृत्ति प्रधान होती है। तीसरे खण्ड पर रेखाएं और जीवन-रेखा में से ऊपर की ओर शाखाओं का जाना सम्पदा का लक्षण है।

जब मध्यमा पर तमाम रेखाएं हों तो ऐसा व्यक्ति प्रतिक्रिया-वादी होता है। इस अंगुली पर त्रिकोण की उपस्थिति रहस्य विज्ञानों में सफलता देती है। मध्यमा के तीसरे खण्ड से एक या दो रेखाओं को दूसरे खण्ड पर जाना बौद्धिकता और विवेक बताता है। जब सूर्य की अंगुली अनामिका के आधार से चलकर एक सीधी रेखा पहले खण्ड तक पहुंचती हो तो व्यक्ति को महान यश दिलवाती है। जब कई रेखाएं आधार से चलकर पहले जोड़ तक पहुंचे तो व्यक्ति को प्रणय-सम्बन्धों के कारण हानियां उठानी पड़ती हैं। एक या दो रेखाओं का तीसरे खण्ड से दूसरे खण्ड तक पहुंचना चरित्र की श्रेष्ठता बताता है। जब यह रेखाएं दूसरे खण्ड में आगे तक जा रही हों तो प्रतिभा की द्योतक हैं। जब एक गहरी रेखा पहले खण्ड से दूसरे खण्ड में आती है तो बुद्धि और विवेक का चिह्न है। तीसरे खण्ड पर एकमात्र रेखा सुख का लक्षण है। जब तीसरे खण्ड पर एक अर्द्धवृत्त जैसा बनता हो तो व्यक्ति को दुख भुगतने पड़ते हैं।

जब एकमात्र रेखा कनिष्ठा की पूरी लम्बाई को छूती हो तो सत्य के प्रति निष्ठा बताती है। जब दो रेखाएं कनिष्ठा की पूरी लम्बाई पर पाई जाएं तो सदाचार का लक्षण है। जब अंगुली के आधार से निकलकर एक रेखा पहले खण्ड तक पहुंचती हो तो व्यक्ति को वैज्ञानिक क्षेत्रों में सफलताएं मिलती हैं। जब दूसरे खंड पर कई महीन रेखाएं हों तो व्यक्ति असत्यभाषी होता है। दूसरे खण्ड पर आड़ी रेखाओं का होना छलप्रिय व्यक्ति का लक्षण है।

अदृश्य प्रारब्ध

प्रारब्ध एक रहस्यमय सत्य है। पता नहीं यह क्या है लेकिन हस्त-रेखाएं दिखाने वाले पहला प्रश्न इसीके संबंध में करते हैं। भाग्य एक सापेक्ष शब्द है। एक बेरोज़गार आदमी सौ रुपये की नौकरी को ही भाग्य की कृपा मानेगा किन्तु एक सरमायादार को लाखों रुपये का मुनाफा पाने के बाद भी ऐसा लगेगा कि यह कम है, दुर्भाग्य की वजह से। संतोष मन की प्रारंभिक गति है। इसकी प्रेरणा भीतर से ही उत्पन्न होती है किन्तु जब तृष्णाएं बढ़ना शुरू कर देती हैं तो उनका कोई छोर नहीं होता। हथेली पर भाग्य को अभिव्यक्त करने वाली रेखा शनि-रेखा मानी जाती है। यह हथेली के निचले भाग से उदित होकर सामान्यत: शनि के पर्वत पर पहुंचती है। यह इसका स्वाभाविक मार्ग है। इसकी लम्बाई कम अथवा अधिक हो सकती है।

एक आश्चर्यजनक हाथ मेरे देखने में आया था। एक ऐसे भिखारी का हाथ जो होश सम्हालने के बाद से आज तक भीख मांग रहा है। इस हाथ पर शनि की रेखा अपनी पूरी लम्बाई में थी, जिसका अर्थ यह होना चाहिए कि वह व्यक्ति धनवान होगा। आश्चर्य से मैंने इस हाथ को देखा और संबंधित व्यक्ति से पूछा कि वह दिन-भर में क्या कमा लेता है। उसने बताया दो-तीन रुपया और खाना। खाना मिल जाने के बाद उसके खर्च का कोई विशेष माध्यम बच नहीं रहता था, और जो पैसा बचता उससे वह लोक और संसार के दूसरे काम करता। उसका अपना परिवार और रिश्तेदारियां थीं। वह अपनी जीवन-पद्धति से संतुष्ट था और सम्भवतः यही उसकी असाधारण शनि-रेखा का प्रभाव था। भीख मांगने का पेशा करते हुए उसका आत्माभिमान चोट नहीं खाता था, वह उसका अभ्यस्त हो चुका था। शनि-रेखा के प्रभावों को इस उदाहरण के संदर्भ में समझना चाहिए। अन्यथा आप भी वही गलती करेंगे जो उस भिखारी का हाथ देखते हुए मेरे मन में कौंधी थी। ऐसे हाथ भी मैंने देखे हैं जो अपार धन और वैभव के स्वामी हैं किन्तु उनपर शनि की रेखा लगभग नहीं है।

शनि-रेखा के प्रभाव को बुध, सूर्य और गुरु के पर्वतों, मानस

और सूर्य की रेखाओं तथा अंगूठे सहित हाथ की सामान्य बनावट से शक्ति मिलती है। अतः इस रेखा का अध्ययन करते हुए उन्हें तुलनात्मक दृष्टि से देख लेना चाहिए।

जीवन-रेखा के द्वारा जो ऊर्जा हथेली के निम्न भाग में पहुंचती है, शनि-रेखा उसे एकत्र करके वापस पर्वतों तक हथेली के ऊर्ध्व भागों में पहुंचाती है। अतः यह रेखा मानसिक और शारीरिक स्वास्थ्य को अभिव्यक्त करने वाली रेखा है। इससे व्यक्ति को अपनी नैसर्गिक शक्तियों और क्षमता का पूरी तरह प्रयोग करने की सामर्थ्य मिलती है। जैसा कि पहले लिखा जा चुका है रेखा की दिशा नीचे से ऊपर की ओर है अतएव इसपर काल-गणना भी इसी प्रकार की जाती है।

शनि-रेखा के उदय की कोई निश्चित स्थिति नहीं है। (चित्र 33 देखें) जब अपने प्रारंभिक भाग में यह कटी-छंटी और दुर्बल हो तो तकलीफों से भरा हुआ बचपन बताती है।

शुक्र-क्षेत्र से आरंभ होने वाली शनि-रेखा सफलता तो देती है, किन्तु ऐसे व्यक्तियों को परिवार और रिश्तेदारों का कोई सहयोग प्रगति में नहीं मिलता। जीवन-रेखा से शनि-रेखा का उदय भी आत्म-निर्मित व्यक्तित्व बताती है। ऐसे लोग प्रारम्भिक जीवन में मामूली लोग होते हैं किन्तु संघर्ष करते हुए धैर्यपूर्वक वे जीवन के मार्ग पर आगे बढ़ते हैं और अंततोगत्वा सफलता उनके चरण चूमती हैं।

जीवन-रेखा से जुड़ी हुई शनि-रेखा प्रारम्भिक जीवन से पारिवारिक दमन और कठोर नियंत्रण बताती है, जिस आयु में यह पृथक् हो रही हो उसी आयु में व्यक्ति इस नियंत्रण से छुटकारा पाता है। जब शनि-रेखा का प्रारम्भ जीवन-रेखा से पृथक् हो रहा हो तो यह प्रारम्भ से व्यक्ति की स्वच्छंदता का प्रतीक है। यदि मणिबंध से निकलकर रेखा सीधी अनामिका के आधार-खंड में पहुंच रही हो तो ऐसे व्यक्ति महान सौभाग्यशाली होते हैं उनका जीवन किन्ही औरों की अपेक्षा भाग्य से कहीं अधिक संचालित होता है। जब रेखा मणिबंध के नीचे से निकल रही हो तो यह कठिन कष्टों का द्योतक है। यदि मणिबंध से निकल रही शनि-रेखा मानस-रेखा पर समाप्त हो जाए तो व्यक्ति को व्यावसायिक असफलताओं का सामना करना पड़ता है। चन्द्र पर्वत से निकलने वाली शनि रेखा परिवर्तनशील और घटनापूर्ण भाग्य की परिचायक है।

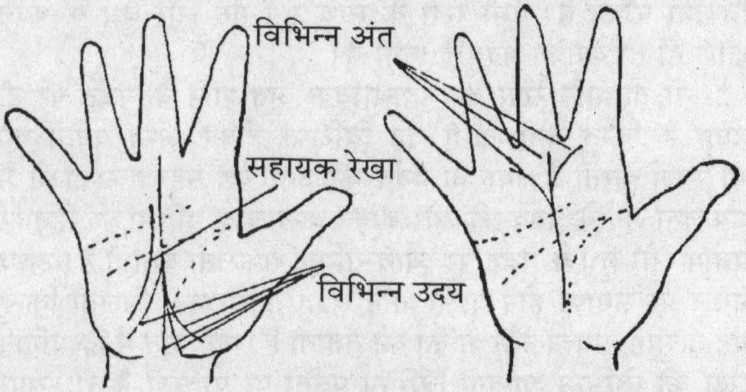

चित्र 33

शनि-रेखा

ऐसी शनि-रेखाओं वाले व्यक्तियों पर विपरीत योनि का मुख्य प्रभाव रहता है और प्रायः वही उनके सौभाग्य की निर्मात्री होती है। यदि ऐसे हाथ में तर्जनी और अनामिका अच्छी हो और उनके सिरे कोनिक हों तो व्यक्ति में आभास-शक्ति आती है। जब चन्द्र से उदित होने वाली शनि-रेखा को कई आड़ी रेखाएं हथेली के पार्श्व से आकर काटें तो व्यक्ति यात्री होता है। इन्हें पर्यटन की रेखाएं कहा जाता है। कभी-कभी चन्द्र से आकर एक रेखा या तो शनि-रेखा में मिल जाती है अथवा उसके साथ-साथ चलने लगती है। जिस आयुखण्ड में ऐसा हो रहा हो व्यक्ति पर विपरीत योनि का प्रभाव पड़ता है जो भाग्य-निर्माण में सहायक होता है। यदि यह प्रभाव-रेखा शनि-रेखा को काटकर गुरु के पर्वत की ओर चली जाए तो प्रभाव डालने वाला अपनी महत्त्वाकांक्षा की पूर्ति में उसका प्रयोग करता है।

जब शनि की रेखा मंगल के क्षेत्र से उदित हो रही हो, व्यक्ति को सफलताएं प्राप्त करने में काफी संघर्ष करना होता है किन्तु संघर्ष की शक्ति यह उसे देती है। मानस-रेखा में से निकलने वाली शनि-रेखा जीवन में विलम्ब से सफलता बताती है। ऐसे लोगों को प्रायः 35 वर्ष की आयु के बाद ही भाग्य के फल मिलते हैं। यदि यह रेखा घूमकर पर्वत पर पहुंच रही हो तो व्यक्ति को श्रमी जीवन

बिताना पड़ता है। ऐसी रेखा के साथ सूर्य गुरु और बुध के पर्वत क्षीण हों तो व्यक्ति मंदबुद्धि होता है।

यों तो शनि रेखा का स्वाभाविक अंत शनि के पर्वत पर ही होता है किन्तु कभी-कभी यह विक्षिप्त होकर अन्य पर्वतों को भी स्पर्श करती है। गुरु के पर्वत की ओर यह महत्त्वाकांक्षाओं में सफलता सूर्य के पर्वत की ओर जाकर कलात्मक प्रतिभा का हितकर प्रयोग और बुध के पर्वत पर व्यावसायिक सफलता बताती है। ऊर्ध्व मंगल पर समाप्त होने वाली शनि-रेखाएं प्रायः नहीं मिलतीं किन्तु यह उत्साह, प्रयत्न और शक्ति को बताती है। जब अंत में द्विशाखित रेखा की विभिन्न शाखाएं विभिन्न पर्वतों पर पहुंचती हैं तो उसपर उनका संयुक्त प्रभाव पड़ता है। श्रेष्ठतम शनि-रेखा अंत में तीन शाखाओं में विभाजित होती है, जिनमें से एक-एक शाखा क्रमशः गुरु, शनि और सूर्य पर पहुंच रही होती हैं। कभी-कभी बुध की ओर आकर्षित शनि-रेखा मानस-रेखा में विलीन होकर समाप्त हो जाती है। ऐसे व्यक्ति मानसिक प्रतिभावों का पूरा प्रयोग करते हुए आत्मप्रयत्नों से सफलता के उच्च शिखरों का स्पर्श करते हैं।

किसी भी अन्य रेखा की तरह शनि-रेखा पर भी आड़ी रेखाएं द्वीप वृत्त या श्रृंखला के चिह्न अशुभ होते हैं और उसकी शक्ति को कम करते हैं। यदि कई महीन रेखाएं इसे स्थान-स्थान पर काट रही हों तो लगातार चलने वाला संघर्ष बताती हैं। जब रेखा और शनि-रेखा दोनों को ही शुक्र पर्वत से आने वाली प्रभाव-किरणें काट रही हों तो व्यक्ति को दुखों और संकटों का लगातार सामना करना पड़ता है। जब एक गहरी रेखा शुक्र से आकर रेखा का स्पर्श करे तो व्यक्ति की वासना बढ़ी हुई होती है। यदि यह रेखा कुछ दूर तक शनि-रेखा के साथ चल रही हो तो ऐसे व्यक्ति बड़ी बाधाओं को भी उग्र वासना के कारण पार कर लेते हैं और इस तरह सुख को पाते हैं। शनि-रेखा में से नीचे की ओर गिरने वाली महीन रेखाएं कठिनाइयां और नैराश्य बताती हैं। शुक्र से आने वाली प्रभाव-रेखाएं और चन्द्र से आती हुई बारीक रेखाएं जब इस भाग्य की रेखा को छू रही हों तो व्यक्ति नैराश्य के अंधेरे के कारण अपना जीवन-पथ निश्चित नहीं कर पाता। शनि-रेखा में से निकलकर ऊपर की ओर जा रही प्रशाखाएं आकांक्षा और उत्साह की द्योतक हैं। लहरीली शनि-रेखा अस्थिर जीवन-क्रम का संकेत देती है, यदि यह एक

कटान के बाद शुरू हो रही हो तो उस आयु में व्यक्ति अपने व्यवसाय को बदलता है।

हाथों में दो शनि-रेखाएं भी मिलती हैं। यह दुतरफा सफलता का लक्षण है। जिस आयु में दूसरी शनि-रेखा प्रभावशाली हो रही हो, व्यक्ति को उस आयु में द्विगुणित आय का लाभ मिलता है, उसकी आय के साधन भी दो हो सकते हैं। सहायक रेखा का प्रकार और प्रभाव उसी तरह निर्धारित कीजिए जिस प्रकार आपने पिछले पृष्ठों के आधार पर मुख्य रेखा का निश्चित किया है।

भौतिक और भावनात्मक संसार

व्यक्ति का एक अपना निजी संसार होता है और इस निजी संसार के संदर्भ में ही वह ज़िन्दगी के ऊबड़-खाबड़ रास्तों पर आने वाले तमाम प्रश्नों को सापेक्ष्य दृष्टि से देखता है। यह एक पूर्णतया वैयक्तिक दृष्टि होती है और इसीका दूसरा नाम भाग्य है। भाग्य एक बड़ा ही रहस्यपूर्ण शब्द है जिसे एक ओर पूर्व के कर्मफल से जोड़ा जाता है तो दूसरी ओर भौतिकवादी उसका सेहरा वर्तमान के कर्मों, दुष्कर्मों या अकर्मण्यता के सिर पर बांधते हैं। ज्योतिषी या हस्त-रेखाविद् के पास पहुंचने वाले जिज्ञासुओं के लिए भाग्य का अर्थ किसी ऐसी सुनिश्चित और अलंघ्य व्यवस्था से होता है जिसका समूचा तानाबाना पहले से ही बुना-बुनाया तैयार है और जिसमें कोई भी फेरबदल नहीं किया जा सकता। इसे नियति भी कहते हैं, पूर्व निर्धारित और नियत। किन्तु हम इस वैज्ञानिक युग में इसके साथ इतना सारा रहस्यवाद जोड़ने के लिए तैयार नहीं हैं। सीधे-सादे शब्दों में कहें तो जीवन की योजना कभी भी पहले से निश्चित नहीं होती, पर्यावरणगत परिस्थितियों में वह विकसित होता है, प्रयत्न और संकल्प उसकी दिशा निर्धारित करते हैं और वह आकस्मिकताओं तथा संयोगों के अनिश्चय से मुक्त न होते हुए भी व्यक्तिगत मान-दंडों के अनुसार सुखी अथवा कठिन हो सकता है।

हथेली पर भाग्य की स्थिति को बताने वाली रेखा शनि की रेखा होती है। भारतीय सामुद्रिकों ने इसे इन्दिरा, धनप्रदा, धेनुका, मेहा आदि नाम दिए हैं। हथेली के आधार भाग में किसी स्थान से निकल-

कर इसकी स्वाभाविक दिशा मध्यमा की ओर होती है। किन्तु इस रेखा को अलग-अलग करके निष्कर्ष नहीं निकाले जा सकते। उन तमाम बातों पर सोचना होगा जो इसे प्रभावित कर सकती हैं।

शनि-रेखा के उदय की स्थिति एक प्रकार के निष्कर्ष देती है। यदि यह प्रारंभ में जीवन रेखा के साथ गुंथी हुई हो और फिर अलग होती हो, तो ऐसा व्यक्ति अपने जीवनकाल के प्रारंभिक भाग में पराश्रित होने की सीमा तक कठिनाइयों और उलझनों से संघर्ष करता है। अपना स्वयं का स्वतंत्र अस्तित्व बनाने के लिए उसे कठोर प्रयत्न करने पड़ते हैं (जीवन-रेखा और मानस-रेखा का एक-दूसरे में प्रारंभ में गुंथा होना भी इसी प्रकार का प्रभाव देता है)। जिस आयु में शनि-रेखा जीवन-रेखा से मुक्त होकर अपना स्वतंत्र अस्तित्व घोषित करती है, वही व्यक्ति के स्वतंत्र सामाजिक व्यक्तित्व का काल होता है। (चित्र 34 अ) किन्तु यदि शनि-रेखा आरंभ से ही जीवन रेखा से अलग हो और मणिबंध के निकट हथेली के अक्षभाग से उदित हो रही हो तो व्यक्ति होश सम्हालने के साथ ही अपना स्वतंत्र व्यक्तित्व अभिव्यक्त करने की चेष्टा करने लगता है। ऐसे व्यक्ति की अपनी मान्यताएं और अपना जीवनदर्शन होता है। पहली किस्म के लोगों की तरह वह परंपराप्रिय नहीं होता क्योंकि परिस्थितियों की कसमसाहट का नैराश्य उसकी कल्पनाशीलता को कुंठित नहीं कर पाता और बंधे-बंधाए रास्तों पर चलने की बजाय वह नये रास्तों पर दिल अजमई करने के लिए तत्पर रहता हैं। चूंकि वह लीक से अलग हटकर चलता है इसलिए उसे कठिनाइयां तो आती हैं, तथापि उसके भाग्यचित्र में एक सहजता बनी रहती है, जिसके कारण ऐसा लगता है कि वह नैसर्गिक भाग्य का उपभोग कर रहा है। तीसरी स्थिति में भाग्य-रेखा चन्द्र पर्वत के आकर्षण की परिधि से उठकर शनि की दिशा में आगे बढ़ती है। (चित्र 34 ब)। यह प्रभावित रेखा है। चन्द्र की भावुकता, अस्थिरता, कल्पनाशीलता और आत्म-विश्वास की न्यूनता इस रेखा वाले व्यक्ति को अपने जीवन की योजना बनाने के लिए दृढ़ता नहीं देती, परिणामस्वरूप उन्हें अपने भाग्योदय के लिए उस समय तक प्रतीक्षा करनी होती है, जब तक कोई अन्य व्यक्ति अपेक्षाकृत दृढ़ संकल्प और अविचल इच्छाशक्ति के साथ उनके मन के अनिश्चय को प्रभावित नहीं करता। प्रायः ऐसे व्यक्तियों का भाग्योदय विवाह के बाद होता है, इसका कारण इतना

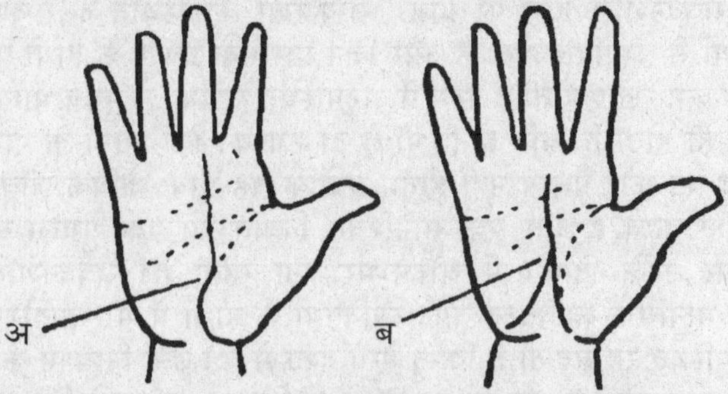

चित्र 34

भर है कि जीवनसाथी के रूप में उन्हें वह अन्य व्यक्ति मिल जाता है, किन्तु इसके लिए यह भी आवश्यक है कि उसके पास वह वांछनीय विशेषताएं हों।

संभवतः हथेली पर और कोई अन्य रेखा इतनी अधिक परिवर्तनशील नहीं है जितनी शनि-रेखा। यह काफी अर्थमय तथ्य है। यह प्रकट करता है कि तथाकथित भाग्य का संबंध व्यक्ति की अपनी मनस्थिति से है, वह ज़िन्दगी से कैसा व्यवहार करता है, वैषम्य की दशाओं में उसका मानसिक संतुलन किस प्रकार प्रभावित होता है, समस्याएं उसकी प्रतिभा को निखारती हैं, या कुंठित करती हैं, विकृत मनस्थिति उसके स्वास्थ्य पर क्या असर डालती है—ऐसी तमाम छोटी-छोटी बातों का संबंध व्यक्ति की कर्मशीलता से होता है और सक्रियता का अर्थ है भाग्योत्थान ठीक वेसे ही जैसे निष्क्रियता का अर्थ होता है भाग्य में गिरावट। जीवन के प्रति अपना सहज उत्साह बनाए रखने वाले व्यक्तियों की शनि-रेखा अपेक्षाकृत स्थिर, गहरी और निर्दोष होती है। किन्तु जिन हाथों में मानस रेखा ऊनी धागे की तरह छिछली और फैली हुई (जो मानसिक बेचैनी बताती है) हो, तर्जनी की लम्बाई कम हो (हीनग्रंथि) जीवन-रेखा निर्बल हो और बुध रेखा भी बन रही हो, शुक्र और सूर्य के पर्वत खराब हों, चन्द्र का पर्वत नकारात्मक हो (जीवन में स्वास्थ्य संबंधी कारणों से निरुत्साह), ऐसी हथेलियों पर भाग्य-रेखा के बहुत अच्छे होने की आशा नहीं की जा सकती। इसी प्रकार अनेक रेखाओं से भरे

हुए संवेदनशील हाथ पर प्रायः भाग्य-रेखा की स्थिति दूसरे व्यक्तियों से प्रभावित होती है और जिन प्रारंभिक प्रकार के हाथों पर बहुत कम रेखाएं होती हैं उनमें में अनुपस्थित रेखाओं में मुख्य भाग्य-रेखा ही होती है, यदि होती भी है तो नगण्य। ऐसे लोगों के पास भाग्य का कोई प्रत्यय नहीं होता, क्योंकि वह प्रायः जैविक जीवन व्यतीत करते हैं और एक सुनिश्चित नियति का एक धुंधला-सा विचार उनके दिमाग में जीवन-भर बना रहता है। संवेदनशील और मानसिक व्यक्तित्व वाले व्यक्तियों के हाथों में भी भाग्यरेखा अनुपस्थित रह सकती है किन्तु ऐसी दशा में वह उन्हें निष्काम कर्म की भावना देती है, वह इस आशा से कोई काम नहीं करते कि उन्हें उसका प्रतिदान मिलेगा।

शनि-रेखा के विषय में हम पूर्व में ही यह कह चुके हैं कि यह सांसारिक जीवन के क्रमिक विकास में व्यक्तिगत संतुष्टि अथवा असंतोष को प्रकट करती है, इसका संबंध व्यक्ति की भौतिक उपलब्धियों से है और इसीलिए शनि-रेखा के प्रभाव प्रत्येक व्यक्ति के सुख-दुख के मानदंडों पर निर्भर करते हैं। अन्यत्र एक भिखारी की हथेली का उदाहरण मैंने दिया था जिसकी हथेली पर पूरी शनि-रेखा थी, प्रकट है कि वह अपने जीवन के तरीके से संतुष्ट था और इसलिए 'भाग्य' से उसे कोई शिकायत नहीं थी। भीख मांगने को अपनी नियति समझकर वह अच्छे भिक्षाटन को उसी तरह देखता था जिस तरह शेयर मार्केट के ऊंचे लाभ को कोई बड़ा पूंजीपति देख सकता है। परिस्थितियों से सहमत शनि-रेखा अपने अच्छे स्वरूप में प्रस्तुत करती है और असंतोष अपने बुरे लक्षणों के साथ।

सामान्यतया जब शनि-रेखा में छिछलापन और बदसूरत मोटाई हो तब व्यक्ति के भौतिक जीवन के विकास की घटनाएं मंद गति से, अनाकर्षक स्वरूप में और किसी पूर्वनिश्चित लक्ष्य के बिना घटित होती हैं। किन्तु यदि वह स्पष्ट, गहरी तथा महीन हो तो व्यक्ति अपना एक लक्ष्य निर्धारित करके, योजनाबद्ध तरीके से और तेजी के साथ उसे प्राप्त करने का प्रयास करता है। यदि ऐसी रेखा मणिबंध के निकट हथेली के अक्ष भाग में प्रारंभ हो रही हो तो व्यक्ति स्वतंत्र बुद्धि का होता है और घटनाओं की गति को स्वयं नियंत्रित करता है।

जहां शनिरेखा टूटकर पुनः शुरू होती है, आयु का उतना भाग

अनिश्चय तथा संघर्ष का काल होता है। यह वह स्थिति होती है जब व्यक्ति को किंकर्तव्यविमूढ़ता की दशा में अपने अगले कदम का अंदाज़ नहीं हो पाता (चित्र 35 अ)। टूटी हुई शनिरेखा के दो सिरों में जितनी अधिक दूरी होती है, यह काल उतना ही लम्बा हो सकता है। जब शनि-रेखा टूट तो गई हो किन्तु उसी स्थान पर पास से टूटी रेखा को ढकती हुई दूसरी शनि-रेखा आगे बढ़ी हो तो व्यक्ति एक इति पर आकर तत्काल दूसरे सूत्र का छोर पकड़ लेता है। जीवन के व्यवसायों में होने वाले आकस्मिक परिवर्तनों का हथेली पर यह लक्षण है। मुख्य रेखा जब कई छोटी-छोटी शाखाओं में टूटती हो तो व्यक्ति को अनिश्चिय और अस्थिरता के साथ कई परिवर्तन करने होते हैं और कठिनाइयों तथा संघर्ष का निरंतर सामना करते रहना होता है। छोटे या फैले हुए द्वीपों की उपस्थिति भी शनिरेखा को यही प्रभाव देती है। जहां से द्वीप रेखा का प्रारम्भ होता है, वहीं से व्यक्ति के जीवन में असंतोष और अनिश्चय का क्रम भी प्रारंभ हो जाता है और उस काल तक बना रहता है, जब तक वह द्वीप समाप्त नहीं हो जाता (चित्र 35 ब) यह आयुखंड उसके लिए आर्थिक परेशानियों, अस्थिर चित्तवृत्ति के कारण असफलताओं और मतिभ्रम का काल होता है। लगभग ऐसे ही प्रभाव उन चिन्तारेखाओं के भी होते हैं जो जीवन-रेखा के भीतर के मंगलीय पर्वत से निकलकर शनि-रेखा को काटती हैं।

सभी हाथों पर पूरी शनि-रेखा नहीं मिलती। कभी यह देर से शुरू होती है, कभी जल्दी समाप्त हो जाती है। अत्यन्त छोटी शनि-रेखाएं भी पाई जाती हैं। शनि-रेखा जीवन में भौतिकता के प्रति चेष्टाशीलता को बताती है और इसकी सक्रियता उतनी ही आयु में रहती है, जितनी वह हथेली पर प्रस्तुत कर रही है। जब व्यक्ति अपनी भौतिक इच्छाओं की पूर्ति के लिए जीवन में देर से प्रयत्न प्रारम्भ करता है तब यह देर से शुरू होती है। जिस आयु में व्यक्ति यह प्रयत्न छोड़ देता है, तब यह समाप्त हो जाती है। किन्तु शनि-रेखा की नितान्त अनुपस्थिति का अर्थ यह नहीं लेना चाहिए कि सम्बन्धित व्यक्ति की कोई भौतिक इच्छाएं ही नहीं हैं, वह होती हैं; यद्यपि उनका विस्तार संकीर्ण हो सकता है।

ऊपर यह लिखा गया है कि जिस आयु में कोई रेखा चन्द्र पर्वत से आकर शनि-रेखा का स्पर्श करती है उस आयु में कोई

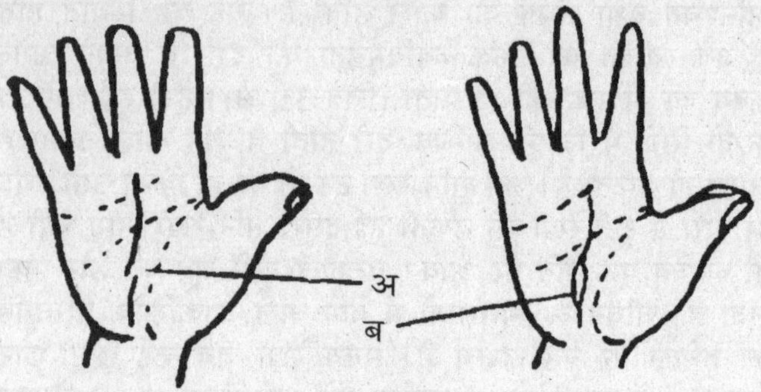

चित्र 35

बाहरी प्रभाव जो प्रायः विवाह हुआ करता है, व्यक्ति के भाग्य में परिवर्तन लाता है। यदि ऐसे संगम के तत्काल पश्चात् शनि-रेखा पर द्वीप जैसा बन रहा हो तो विवाह के बाद व्यक्ति अनिश्चय और मतिभ्रम के कारण अपने जीवन की भौतिक योजना को अस्तव्यस्त कर लेता है। जब इस संगम के बाद मुख्य रेखा दुर्बल और मलिन हो गई हो तो प्रकट है कि व्यक्ति को विवाह के बाद जीवन का सुखद अनुभव नहीं हुआ होता और उसकी कठिनाइयां बढ़ गई होती हैं। मुख्य रेखा का छिछला हो जाना, कई महीन शाखाओं में बंट जाना या टूट जाना भी अनिश्चय, लक्ष्यहीनता और संघर्ष को प्रकट करते हैं।

अन्य रेखाओं की भांति शनि-रेखा दाहिनी हथेली पर वर्तमान और बांयीं हथेली पर प्राप्त संभावनाओं को प्रकट करती है। ऐसा भी होता है कि बायीं हथेली पर शनि-रेखा भव्य रूप में उपस्थित हो किन्तु दाहिनी हथेली पर अस्तव्यस्त हो गई हो। ऐसे लोगों में प्रगति और विकास की संभावनाओं के होते हुए भी वह आलस्य, प्रमाद या निष्क्रियतावश अपना अहित करते हैं और दुर्भाग्य को ओढ़ लेते हैं। प्रायः इसके मूल में मनोवैज्ञानिक कारण हुआ करते हैं, कोई ग्रंथि, कोई अवसाद या कोई भी विच्युति व्यक्ति पर इस तरह का प्रभाव डाल सकती है, जिसका पता हथेली के दूसरे लक्षणों से लगाया जा सकता है। कभी-कभी समूची शनि-रेखा छोटे-छोटे टुकड़ों में टूटी हुई रहती है और पूरी तरह नहीं बनती, यह एक ऐसा लक्षण है

जो जीवनपर्यन्त अस्थिरता और भौतिक असफलता को प्रकट करता है। ऐसे व्यक्ति जीवन में सफलताएं प्राप्त नहीं कर पाते। किन्तु लक्षण चाहे जितने खराब क्यों न हों, उन्हें सुधारा जा सकता है। मनोविश्लेषण के द्वारा यह पता लगाया जा सकता है कि व्यक्ति की ग्रंथियां कौन-सी हैं और तब परामर्श और सलाह देकर उन कारणों को दूर किया जा सकता है जो उसके भौतिक जीवन की योजना के व्यवधान बन रहे हों। यदि दो स्थितियों का रिकार्ड रखा जा सके तो आप देखेंगे कि शनि-रेखा में निश्चित परिवर्तन हुए हैं और उनके साथ ही जीवन के प्रति व्यक्ति की सामान्य दृष्टि में सुधार भी आया है।

शनि-रेखा के लगभग समानान्तर सूर्य-रेखा का यात्रापथ है। हथेली में नीचे किसी भी जगह से प्रारम्भ होकर यह अनामिका के आधार पर स्थित सूर्य के पर्वत तक पहुंचती है। इसे यशरेखा भी कहा जाता है। भारतीय सामुद्रिक स्थिति के अनुसार इसे विद्या अथवा विद्याधर रेखा भी कहते थे। कार्तिकेय पद्धति के अनुसार जब रोहिणी (जीवन-रेखा) के निम्न भाग से शुरू होकर कोई रेखा अनामिका के प्रथम पर्व के शीर्ष तक पहुंचती हो उसे गोमती या विद्यारेखा कहते हैं। इसका धारक अनेक विद्याओं का ज्ञाता और धनसंपन्न व्यक्ति होता है। इसी प्रकार जब मणिबंध से निकलकर कोई रेखा अनामिका के शीर्ष पर्व का स्पर्श करे, उसे धनिला अथवा विद्याधर रेखा कहते हैं। इसका धारक अपने ज्ञान के आधार पर यश और वैभव का अर्जन करता है। कठोर अर्थों में सूर्य-रेखा का संबंध ज्ञान और विद्या से है अथवा नहीं इस विवादास्पद प्रश्न को छोड़ भी दें तो इतना तो निश्चित है ही कि व्यक्ति की सामाजिक स्थिति से इसका निश्चय ही संबंध है। कार्तिकेय पद्धति में सूर्य-रेखा के एक अन्य प्रकार की भी चर्चा है, जिसे हेमवल्ली कहा जाता है। यह हृदय-रेखा से निकलकर अनामिका के आधार का स्पर्श करती है और यौनसुख की प्रदायिनी है। सूर्य-रेखा के प्रति आधुनिक दृष्टिकोण थोड़ा भिन्न और कहीं अधिक मनोवैज्ञानिक है। शनि-रेखा की भांति इसके प्रभाव भी व्यक्तिसापेक्ष्य होते हैं और यह भी व्यक्ति के मन की संतुष्टि अथवा असन्तोष को प्रकट करती हैं। किन्तु जहां शनिरेखा का संबंध केवल मनुष्य के भौतिक जीवन से है, वहां सूर्य-रेखा का क्षेत्र उसका भावना-जगत् होता है। व्यक्ति अत्यधिक

वैयक्तिक और नितान्त मानसिक स्तर पर अपनी भावनात्मक महत्त्वाकांक्षाओं से कितना सामंजस्य कर पाया है यह इस रेखा से प्रकट होता है।

ऐसे बहुत कम हाथ होते हैं जिनपर सूर्य-रेखा का उदय जीवन के प्रारम्भिक काल में हो चुका हो। वस्तुतः मनुष्य अपनी भौतिक आकांक्षाओं के विषय में जितनी सरलता से एक कल्पना-चित्र बना लेता है उतनी सरलता वह अपनी भावनात्मक आकांक्षाओं को रूपायित करने में नहीं बरत पाता। ज़िन्दगी के आंगन में आंख खोलते ही उसे जीवन की प्राथमिक आवश्यकताओं की बात तो समझ में आने लगती है और वह उनकी पूर्ति में जुट भी जाता है, किन्तु इन शारीरिक और भौतिक आवश्यकताओं से परे एक और खाली पक्ष उसके ध्यानाकर्षण का विषय हो सकता है यह बात ज़रा देर से उसकी समझ में आती है।

फिर भी प्रारम्भिक आयु में सूर्यरेखा के उदय होने की दो सामान्य स्थितियां हो सकती हैं, एक, वह शनि-रेखा में से निकल रही हो और दूसरी, चन्द्र पर्वत पर किसी स्थान से उसका उद्गम हो। पहली स्थिति में मनुष्य अपने भौतिक और भावनात्मक संसार का संतुलन बनाने में सफल होता है और सम्भवतः इसी-लिए इस प्रकार की सूर्य-रेखा को श्रेष्ठ माना गया है। दूसरी स्थिति में चन्द्रमा की कल्पना और योजनाशीलता, भावुकता-भरा अनिश्चय और लड़खड़ाता हुआ जीवनक्रम सूर्यरेखा के संघर्ष को बढ़ा देते हैं और सफलता प्राप्त करने का रास्ता उतना आसान नहीं रह जाता। एक ओर व्यक्ति की भौतिक आकांक्षाएं होती हैं और दूसरी ओर मानसिक और उन दोनों की दिशाएं विपरीत होती हैं।

मस्तिष्क-रेखा के बाद किसी स्थान से सूर्य-रेखा का उदय एक बहुप्राप्य स्थिति है। (चित्र 36 अ)। शनि-रेखा लगभग पैंतीस वर्ष की आयु में मानस-रेखा का स्पर्श करती है इसलिए ऐसी रेखा का उदयकाल लगभग चालीस वर्ष माना जा सकता है। यह वह आयु होती है जब मनुष्य की तमाम भौतिक चेष्टाएं रिक्त होने की सीमा तक आ पहुंची होती हैं और उसकी मानसिक संरचना में एक प्रकार की आध्यात्मिकता अपनी जगह बनाना शुरू कर देती है। व्यक्ति-गत स्तर पर वह भौतिक जीवन से हटकर भावनाओं के एक संसार के बारे में सोचने लगता है, जो उसकी पारिवारिक, सामाजिक

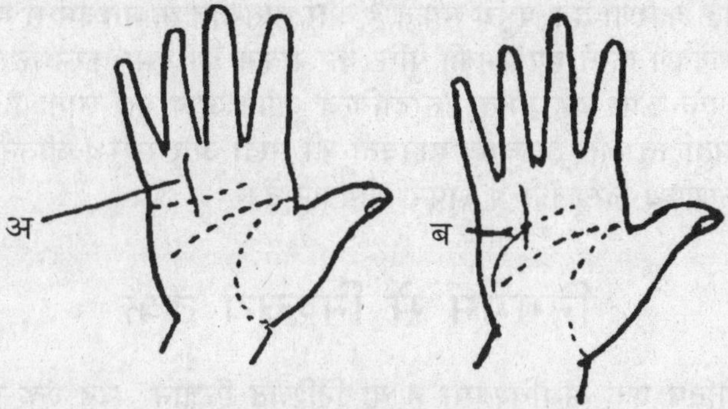

चित्र 36

ज़िम्मेदारियों से जुड़ा हुआ रहता है। उसके भावनात्मक अनिश्चय समाप्त हो जाते हैं और चिन्तन की परिवर्तनशीलता एक ठहराव ग्रहण करने लगती है। इस आयुखंड में यदि कोई छोटी रेखा चन्द्र पर्वत से आकर सूर्यरेखा का स्पर्श कर रही हो तो जीवन पर पड़ने वाले किसी प्रबल प्रभाव की द्योतक होती है और प्रायः देर से होने वाले विवाह का सुनिश्चित लक्षण है (चित्र 36 ब)। इस आयु में ऐसी रेखा शनि-रेखा से नहीं मिलती क्योंकि यह आयु भौतिक प्रभावों की अपेक्षा भावनात्मक और स्थायी प्रभावों के प्रति अधिक संवेदनशील होती है।

जिस प्रकार शनि-रेखा पर द्वीप, कटान या छिछला फैलाव भौतिक परिस्थितियों के प्रति व्यक्ति के अनिश्चय और असमंजस तथा असंतोष के लक्षण हैं, वैसे ही सूर्य-रेखा पर इस प्रकार के चिन्ह भावनात्मक स्तर पर इन बातों का संकेत देते हैं। यदि यह स्थिति भविष्य में आने वाली है तो हस्तरेखाविद् उसके संभावित कारणों की विश्लेषणात्मक सामग्री के आधार पर व्यक्ति को पूर्वचेतावनी देकर उसे तथाकथित दुर्भाग्य से बचा सकता है और यदि ऐसी स्थिति वर्तमान में चल रही हो तो उसमें से निकलने का रास्ता सुझा सकता है। वस्तुतः जीवन में तमाम उलझनें या तो शारीरिक रुग्णता से जन्म लेती हैं या फिर मानसिक रुग्णता से। इनमें मानसिक रुग्णता और असंतुलन व्यक्ति के जीवनक्रम को बहुत अधिक प्रभावित करता है और हथेली यदि आपके सामने है तो आप कहीं अधिक तेज़ी के साथ

उसके कारणों तक पहुंच सकते हैं और बातचीत के माध्यम से मनोविश्लेषण करते हुए उनकी पुष्टि कर सकते हैं। ऐसा करने के बाद आपके ऊपर यह महत् उत्तरदायित्व अपने-आप आ जाता है कि असंतुलित और अस्वस्थ मानवता को सुखी और स्वस्थ जीवन का प्रकाशपथ दिखलाने में अपना योगदान दें।

निगमन से निश्चय तक

ज्योतिष एक अंधविश्वास है या निश्चित विज्ञान—यह एक ऐसा प्रश्न है जो हमेशा ही इसके इतिहास से जुड़ा हुआ रहा है। मानवीय जीवन में भौतिक और वस्तुवादी मूल्यों की स्थापना के साथ-साथ इस इतरबुद्धि और रहस्यमय विषय के प्रति सहस्रों वर्षों की दृष्टि जिस व्यापकता के साथ विचलित हुई है, उसी तेज़ी के साथ कास्मिक किरणों, और उनके प्रभावों की खोज, आइन्स्टीन के सापेक्ष ब्रह्मांड की प्रतिष्ठा तथा परामानसीय मनोविज्ञान की शोधों ने ज्योतिष की परंपरागत मान्यताओं को पुष्टता भी प्रदान की है। पश्चिम में यदि आदम को दैवी स्फुरणा से ज्योतिषीय ज्ञान प्राप्त होने की बात कही जाती है, तो आज भी ऐसे आधुनिक ज्योतिषी मिल जाते हैं जो यह मानते हैं कि ईसा के जन्म से आकाश के तेजस्वी नक्षत्र के उदय का संबंध जितना सत्य था, उतना ही सत्य यह है कि प्रत्येक व्यक्ति का आकाश में अपना एक नक्षत्र होता है। भारतीय अनुश्रुति में यह माना गया है कि क्षीर सागर में शयन कर रहे विष्णु के अंगलक्षणों का वर्णन समुद्र ने, जो अपने-आपमें स्वयं देहधारी समुद्र देवता था, किया और तदनुसार सामुद्रिक का जन्म हुआ, जो कालांतर में पाराशर, नारद, वाराह, मांडव्य, भृगु, कार्तिकेय आदि अनेक ज्ञात-अज्ञात महर्षियों द्वारा विकसित होते हुए अंततः महर्षि समुद्र द्वारा व्यवस्थित रूप में संकलित किया गया। तमाम उपलब्ध प्रमाणों के आधार पर मानवीय नियति और प्रारब्ध की व्याख्या करने के इस मानवीय प्रयत्न की परंपरा ईसा से सैकड़ों वर्ष पूर्व की खाल्दियाई, बेबीलनी, मिस्री और भारतीय सभ्यताओं के अत्यंत प्राचीन अवशेषों तक पहुंचती है और यूनानी, रूमी तथा मध्य एशियायी और पूर्वी सभ्यताओं के हर दौर में यह किसी न किसी

स्वरूप में मिलती हुई, पूरे ईसाई युग की यात्रा करती हुई आज के इस परमाणविक युग तक आती है।

मनुष्य के निकटतम रहस्य का विषय उसकी अपनी नियति है और इस नियति पर से आवरणों को हटाने का उसका प्रयास शुद्ध स्वार्थ से प्रेरित रहा है। जीवन में संयोग और अवसर का इतना अधिक अनिश्चय एक अनुभूत यथार्थ है कि यदि आदिम मनुष्य ने उसे देवताओं और मानवेतर अदृश्य शक्तियों से जोड़ दिया तो इसे असंगति कहना ज़रा कठिन ही है। योरोप के नवजागरण ने जहां मनुष्य की दृष्टि को विवेक के रंग से रंगा, वहीं नवजागरण के समानांतर ही रोमांटिसिज़्म जैसी विवेकहीन, कल्पनाशील प्रवृत्तियां भी उत्पन्न हुईं, जिनके मंथन के फलस्वरूप उसकी रहस्यभावना भी उतनी ही गहराती भी गई। प्रारंभ में प्रत्येक विज्ञान के साथ अविज्ञान भी जुड़ा हुआ था, खगोल के साथ ज्योतिष, रेखागणित के साथ व्यवस्था का दैवी आग्रह, रसायन के साथ कीमियागरी, चिकित्सा के साथ मंत्रतंत्र—व्यापक रूप से ज्ञान का एक पक्ष यदि शुद्ध विज्ञान था तो दूसरा आस्था और अविज्ञान, जिसे अब अंध-विश्वास का नाम दिया जाने लगा है। लेकिन मानवीय प्रकृति में विवेक का तूफान अभी तक अविवेक के कूलों को काट नहीं पाया है, और यदि औद्योगिक क्रांति और मार्क्सवाद का जन्म होता है, तो थियोसोफी भी पालने में कुलबुलाती है। इसीलिए जब न्यूटन ने गुरुत्वाकर्षण सिद्धान्त खोजा तो ज्योतिषियों ने आगे बढ़कर उसे अपनी मान्यताओं का अनुमोदन बताया, और जब आइन्स्टीन ने ब्रह्मांड की अनन्त संभावनाओं की ओर अंगुली उठाई तो वह भी संभावनाओं के आकाश में भटकने लगे। नई-नई खोजों ने परंपरा की ओर अतीत में झांकने की प्रेरणा किस हद तक दी है, इसका एक उदाहरण है प्रतिविश्व (एन्टी वर्ल्ड) की खोज, कभी थेबीस के फिलालॉस ने (ईसा से पांच शताब्दी पूर्व) यह कल्पना की कि हमारी पृथ्वी की ही भांति एक प्रति-पृथ्वी और है, आज उसकी खोज की जा रही है, ज़िसके बारे में यह माना जाता है कि वह हमारी पृथ्वी का उल्टा प्रतिबिम्ब है, बिल्कुल हमारे जैसा, जैसे फोटो का नेगेटिव होता है। इस तरह इस 'अविवेक' की परं-परा जितनी पुरानी और रहस्यमय है, उतनी ही बुद्धि और विवेक के लिए चुनौती-भरी भी, और इसीलिए इसका अध्ययन अपने

आपमें रोचकता और उपयोगिता से भरपूर है।

सभी विज्ञानों के विकास में निगमनात्मक तर्कों (डिडक्टिव रीज़निंग) का एक अपना योगदान रहा है। ज्योतिष और सामुद्रिक का फलित पक्ष इससे अछूता नहीं है। खगोल विज्ञान जहां अपने सूक्ष्म निरीक्षणों के द्वारा आकाशमार्ग में ग्रहों की गति, और राशिचक्र में उनकी स्थिति का गणित देता है, वहां ज्योतिष समकालीन और विगत इतिहास तथा व्यक्तियों पर उनके पड़ने वाले प्रभावों का अध्ययन करके फलित के निष्कर्ष निकालता है। हाल ही में खोजे गए ग्रहों के संदर्भ में यह बात स्पष्ट रूप से समझी जा सकती है। यूरेनस (1781) नेपच्यून (1846) और प्लूटो (1930) के प्रभावों के संबंध में पहले से कोई प्रचलित परंपरा (या अंधविश्वास?) नहीं था। किन्तु यूरेनस की खोज के ही वर्ष जेम्स वाट के वाष्प एन्जिन के आविष्कार ने उसे मशीनी क्रांति का ग्रह बना दिया, सोवियत क्रांति के समय सिंह राशि में नेपच्यून की उपस्थिति और हवाई जहाज़ों के आविष्कार के समय प्लूटो की मिथुन राशि में गति को (यद्यपि उस समय ग्रह को खोजा नहीं गया था) ज्योतिषियों ने अपनी व्याख्या देकर फलित पक्ष की रचना उनके संबंध में की है। इस प्रकार से आंकड़ों और घटनाओं के आधार पर विश्लेषणात्मक अध्ययन की प्रवृत्ति हमारे अपने वैज्ञानिक युग की देन है, जो क्या, क्यों और कैसे की परिधि में रहस्य दिखाई देने वाले समस्त वस्तु जगत् के यथार्थ को समेट लेना चाहता है। इस शताब्दी के प्रारम्भिक वर्षों में स्विस ज्योतिषी के० ई० क्राफ्ट ने साठ हज़ार जन्मपत्रियां एकत्र करके उनका विश्लेषण संबंधित व्यक्तियों के जीवन की वास्तविक घटनाओं के आधार पर किया। ज्योतिष (आकाशीय पिण्डों का व्यक्ति पर प्रभाव) और मनोविज्ञान को संबद्ध करने की चेष्टा में मनोवैज्ञानिक कार्ल जी० जुंग ने भी जन्मपत्रियों और संबंधित व्यक्तियों के जीवनक्रम में इस प्रकार की समानता जोड़ने के लिए व्यापक निरीक्षण किए। इस शताब्दी के छठवें दशक में माइकेल जेकलीन के प्रयोग इस संबंध में काफी श्रमसाध्य थे। क्राफ्ट के कार्य से प्रेरित होकर इन्होंने चौबीस हज़ार जन्मपत्रियों का संचय करके लगभग दस लाख प्रभावों को अपने अध्ययन का विषय बनाया। इन्हें फिर व्यावसायिक वर्गों में विभाजित करके यह जानने का प्रयत्न किया गया कि क्या वास्तव

में ग्रहों की परंपरागत स्थितियों के साथ जुड़े हुए विश्वासों का कोई आधार है। इस विश्लेषण के परिणाम उत्साहजनक थे।

कार्ल जुंग से पहले उनके गुरु और आधुनिक मनोविज्ञान के पितामह सिगमन फ्रायड ने भी ज्योतिष और व्यक्तिगत चरित्र के बीच समानता का धरातल खोजने का प्रयत्न किया था। इससे पूर्व कहा जाता है कि जब खगोलविद् एडमंड हेली ने अपने खोजे हुए धूमकेतु के ज्योतिषीय फलित पर विश्वास करने के लिए न्यूटन का परिहास बनाया था, तो न्यूटन का कठोर उत्तर था कि महाशय, मैंने इस विषय का अध्ययन किया है, आपने नहीं। वैज्ञानिकों में कार्ल जुंग के अध्ययन को वस्तुतः गंभीर माना जा सकता है, उनका निष्कर्ष था कि यह लगभग स्वीकार किया जा सकता है कि ग्रहों की स्थितियों और मानसिक-शारीरिक संरचना में एक नैमित्तिक संबंध है।

इस निष्कर्ष पर पहुंचने से पूर्व कार्ल जुंग ने विभिन्न दिशाओं में अपने प्रयोग और उनका अध्ययन किया था। ज्योतिष को विज्ञान-सम्मत नियमों के ढांचे में कस देने की सफलता उनके मतानुसार संदिग्ध ही बनी रही, तथापि अपने मनोवैज्ञानिक सिद्धांतों से ज्योतिषीय सिद्धांतों का तालमेल बिठाने के लिए उनके प्रयत्न निरंतर जारी रहे। 1950 में जुंगने तुल्यकालिकता विषयक अपना मत दिया। उनकी आधारभूत मान्यता यह थी कि मनुष्य के जन्मकाल का उसके व्यक्तित्व की रचना पर प्रभाव पड़ता है। तथा घटनाओं का परिस्थितिगत सम्बन्ध ऐसा भी हो सकता है जो शुद्ध कार्यकारण अथवा नैमित्तिकता पर आधारित न हो। यह तुल्यकालिकता (दो घटनाओं के घटित होने का कालगत संयोग) मानवीय जीवन और ब्रह्मांडीय पिंडों के बीच भी हो सकती है। जुंग की परिभाषा के अनुसार यह तुल्यकालिकता देश और काल की मानसिक सापेक्षता है। आधुनिक विज्ञान और परामनोविज्ञान की आधुनिक मान्यताओं ने काल के संप्रत्यय को एक नवीन दिशा दी है। संक्षेप में बिना किसी उलझाव में जाए हम यह कह सकते हैं कि यह समतुल्यता मनुष्य और ग्रहों के बीच कोई प्रत्यक्ष माध्यम न होते हुए भी उनके पारस्परिक सम्बन्ध को व्यक्त करती है, और सम्भवतः वह सम्बन्ध नक्षत्रीय तरंगों (एस्ट्रल वेव्स) के माध्यम से स्थापित होता है। इस प्रकार यह समझा जा सकता है कि यूरेनस की खोज और औद्योगिक क्रांति

के प्रारंभ में एक प्रकार की समतुल्यता थी, भले कार्य-कारण संबंध न हो। इस दृष्टि से देखने पर ज्योतिष को जहां एक वैज्ञानिक धरातल मिल जाता है, वहीं निगमनात्मक शोध की दिशाएं भी प्रशस्त होती हैं।

हस्तरेखाओं के क्षेत्र में भी इस निगमनात्मक पद्धति से हमें लाभदायक परिणाम मिल सकते हैं। जान ई० वारनर (कीरो), विलियम जी० बेनहम, नोएल जेक्विन और जोसेफ रेनाल्ड जैसे अनेक विश्वविख्यात हस्तरेखाविदों ने इस क्षेत्र में पिछले डेढ़ सौ वर्षों में सतत प्रयत्न किए हैं और उनके निरीक्षणों से ठोस परिणाम सामने आए हैं।

आप भी छोटे पैमाने पर इस प्रकार से अध्ययन कर सकते हैं। इसके लिए रिकार्ड को सुव्यस्थित रखने का प्रश्न सर्वप्रथम सामने आता है। हथेली के छापे लेने की कई प्रवृतियां प्रचलित हैं। यह कोई मुश्किल कार्य नहीं है। प्रेस की स्याही, एक छोटा रोलर (जैसा चित्रों को सुखाने के लिए फोटोग्राफर प्रयुक्त करते हैं) और साफ कागज़—इसकी इतनी-सी आवश्यक वस्तुएं हैं। रोलर पर स्याही लगाकर किसी चौरस लकड़ी के टुकड़े पर स्याही को समरस फैलाने के लिए उसे बारबार चलाइए और जब वह समूचे रोलर पर फैल जाए तो रोलर से हथेलियों पर स्याही लगा दें। तत्पश्चात् किसी गुदगुदी जगह पर कागज़ रखकर व्यक्ति से उसपर अपना हाथ रखने को कहें। इसमें उसे कोई निर्देश नहीं दिया जाना चाहिए, और कागज़ पर हथेली के रखे जाने में स्वाभाविकता होनी चाहिए। जब वह कागज़ पर अपनी हथेली रख दे, तब उसे दबा दें ताकि ऊंची-नीची जगहों का भी छापा आ सके। हथेली हटाने से पहले पेंसिल से उसकी सीमाएं खींच दें। छापे दोनों हाथों के लिए जाने चाहिए। इन छापों के साथ कोरे कागज़ लगाएं, जिनपर व्यक्ति का नाम, जन्मतिथि, छापा लेने की तिथि आदि प्रारम्भिक बातें लिखकर जैसे-जैसे आप निष्कर्षों पर पहुंचते जाएं उन्हें लिखते जाएं। कालान्तर में ज्यों-ज्यों आपके अनुमानों की पुष्टि होती जाए, उन्हें रेखांकित कर लें। इस तरह आपके पास रिकार्ड बनता जाएगा और तुलनात्मक तथा निगमनात्मक अध्ययन की सामग्री आपके पास होगी।

मनुष्य के जन्मकाल के समय ग्रहों की आकाशीय स्थिति और व्यक्ति पर पड़ने वाले उनके प्रभावों तथा हथेली की संरचना में

उनकी पुष्टि के विषय में मैं अपनी पुस्तक हस्तरेखाएं[1] (संशोधित संस्करण) में विस्तार से लिख चुका हूं। यहां मैं उस विषय में नहीं जाना चाहता, किन्तु एक और नई बात को उसमें जोड़ देना लाभदायक रहेगा, जो मानवीय नियति की व्याख्या का एक अन्य पक्ष है और वह है अंक-ज्योतिष। रेखागत प्रभावों के कालनिर्धारण में यह उपादेय सिद्ध हो सकता है।

अंकविद्या भी ज्योतिष के अन्यान्य अंगों की भांति एक अत्यंत प्राचीन शाखा है। पश्चिम में इसकी परम्परा पाइथागोरस तक पहुंचती है। उनके रहस्यवृत्त को आज दिन तक प्रश्नों के उत्तर देने में प्रयुक्त किया जाता रहा है। वाल्टर बी० गिबसन के अनुसार 'अंक-विज्ञान गणित के मूल सिद्धांतों को मनुष्य के भौतिक अस्तित्व पर लागू करने की एक व्यावहारिक विधि है।

अंकविद्या से फलादेश की दो विधियां प्रचलित हैं जिनके द्वारा किसी व्यक्ति का मूल अंक निकाला जाता है। एक विधि के अनुसार उसकी जन्मतिथि यदि नौ तक कोई है तो उसे ही मूल अंक मान लेते हैं, अन्यथा जन्मतिथि के दोनों अंकों का जोड़ मूल अंक के बराबर होता है। इस प्रकार यदि किसी व्यक्ति की जन्मतिथि 26 हो(किसी भी महीने की) तो उसका मूल अंक 8 होगा। किन्हीं-किन्हीं के मतानुसार जन्मतिथि, जन्ममास और जन्मवर्ष की सभी संख्याओं के योग से आया हुआ अंक मूल अंक होगा। इसके अनुसार यदि किसी व्यक्ति की जन्मतिथि 26 फरवरी 1934 हो तो, 2 + 6 + [2] + (1 + 9 + 3 + 4) = 27 अर्थात् 9 उस व्यक्ति का मूल अंक होगा।

दूसरी पद्धति में मनुष्य के नाम के अक्षरों का संख्यागत मूल्य निकालकर मूल अंक निकाला जाता है। अंकशास्त्र के अनुसार प्रत्येक वर्ण का एक अपना संख्यागत मूल्य है, यह निम्नानुसार है :

AYIQJ = 1, BKRC = 2
GLS Sh = 3, DMT = 4
EN = 5, WVXU = 6
ZO = 7, PHF = 8

इनके अनुसार नाम में प्रयुक्त होने वाले वर्णों का कुल मूल्य

1. प्रकाशक—हिन्द पाकेट बुक्स, दिल्ली

निकालकर मूलांक ज्ञात कर लिया जाता है। उदाहरणार्थ किसी व्यक्ति का नाम रामकुमार है, तो R2 + A1 + M4 + K2 + U6 + M4 + A1 + R2 = 22 = 4। इस प्रकार नाम के आधार पर मूलांक निकालने में उसी नाम के वर्षों की गणना की जाती है, जो बोलचाल में अधिक प्रयुक्त होता हो। अंकों के अपने ग्रह और अपने फल हैं, यहां हमें उनके विस्तार में जाने की आवश्यकता नहीं है।

जहां तक मेरा अपना अनुभव है जन्मतिथि के अंकों के आधार पर बनाया हुआ मूल अंक काफी अच्छी तरह से हमारे उद्देश्य की पूर्ति कर सकता है। व्यक्ति का जो मूलांक होता है, उसके लिए आयु के वह वर्ष महत्त्वपूर्ण होते हैं, जिनका अंकगत मूल्य उसके बराबर हो। उदाहरण के लिए 3 मूलांक वाले व्यक्ति के महत्त्वपूर्ण वर्ष 3, 12, 21, 30, आदि होंगे। इस प्रकार यदि हस्तरेखा के किसी खंड में आपको कोई महत्त्वपूर्ण चिह्न दिखाई दे रहा हो, तो अंक-विद्या के सामंजस्य से आप उसका निश्चय निर्धारण कर सकते हैं। इस सम्बन्ध में कीरो ने अपने सात के स्वर्ण नियम की भी रचना की है, जिसके अनुसार सात वर्ष का एक खंड सात वर्ष के अंतराल के बाद अपने-आपको दुहराता है, दूसरे शब्दों में किसी व्यक्ति के जीवन में आज यदि कोई महत्त्वपूर्ण घटना घटित होती है, तो चौदह वर्ष के बाद लगभग वैसी ही महत्त्वपूर्ण घटना घटित होना संभावित है।

व्यावहारिक हस्तरेखा-विज्ञान

भारत के प्राचीन सामुद्रिकों ने हस्तरेखाओं के आधार पर भाग्य-कथन का कार्य करने वाले विद्वानों के लिए आचारसंहिताएं निर्धारित कर रखी थीं। उनके लिए योग के तमाम नियमों का पालन करना आवश्यक था, यौगिक क्रियाओं से संबद्ध ब्रह्मचर्य, अपरिग्रह आदि आचार-विचार विषयक व्रतों का भी उसे पालन करना होता था। उसे पुराण, इतिहास और अन्य धर्मग्रंथों तथा मंत्र-तंत्र विद्याओं का ज्ञान होना चाहिए, स्वरोदय विज्ञान का उसने अध्ययन किया हो और सामुद्रिक का ज्ञान उसे किसी गुरु से प्राप्त हुआ हो। इसके अतिरिक्त वह आस्तिक, विश्व की मूलभूत एकता के विषय में निष्ठावान और एक ईश्वर में विश्वास रखने वाला हो तभी

वह भविष्य-कथन के गंभीर कार्य का निर्वाह कर सकता है। उसे सत्यभाषी, शुभदृष्टा और समदर्शी होना भी आवश्यक था। इन नैतिक नियमों के अतिरिक्त यह आशा भी की जाती थी कि वह व्यक्ति सांसारिक माया-मोह से ऊपर उठा हुआ, एक विदेह ऋषि हो।

भविष्यकथन में चेष्टाओं को भी आधार बनाया जाता था। चेष्टा आगंतुक की अथवा ज्योतिषी के पास बैठे हुए व्यक्ति की हो सकती थीं। आगंतुक के प्रवेश करने के बाद वह कैसी मुद्राएं प्रदर्शित करता है, किस प्रकार बैठता है या उसके प्रश्न-काल में आसपास कौन-सी वस्तुएं अथवा जानवर आदि दिखाई देते हैं, इन बातों पर; या यों कहें कि चेष्टाओं पर प्रश्नों के उत्तर निर्भर करते थे। फिर स्वर शास्त्र था जिसके अनुसार प्रश्न-काल में प्राणवायु शरीर के किस भाग में चल रही है इस आधार पर प्रश्न-कर्ता के प्रश्नों का उत्तर दिया जाता था। आज संभवतः उन शास्त्रोक्त सूत्रों का व्यवहार संभव न हो सके, तथापि निष्कर्ष रूप में कुछ बातें तो ग्रहण की ही जा सकती हैं। किताबी और सैद्धांतिक अध्ययन एक चीज़ है किन्तु कभी-कभी आपके सामने बैठा जिज्ञासु कुछ ऐसे प्रश्न भी कर सकता है जिनका उत्तर देना शायद लिखित सिद्धांतों की परिधि से बाहर निकल जाए। ऐसी दशा में हस्तरेखा-विद् को अपनी मानसिक शक्तियों का सहारा लेना होता है।

प्रत्यक्ष मनोविज्ञान एक तरीका हो सकता है। व्यक्ति की चाल-ढाल, व्यवहार और लिबास से उसके मन के विषय में हम बहुत कुछ जान सकते हैं। उसकी बातचीत से भी बहुत कुछ समझा जा सकता है और बातचीत को प्रश्नों तथा पूरक प्रश्नों के द्वारा उसके मन की दबी-छुपी गहराइयों तक पहुंचाकर उसकी मनस्थिति का विश्लेषण किया जा सकता हैं जिससे उसकी ज़िन्दगी को समझने में सहायता मिल सकती है। किन्तु क्या उसके मन से हमारा सीधा संपर्क भी स्थापित हो सकता है?

अतीन्द्रिय मनोविज्ञान के क्षेत्र में आज जो नित नूतन अध्याय खुलते जा रहे हैं, उनकी रोशनी में यह असंभव नहीं है कि एक्स-किरणों की तरह रहस्य और आवरण की तमाम परतों को बेधकर आप अपने सामने बैठे हुए व्यक्ति की चेतना से प्रत्यक्ष संपर्क स्थापित कर लें और उसकी ज़िन्दगी आपके लिए शीशे की एक ऐसी पारदर्शी दीवार बन जाए जिसमें झांककर आप उसके अतीत, वर्तमान और

भविष्य का पूरा-पूरा सिंहावलोकन कर सकें। उसके जीवन की तमाम आगत और अनागत घटनाएं आपके कल्पनापटल पर चल-चित्रों की तरह तैरती हुई दिखाई देने लगें और आप उन्हें अलग-अलग कर सकें। सुनने में यह दिव्यदृष्टि जैसी कोई रहस्यपूर्ण, अलौकिक बात लग सकती है, किन्तु वास्तव में वैसी नहीं है। दूसरे की चेतना से अपनी चेतना का संपर्क स्थापित करना सम्मोहन, मेस्मेरिज़म, जादू आदि में तो प्रयुक्त होता ही रहा है। अतीन्द्रिय संवेदन या जिसे आमतौर पर छठवीं ज्ञानेन्द्रिय की संवेदना कहा जाता है यदि प्रयोग में लाया जाए तो यह संपर्क स्थापित किया जा सकता है।

पशुओं में आने वाले संकट का पूर्वाभास करने की क्षमता होती है, यह उनके सीधे और सरल मानस की एक सहज संवेदना शक्ति है। हज़ारों वर्ष पूर्व जब मानवीय जीवन में आज जैसी जटिलताएं नहीं थीं, मनुष्य भी इस क्षमता से संपन्न था। आज भी कभी-कभी हमें अपने व्यक्तिगत जीवन में घटित होने वाले पूर्वाभासों का अनुभव हो जाता है। वस्तुतः अतीन्द्रिय संवेदन अपार संभावनाओं वाले मानस की एक नैसर्गिक शक्ति है, यद्यपि प्रयुक्त न किए जाने के कारण वह उतनी प्रकट नहीं रह गई है। अति विकसित स्वरूप में इसका एक उदाहरण हालेन्ड का गेरार्ड क्राइसेट नामक अतीन्द्रिय दृष्टा है, जो अपनी अंगुलियों की संवदेनाशक्ति से किसी घटनाक्रम की मानसिक तस्वीरें बनाकर अज्ञात का दर्शन कर सकता है। स्थिरचित्त और एकाग्र होकर सतत साधना से इस अतीन्द्रिय शक्ति को विकसित किया जा सकता है। प्राचीन सामुद्रिकों ने आचार और व्यवहार की शुद्धता पर जो इतना अधिक बल दिया है, संभवतः इसीलिए जिससे कि मानस उन व्यक्तित्व किरणों के प्रति संवेदन ग्रहण करने के योग्य हो सके जो प्रत्येक व्यक्ति की अपनी निजी होती हैं और उसके निजत्व के साथ जुड़ी हुई तमाम बातों को अभिव्यक्त करती हैं।

इस साधन के सोपान बड़े सरल हैं। आप ताश के पत्तों से शुरू कर सकते हैं। जब आपका मन स्वस्थ, संतुलित और स्थिर हो ताश के पत्तों की एक गड्डी लेकर बैठ जाइए और बिना देखे उन्हें उलटा फैला दीजिए। फिर मन को एकाग्र करके यह सोचने की कोशिश कीजिए कि अमुक पत्ता किस रंग का हो सकता है, जब एक निश्चय पर पहुंच जाएं, इस पत्ते को उलटकर देखिए। हो सकता है कि प्रारंभ में काफी समय तक आपके अनुमान गलत निकले किन्तु कुछ

दिनों में आप उलटे पत्तों का रंग भेद करने में सफल हो सकेंगे। इस अवस्था को प्राप्त कर लेने के पश्चात् विशिष्ट पत्ते को जानने की कोशिश कीजिए, क्रमशः उसमें भी आपको सफलता मिलने लगेगी।

दूसरी स्थिति में आप अपरिचित स्थानों के कल्पनाचित्रों पर प्रयत्न कर सकते हैं। जैसे आप किसी अपरिचित मकान पर जाते हैं, बाहर खड़े होकर अंदर कमरे की सजावट, बनावट आदि की कल्पना कीजिए और देखिए कि किस सीमा तक आपको सफलता मिलती है। सुबह की डाक से आई चिट्ठियों को उलटा रखकर यह अनुमान लगाइए कि अमुक लिफाफा किसका भेजा हुआ हो सकता है। शाम को घर से बाहर निकलने से पूर्व यह सोचने की कोशिश कीजिए कि सड़क पर आपकी भेंट किस-किससे हो सकती है। इन सभी अभ्यासों की पहली शर्त यह है कि आपका मन किसी पूर्वाग्रह से मुक्त हो, उसपर मादकता का बाहरी प्रभाव न हो, उसमें चिन्ता, उलझन, प्रसन्नता जैसी किसी उत्तेजना का तनाव न हो और सबसे बड़ी बात यह है कि आपको अपने प्रयोग की सफलता के संबंध में पूरी-पूरी आस्था हो।

एक सीमा तक अपनी इस अतीन्द्रिय क्षमता को जाग्रत् कर लेने के बाद आपका काम आसान हो जाता है। हथेलियों के छापे लेकर आप उन्हें संपर्क माध्यम के रूप में प्रयुक्त कर सकते हैं। जिस व्यक्ति का छापा है उसकी चेतना और व्यक्तित्व से अपनी चेतना का सपंर्क बनाने के लिए पहले उसके बाह्य व्यक्तित्व का कल्पना-चित्र बनाइए। वह कैसा है, उसकी उम्र कितनी है, उसके बालों का, आंखों का रंग क्या है, उसकी ऊंचाई, कदकाठी कैसी है आदि-आदि सोचने का प्रयास कीजिए। इन चित्रों के सजग हो जाने पर आप उसके अतीत, वर्तमान और भविष्य की आज्ञातता को अपने चेतना-स्तर पर अनुभव कर सकते हैं। किसी रेखा पर कोई उलझन में डालने वाला चिन्ह है तो उसपर अपने को एकाग्र कीजिए, प्रत्यक्ष वार्ता से मिले संकेत आपके पास होते ही हैं, इनका सहारा लेकर आपको यह ज्ञात हो सकता है कि इस उलझन का स्वभाव और परि-णति किस प्रकार की हो सकती है।

इस अतीन्द्रिय साधना से प्राप्त तथ्यों को अंतिम समझ लेना भी एक भूल होगी। उनकी सच्चाई की पुष्टि भी करते रहना चाहिए और आपके कल्पनाचित्र यदि सच नहीं हैं तो खिलाड़ी भावना से

अपनी असफलता को स्वीकार करके दुबारा सही चित्र प्राप्त करने का प्रयत्न करना चाहिए। परामनोविज्ञान और अतीन्द्रिय संवेदन के क्षेत्र में बहुमूल्य शोधों का श्रेय प्राप्त करने वाले प्रोफेसर टेनहेफ के अनु-सार—'परामानसीय शक्तियां कोई नई चीज़ नहीं हैं, वह हमें अपने प्रागैतिहासिक पुरखों से विरासत में मिली हैं किन्तु जैसे-जैसे हम अधिक सभ्य, अधिक यांत्रिक और अधिक बुद्धिवादी होते गए हैं, इनका ह्रास हुआ है। किन्तु मेरा विश्वास है कि एक दिन यह प्राचीन शक्तियां फिर से जाग्रत् हो सकेंगी और एक उन्नत स्तर पर मनुष्य को प्राप्त होंगे। यह खोई हुई शक्तियां नैसर्गिक और मनुष्य की प्राथमिक शक्तियां हैं।' परामानसीय शक्तियां मनुष्य के लिए प्रकृति का एक सहज और स्वाभाविक उपहार हैं और इनकी साधना करते हुए ऐसा कभी नहीं सोचना चाहिए कि आप किसी रहस्य अथवा अलौकिकता की साधना कर रहे हैं।

इन पृष्ठों में बार-बार मैंने रेखाओं की परिवर्तनशीलता की चर्चा की है और यह बताने का सतत् प्रयत्न किया है कि वास्तव में मनुष्य वह है जो उसका मन है। शरीर के आम ढांचे को नहीं बदला जा सकता, लेकिन मन को बदला जा सकता है। किसी हीनग्रंथि से पीड़ित व्यक्ति की प्रगति के अवरोध को दूर किया जा सकता है यदि उसके मन की हीनता को निकाला जा सके। किसी संभावित दुर्घटना को रोका जा सकता है यदि समय रहते संबंधित व्यक्ति को चेतावनी दी जा सके। किसी बीमारी से बचा जा सकता है यदि उसे उत्पन्न करने वाली बदपरहेजी पर अंकुश लगा दिया जाए। यहां तक सभी कुछ मनुष्य के वश में है।

हथेली पर मानसिक असामान्यताओं का अनुमान लगाने के बाद उनकी पुष्टि के लिए आपको वार्तालाप द्वारा मनोविश्लेषण पर निर्भर करना होता है। बहुत-से व्यक्ति इसमें तत्परता के साथ आपको स्वेच्छा से सहायता देते हैं किन्तु ऐसे व्यक्ति भी आपके सामने आ सकते हैं जो अपने मन की परतें आपके सामने नहीं खोलना चाहते। ऐसी हथेलियों का विवेचन पिछले पृष्ठों में किया जा चुका है। इस दशा में आपको अपनी प्रबल इच्छाशक्ति का प्रयोग करना होता है। मानसिक ग्रंथियों की एक विवशता यह होती है कि उनसे पीड़ित व्यक्ति उन्हें हानिकर मानते हुए भी उन्हें छोड़ने के लिए सामान्य रूप से तैयार नहीं होता। तब आपको यह मानकर कि उसकी

इच्छाशक्ति अपनी मानसिक अस्वस्थता के कारण अपनी इच्छाशक्ति की तुलना में अपेक्षाकृत दुर्बल है, उसका 'उपचार' भी करना होता है। यह कार्य आज्ञाओं से नहीं किया जा सकता, क्योंकि आज्ञाओं के प्रति ग्रंथिपीड़ित मनुष्यों में एक स्वाभाविक तिरस्कार भावना होगी और वह उन्हें ग्रहण करने के लिए कभी तैयार नहीं होगा। आप सहानुभूतिशील सुझाव देकर उसकी कुंठाओं के दुर्ग में एक प्रवेशद्वार बना सकते हैं। इसके लिए उसे पहले यह पूरा विश्वास हो जाना चाहिए कि आपका व्यवहार उसके लिए लाभदायक और सहानुभूतिपूर्ण है। अपनी इच्छाशक्ति का सम्मोहन उसपर लागू कर देने के बाद उसका अवचेतन मन आपको सहयोग देने लगेगा और उसमें आप अपने सुझावों को आरोपित कर सकेंगे।

इस पीड़ित और कुंठित मानवता की समस्याओं के क्षितिज अनंत हैं और इसके साथ ही अनंत हैं उनके समाधान के प्रयत्न भी। हम इन प्रयत्नों में अपने योगदान का योग्यता के साथ निर्वाह कर सकें, यही अलम है। और तमाम सारे विज्ञानों की अंतर्निहित दृष्टि भी तो यही है।

परिशिष्ट

पिछले अध्यायों में प्रयुक्त पारिभाषिक शब्दों का परिचयात्मक विवरण निम्न प्रकार है :

जीवनी ऊर्जा (ब्रह्मांडीय प्रवाह, नक्षत्रीय प्रवाह Etheral or Astaral fluid

वह अनुमानित अदृश्य शक्ति-प्रवाह जिसका स्रोत ब्रह्मांड है, जो अनेक नैसर्गिक रासायनिक प्रक्रियाओं से मुक्त होता है और जैविक प्रक्रियाओं के संचालन के लिए जिसे उत्तरदायी माना जाता है। हथेली पर इसे विभिन्न रेखाओं के लिए ज़िम्मेदार समझा जाता है (चित्र 1 देखें)।

हाथ के प्रकार

बनावट के आधार पर किया गया हथेलियों का सात प्रकार

का वर्गीकरण। (चित्र 10 और 11 देखें)

प्रारम्भिक प्रकार—छोटे अंगूठों और सख्त बनावट वाले हाथ। अविकसित मानसिकता और जैविक उद्वेगों के परिचायक (Elementary type)

वर्गाकार प्रकार—चोकोर बनावट और अंगुलियों के वर्गाकार सिरों वाले हाथ। व्यावहारिक विवेक के द्योतक। (Square type)

दार्शनिक प्रकार—गंठीली अंगुलियों वाले हाथ। अध्ययनप्रियता और आस्था के द्योतक (Philosophical type)

कर्मठ हाथ—अंगुलियों के फैले हुए सिरों वाले मांसल और कठोर हाथ। जो परिश्रम और लगन वृत्ति बताते हैं। (Spatulate type)

कलात्मक हाथ—मुलायम अंगुलियों वाले लचकीले हाथ जिनसे भावनात्मकता और सौन्दर्यप्रियता व्यक्त होती है। (Conic or Artistic type)

आदर्श हाथ—सुन्दर और मुलायम बनावट वाले हाथ जो व्यक्ति की आदर्शप्रियता बताते हैं। (Psychic or Idealistic type)

मिश्रित हाथ—विभिन्न वर्गों के गुणों से युक्त हाथ जो स्वभाव की मिश्रित वृत्तियों को बताते हैं। (Mixed type)

हथेलियों पर विश्व

हथेली का वर्गीकरण जो विभिन्न संवेगों की क्षमता को व्यक्त करता है। विश्व तीन हैं। (चित्र 2 देखें)

मानसिक अथवा ऊर्ध्व विश्व—अंगुलियों वाला भाग जो मानसिकता, आस्था और पराहम् (Super ego) का द्योतक है।

भौतिक अथवा मध्य विश्व—अंगुलियों के आधार से चन्द्र और शुक्र के पर्वतों के शीर्ष तक। यह व्यावहारिक और सांसारिक पक्ष तथा अहम् (Ego) को बताता है।

जैविक अथवा निम्न विश्व—कलाई तक का शेष भाग जो वासनासहित जैविक संवेगों और इद (Id) का द्योतक है।

अंगूठे के विभाग

अंगूठे के तीन खंडों को निम्न प्रकार परिभाषित किया गया

है। (चित्र 2 देखें)।

इच्छा-खंड—अंगूठे का अग्रभाग जो नैसर्गिक संकल्प और इच्छा-(Will) शक्ति को बताता है।

तर्क-खंड—अंगूठे का मध्य भाग जो नैसर्गिक विवेक और तर्क (Logic) शक्ति को बताता है।

वासना-खंड—अंगूठे का हथेली में धंसा हुआ भाग जिसे शुक्र का पर्वत-स्थल माना जाता है।

अंगुलियां

चार अंगुलियां क्रमशः तर्जनी, मध्यमा, अनामिका और कनिष्ठा हैं। इनके सिरे प्रकृति के आधार पर नोकीले, कोनिक, वर्गाकार या फैले हुए हो सकते हैं। (चित्र 12) देखें)।

अंगुली का पहला खंड आभास (Intuition), दूसरा खंड तर्क और तीसरा खंड भौतिक संवेग व्यक्त करता है। अंगुली की पहली गांठ मानसिकता और दूसरी गांठ भौतिकता को बताती है। (चित्र 13 देखें)

पर्वत

हथेली पर उभरे हुए स्थानों को पर्वत कहते हैं। यह संख्या में सात हैं। इनके नाम और स्थान निश्चित हैं (चित्र 14 देखें)।

गुरु का पर्वत (Mount of Jupitar)—तर्जनी के नीचे वाला स्थान कहलाता है। महत्त्वाकांक्षा, नेतृत्व और प्रतिष्ठा से यह सम्बन्धित है।

शनि का पर्वत (Mount of saturn)—मध्यमा के मूल में एकाकीपन, नैराश्य और अध्ययन को प्रकट करता है।

सूर्य का पर्वत (Mount of Apollo)—अनामिका के मूल में सफलता, प्रतिभा और यश का द्योतक है।

बुध का पर्वत (Mount of Mercury)—कनिष्ठा के आधार पर चातुर्य और व्यवसाय-बुद्धि को बताता है।

मंगल—बुध पर्वत के नीचे ऊर्ध्वमंगल (Uqper Mars) साहस और निर्भीकता को व्यक्त करता है। निम्न मंगल (Lower Mars) गुरु के पर्वत के नीचे हिंसात्मक वृत्तियों का द्योतक है।

शुक्र का पर्वत (Mount of Venus)—अंगूठे के मूल में होता

है। यह प्रणय, कला, सौन्दर्य-बोध और वासना का पर्वत है।

चन्द्र का पर्वत (Mount of Luna)—ऊर्ध्व मंगल के नीचे स्थित, कला, सौन्दर्य-बोध और रहस्य के लिए उत्तरदायी है।

चन्द्र का पर्वत भी तीन भागों में विभाजित है, क्रमशः ऊर्ध्व चन्द्र कल्पना और रहस्य, मध्य चन्द्र स्वार्थ तथा निम्न चन्द्र वासना के लिए उत्तरदायी है। (चित्र 2 देखें)

पर्वत-शिखर

पर्वतों पर महीन रेखाओं (केशिकाओं) के बीच बनने वाली आकृति को पर्वत-शिखर कहते हैं। (चित्र 15 देखें)।

सही स्थिति में पर्वत—जब पर्वत-शिखर पर्वत के लगभग मध्य में हो। (चित्र 15 देखें)।

स्थानच्युत पर्वत—जब पर्वत-शिखर मध्य स्थिति से सरका हुआ हो। (वही चित्र)

अति विकसित पर्वत—जब पर्वत-शिखर अन्य पर्वतों की अपेक्षा अधिक उभरा हुआ हो। (चित्र 16 देखें)

अनुपस्थित पर्वत—जब पर्वत-विशेष अपेक्षाकृत सपाट हो (वही चित्र)

सामान्य पर्वत—जब पर्वत न बहुत उभरा और न बिलकुल सपाट ही हो। (वही चित्र)

रेखाएं

मुख्य रेखाएं वह रेखाएं हैं जो प्रायः सभी हाथों पर आम तौर पर मिलती हैं (चित्र 7 देखिए)

जीवन-रेखा (Line of Life)—निम्न मंगल और शुक्र पर्वतों को घेरने वाली रेखा जो कलाई तक पहुंचती है। आयु की द्योतक। (चित्र 17 देखें)।

मानस-रेखा (मस्तिष्क-रेखा, Line of Head)—जीवन-रेखा के पास से निकलकर हथेली के सामने वाले छोर तक जाने वाली रेखा। बुद्धि और कल्पना की द्योतक। (चित्र 27 देखें)

हृदय-रेखा (Line of Heart)—मानस रेखा के ऊपर समानान्तर चलने वाली रेखा। भावना और प्रणय को बताती है। (चित्र 21 देखें)

सूर्य-रेखा (Line of Apollo, Line of Sun)—सूर्य के पर्वत पर पहुंचती हुई रेखा। यश और प्रतिष्ठा की द्योतक। (चित्र 31 देखें)।

शनि-रेखा (भग्य-रेखा, Line of Saturn)—शनि के पर्वत पर पहुंचने वाली रेखा। वित्तीय सफलताओं और सांसारिक सुख के लिए उत्तरदायी। (चित्र 33 देखें)

बुध-रेखा (Line of Mercury)—बुध के पर्वत पर पहुंचने वाली रेखा। व्यावसायिक सफलता और स्वास्थ्य। (चित्र 20 देखें)

प्रणय-रेखाएं (Lines of Attechment)—हथेली के पार्श्व से बुध पर्वत पर हृदय-रेखा के समानान्तर आने वाली छोटी रेखाएं। विपरीत योनि के सम्बन्धों का द्योतक। (चित्र 32 देखें)

सहायक रेखाएं

वह रेखाएं जो मुख्य रेखाओं के समानान्तर कुछ समय के लिए उदित होती हैं और उनकी शक्ति को बढ़ाती हैं।

सहायक जीवन-रेखा (मंगल-रेखा, Line of Mars)—जीवन-रेखा के समानान्तर। (चित्र 18 देखें)

सहायक बुध-रेखा (Via Lasciva या Cephalic Line)—बुध-रेखा के समानान्तर। (चित्र 19 देखें)

मणिबंध रेखाएं—कलाई पर बनने वाली रेखाएं। (चित्र 19 देखें)।

चन्द्र-रेखा (Line of Intuition)—चन्द्र के पर्वत पर अर्द्धचन्द्राकार रेखा। (चित्र 19 देखें)

गुरु-वलय (Ring of Solomon)—गुरु के पर्वत पर अर्द्ध-चन्द्राकार रेखा। (चित्र 19 देखें)

शनि-वलय (Ring of Saturn)—शनि के पर्वत पर अर्द्ध-चन्द्राकार रेखा। (चित्र 19 देखें)

शुक्र-वलय (Girdle of Venus)—शनि और सूर्य के पर्वतों को घेरने वाली अर्द्धचन्द्राकार रेखा। (चित्र 22 देखें)

अवसर-रेखाएं (Linas of Influence, चिन्ता रेखाएं)—निम्न मंगल और शुक्र पर्वतों से निकलकर जीवन, मानस और हृदय-रेखा को छूने वाली महीन रेखाएं। (चित्र 18 देखें)

नैराश्य-रेखाएं—जीवन, मानस या हृदय-रेखा में से नीचे की

ओर डूबती हुई प्रशाखाएं। (चित्र 17 देखें)

उत्साह-रेखाएं—जीवन, मानस या हृदय-रेखा में से ऊपर की ओर चढ़ती हुई प्रशाखाएं। (चित्र 17 देखें)

यात्रा-रेखाएं—चन्द्र के पर्वत पर विभिन्न स्थानों से आने वाली रेखाएं। (चित्र 18 देखें)।

सन्तान-रेखाएं—प्रणय-रेखाओं को कनिष्ठा के मूल से आकर छूने वाली महीन रेखाएं। (चित्र 32 देखें)

रेखाओं के दोष

रेखाओं के मार्ग पर बन जाने वाले विभिन्न विक्षेप। (चित्र 8 देखें)

स्नायविक हाथ—अनेक रेखाओं से भरा हुआ हाथ। (चित्र 5 देखें)

मंगल का क्षेत्र (Plane of Mars)—सातों पर्वतों के बीच छूटने वाला हथेली का भाग। (चित्र 24 देखें)

बृहद् आयत—हृदय, मानस और बुध-रेखाओं के बीच बनने वाली आयताकार आकृति। (चित्र 24 देखें)

बृहद् त्रिकोण—जीवन, मानस और शनि-रेखाओं के बीच बनने वाली त्रिकोणात्मक आकृति। (चित्र 24 देखें)

रहस्य-क्रास (La croix Mystique)—मंगल के क्षेत्र में पाई जाने वाली क्रासवत् आकृति। (चित्र 28 देखें)

◇◇◇